プリンの田中さんはケダモノ。

Chihiro & Sousuke

雪兎ざっく

Zakku Yukito

EB

エタニティ文庫

目次

プリンの田中さんはケダモノ。

第一章　プリンの田中さん

1

ここは、文房具メーカー最大手・NINK《ニンク》の商品管理課。普段は和気藹々《わきあいあい》としている
その一室は、現在ものすごくピリピリしている。
その空気を作っているのは――名越千尋《なごしちひろ》。いつもはにこやかな彼女は今、怒りに満ち
ていた。
千尋は大きな瞳と丸顔、そして小柄な体が相まって、二十三歳という年齢よりも幼く
見られることがある。せめて髪型くらいは大人っぽくしようと考えて最近ショートボブ
にしたのだが、それもあまり効果を感じられないのが悲しい。
そんな千尋が目を吊《つ》り上げて、課長の机の前に立ち、彼を睨《にら》みつけながら呟《つぶや》いた。
「異動……？」
商品管理課長は、気まずそうに視線を彷徨《さまよ》わせて周囲に助けを求めようとする。しか

し、誰もが課長から目をそらし、助け舟を出そうとしない。

普段は癒《いや》し系とも評される千尋の形相《ぎょうそう》に、課内の人間は驚き、おののいていた。下手に関わると大変なことになる……みんなの本能がそう叫んでいたのだろう。

周りに味方がいないと悟った課長は、仕方ない――と小さく呟《つぶや》いて、薄くなってきた頭皮に手を当てつつ、ため息をついた。

「そう、名越には、営業一課に営業事務として異動してもらう」

「なぜですかっ!?」

バンッと課長の机に両手を叩きつけ、千尋は悲鳴《ひめい》のような声を上げる。

「私は商品管理課で、ものすごく充実した毎日を送っており、異動希望など出そうと思ったことはありません！　営業なんて花形じゃないですか。他に行きたがる人はいるでしょう!?」

食ってかかる千尋を、両手を広げて制しながら課長は叫び返した。

「落ち着いてくれ！」

千尋はいったん体を引いたものの、なおも課長を睨《にら》んだ。

課長は椅子《いす》を引き、そんな千尋と距離を取ってから、もう一度ため息をつく。そうして落ち着いたところで、千尋に異動辞令が出るに至った経緯を説明し始めた。

「営業一課は、即戦力が必要なんだそうだ。名越はうちの商品のことをよくわかっているだろう」

「もちろんです。愛してますから」

千尋は、自社で扱う商品――文房具を、この上なく愛している。

幼い頃から、文房具が大好きだった。何気なく使っている文房具たちに施《ほどこ》された、あらゆる工夫の数々。色も形もすべて計算し尽くされた結果、あのペンや消しゴムになっているのだ。千尋もそんな、素晴らしい商品に携《たずさ》わる人間になりたかった。

その希望を胸に就職活動を頑張った結果、なんとその夢が叶い、短大卒業後この会社に入社できた。……まあ、第一希望だった開発部には、残念ながら入れなかったのだが。

それでも、この商品管理課に配属されたことが、千尋はとても嬉しかった。なにせ、すべての商品を把握《はあく》し、管理するのが仕事である夢の部署。毎日が楽しくて仕方がない。

文房具が好きで好きでどうしようもなくて、千尋がこの会社に入ってきたことは、課長だって十分承知しているはずなのに。

営業事務の仕事はおそらく経費精算や見積もりの作成がメイン。商品に関わる機会はぐっと減るだろう。

自分の知識を課長に評価されていることはとても誇らしい。

だけど、なぜ、その対価が営業一課への異動なの？

これまで誠実に骨身《ほねみ》を惜《お》しまず頑張ってきたことが商品管理課から引き離される原因

なのか、そう考えた千尋はやり切れない思いで唇を噛《か》みしめた。

千尋のそんな表情を見て、課長の眉がハの字に変わる。

しかし、申し訳なさそうな表情が垣間見《かいまみ》えたのは、ほんの一瞬のことだった。課長はすぐに表情を切り替えて、千尋への説得を続けた。

「名越、だからこそ、だ。今度は営業部で、その力を思う存分に発揮《はっき》してくれ」

表情を歪《ゆが》め、今にも泣き出しそうな千尋に向かって、課長は熱心に言葉を続ける。

「なあ、この文房具について、君の思いを語ってみたくはないか？」

予想外の課長の言葉に、千尋の眉がピクリと動いた。

——営業事務は、裏方仕事ばかりで自分が直接商品に携《たずさ》われることはないと思っていたが、そうではないのだろうか。

「お客様にうちの商品を売り込むことが営業一課の主な仕事だ。お客様に直接、この文房具のよさを語ることを仕事としている彼らに、このボールペンの機能を説明してみたくはないか？」

「それは……」

千尋は抵抗しながらも、心の片隅で自分の気持ちが揺れ始めていることに気がついた。

文房具を世界中のどんなものよりも愛している。

ＮＩＮＫに入社して三年。千尋は、自分がここに来てから発売された商品のことはすべて事細かに記憶している。それがどんなに些細《ささい》なことであっても。

新発売の商品が市場に出回ってからも、さらに改良を重ねて生まれ変わっていく様子だって、すべてこの頭の中に入っている。

「名越、営業事務とは、そういう知識も必要とする仕事だ。君以上に、この役に適任な人間はいるかな？」

そう問いかけられた千尋は、キュッと唇を噛《か》んだ。

——そんなの、いるわけがない！

というわけで、千尋は来月から営業一課に異動することになった。

そんなある日の昼休み、千尋は同期の真紀《まき》と待ち合わせて、社員食堂で昼食を一緒にとっていた。

社員食堂は安くてボリュームもあって、しかも『本日のランチ』にはデザートまで付いているのだ！　だからわざわざ社屋《しゃおく》から出て外食する人間なんて、この会社にはほとんどいない。

ランチセットのデザートのプリンを片手にした千尋は、課長から最初に異動を聞かされた時とは打って変わって、今では異動する来月が待ち遠しいくらいだった。

異動を聞かされた後、さらに詳しく課長と話したところ、千尋の中に熱い気持ちが湧《わ》き上がってきたのだ。そして千尋は確信した。

――語れる！　文房具の素晴らしさを朝まで！

その時の感動を思い出し、興奮のあまり、気がつかないうちに声に出してしまっていたようだ。

「さすがに朝までは嫌でしょ」

隣に座る真紀から、呆《あき》れた声が飛んできた。

彼女、楠木《くすのき》真紀は四大を卒業しているため、千尋と同期といっても二つ年上の二十五歳。

さらりと長い黒髪をかき上げながら千尋を見る真紀は、女の千尋でもどきりとするくらいのとびきりの美人だ。

この見た目に加えて入社試験の成績も抜群に優秀だったと聞く。会社側としては最終的に女性社員の花形部署・秘書課への配属を考えているらしく、その準備期間として総務課行きになったのだと同期の間ではもっぱらの評判である。

男性社員からも女性社員からも羨望《せんぼう》の眼差《まなざ》しを浴びている彼女は、入社当時、文房具について熱く語りすぎて孤立しそうだった千尋の相手をしてくれた唯一《ゆいいつ》の人間なのだ。

その理由を真紀は『なんか役に立ちそうだから』と言っていたけれど、それはそれでよしとする。合理主義者で毒舌家で、飾らないところも真紀の魅力の一つである。

『資料を見なくても手近に説明してくれる人間がいるのは便利だわ』

真紀はたいていそんな言い方をするけれど、千尋は自分の語りを聞いてくれる相手ができて嬉しかった。

今も興奮している千尋を横目に、いかにも総務課っぽいことを言う。

「さっき朝まで語るとか言ってたけど、無駄な残業はできないわよ」

高飛車《たかびしゃ》に笑う姿すら絵になる美人って本当にすごいなと改めて感心しながら、千尋は声を上げた。

「え、営業って真夜中や、時には朝まで仕事してるって聞いたけど？」

首をかしげる千尋に向かって、真紀は眉をひそめた。

「どこのブラック企業よ、それ。確かに決算前は忙しいでしょうけどね。でもうちの社は人数もいるし、そんなことはないわよ」

ということは、……商品を売り込むためにありとあらゆる資料を熟読し、データを事細かく分析し、そして気づいてみたら朝だったなんて、妄想していたような日々は訪れないの？

電気代やら残業手当やらを管理している総務課にいる真紀が言うのだから、きっとそうなのだろう。

「そっかあ」

千尋だって別に徹夜をしたいわけではない。でも文房具については語りたい。データをまとめながら一晩中語りたい。でも、それはどうやら異動先でも無理らしい。

だったらこの文房具への愛についてはいつ語ればいいんだろうかとぼんやり考えていると、突然腕をグイッと引っ張られた。

「それより！」

愛する文房具を『それ』よばわりしないでくれと千尋は思わず反論しかけたが、真紀が真面目な顔を近づけてきたので、開きかけた口を慌《あわ》てて閉じた。

こういう時の真紀の邪魔《じゃま》をすると怖いのだ。

「営業一課には、イケメン御三家《ごさんけ》がいるのよ」

すでにランチを食べ終えていた真紀が、トレーを押し退《の》けて千尋に迫ってきた。

会社の花形部署といえば、やはり実際に物を売り込んで仕事を取ってくる営業部だ。

ＮＩＮＫの営業部は企業を担当する営業一課、小規模店舗を担当する営業二課、各種団体などを担当する営業三課から成る。その中でも、大口の取引先である企業を相手にしている一課はエリート中のエリートといえる。

そして、そのエリートの中にあって、ひときわ頭脳明晰《ずのうめいせき》でしかも容姿端麗《ようしたんれい》な男性社員三人のことを他の社員たちは『イケメン御三家』と呼んでいる。

――と、いうことは千尋も知っていた。

だが、これまで千尋が所属していた商品管理課は、在庫を保管している倉庫に近い地下にある。営業部は五階にあるので、千尋が営業部の人間と顔を合わせる機会はほとんどなかった。ちなみに真紀が所属する総務課は受付を兼《か》ねるため一階にある。真紀は受付の当番の時に、その噂の『御三家』を見かけたのかもしれない。

そんなわけで、千尋がたとえ営業部の人間に会っていたとしても、廊下ですれ違う程度。数百人を収容する社屋《しゃおく》の中では、誰がどの課に所属しているかなんてまったく知らない。

しかも千尋は人の顔を覚えるのがそもそも苦手なので、「知っている人」以外の人の顔はみんなへのへのもへじに見えるのだ。

だから『イケメン御三家』とか言われても、千尋には顔が思い浮かばないし、ほとんど興味も持てなかった。

千尋がそう考えていたら、気持ちを読んだらしい真紀が呆《あき》れ声を上げる。

「そんなだから彼氏の一人もできたことがないのよ」

――それはちょっとひどいんじゃないのか？　なんてことを言うんだ。

別に恋愛に興味がなかったわけではない。ただ、告白しようと思うほど好きになった人もいないし、趣味の雑貨屋巡《めぐ》り以上に恋愛に気持ちを傾けることがなかっただけ。もちろん、告白されたこともない。

……という、千尋の恋愛遍歴《へんれき》（？）についてはさておき。とにもかくにも、千尋はそのエリート集団、営業一課に配属されたのだ。

「ねえ、プリンなんか食べてないで、もっと真剣に聞きなさいよ！」

でも、こっちがプリンを味わっている最中に話し出したのは真紀のほうだし、その言い方はちょっと勝手すぎるのではないか。そんなことを思いつつ、千尋はのんびりとプリンを口へ運んで堪能《たんのう》していた。すると真紀はそんな千尋を睨《にら》みつけながら、ぽつりと呟《つぶや》いた。

「情報がほしいのよ」

「は？」

千尋は、真面目に驚いてしまった。

「情報って、そのイケメン御三家の？」

「そうよ」

深々とうなずいた真紀を、千尋はまじまじと見つめてしまった。

真紀はこれまで、社内の噂の的《まと》になるようなものと積極的に関わろうとはしてこなかった。むしろ噂になる類《たぐい》のことや、そういう意味で目立つような人と関わるのを嫌がるタイプなのだ。

「へえ……。たとえば、とくに誰の情報がほしいの？」

「誰でもいいわ。私の部署だと、住所とか生年月日は簡単にわかるけど、ほしいのはそういう情報じゃないのよ」

——総務課員にかかれば、どんな個人情報もダダ漏《も》れってこと？……怖いことを言うな。万が一にも、真紀には逆らわないようにしよう。

千尋は固く心に誓った。

「好きな食べ物とか、趣味とか。あとは、女性の好みがわかれば最高よ」

「噂話とかで、そのあたりの情報って手に入るんじゃないの？」

千尋の純粋な疑問に、真紀は悔《くや》しそうに首をかしげる。

「出るんだけどね、あーだこーだと、いろいろな説があるのよ。どれが本当かわからないの」

——歴史の文献《ぶんけん》か。邪馬台国《やまたいこく》がどこにあったのか諸説あります、みたいなやつか。

千尋は思わずツッコミを入れそうになった。

だが、真紀の珍しく真剣な表情を目にした千尋はコックリとうなずく。

「ふうん。それじゃとりあえず、まあ、頑張ってみるよ」

同じ課内にいれば、食の好みくらいはそのうちわかるだろうと考えながら、千尋はぼんやりと返事をした。

それに対して真紀は、「絶対よ」と念を押した。

2

一ヶ月後、千尋は入社して初めて五階に足を踏み入れた。

これまでは会議室がある四階までしか来たことがなかったのだ。

しかし、今日からは営業一課の人間となり、毎日ここへ来る。

「おはようございまーす」

元気に課内に入った途端《とたん》、視線がざっと突き刺さる。

明らかに『誰だこいつ？』的な不信感だらけの冷たい視線が。

――うわ、なんだこの空気。

その視線に驚いて、入り口のドアの近くで固まっていた千尋を営業一課の課長が呼んだ。

「ああ、名越。こっちだ」

課長から声がかかっても緩《ゆる》まない冷たい視線を浴びつつ、千尋は首をかしげながら課長の席に近づいた。

「今日からお世話になります。営業事務として配属された名越千尋です」

頭を下げて自己紹介をすると、優しそうな課長はにっこりと笑った。

「ああ。即戦力になる人材だと聞いている。よろしく頼む」

「はい！」

即戦力！　その言葉を聞き、思わずにやけそうになる顔を引き締めて、千尋は返事をした。

「こっちが前任者の片瀬《かたせ》だ。彼女は新しい異動先の経理課ですでに仕事を始めている。今日は引き継《つ》ぎのために来てもらったんだ。名越は異動初日で申し訳ないが、今日一日で引き継《つ》ぎを終わらせてくれ」

千尋と同じように課長の前に立っていた片瀬さんが、綺麗《きれい》にウェーブのかかった髪を払いのけながら軽く頭を下げた。

「よろしくお願いします」

千尋が頭を下げても、片瀬さんは小さく返事をするだけでなにも喋《しゃべ》らず、ムスッとした表情を浮かべている。

――その態度はいかがなものか？　社会人としてその愛想の悪さはどうかと思うが。

異動初日から文句は言いたくないので、千尋も黙ったまま、不機嫌そうな顔で引き継《つ》ぎの説明を始めた彼女の後についていった。

営業一課は総勢二十人。彼らを補佐する営業事務は千尋一人のようだ。

経費の計算などは総務がやるので、千尋は領収書をまとめて持っていくだけ。見積書や請求書の作成、会議室の確保などの雑用が主な仕事らしい。そしてお茶汲《く》みはしない。

「自分で飲みたい時に淹《い》れるから、持ってこないでほしいって」

片瀬さんは、そう吐き捨てるように言った。なにやらそれが気に入らなかったような口ぶりだ。

――でも、それはお茶の時間に気を取られないですむし、逆にありがたいことなのでは？

彼女の不機嫌な様子ときつい物言いの原因を考えてみたが、千尋にはどうも理解できず、考えすぎて眉間《みけん》にシワが寄りそうになってしまった。

大体引き継《つ》ぎ関係の書類がないのはなぜだろう。

片瀬さんは思いついたことをその場その場で説明していて、文書の類《たぐい》を全然持っていない。千尋は一生懸命メモをとった。

「まあ、パソコンに保存してある書類を見たらわかるから」

千尋が突っ込んだ質問をしても彼女は軽く説明するだけで、大体はこんな発言で終わらせてしまった。

もう少し詳しい説明がほしい。保存書類を見ればわかると言うけれど、日常業務についていちいち書類を探して開いて読んで、みたいなそんな悠長《ゆうちょう》なことをしている時間なんてあるのだろうか。

商品管理課では結構綿密《めんみつ》な引き継《つ》ぎをしたのだが、それに比べて差が激しい。

ここへ来てみて『即戦力がほしい』という言葉に、なるほどと思う。見積書や請求書、サンプルのことはわかるので、顧客《こきゃく》の情報を覚えればなんとかなりそうだとも思う。思うが――即戦力を求めすぎだ！

「じゃ、私、仕事あるから」

「は？」

片瀬さんは、一日どころか半日もたたないうちに引き継《つ》ぎ終了を宣言した。

「お世話になりました」

「え、ちょ……!?」

お昼の時間になったのを見計らったように彼女は課長に挨拶《あいさつ》し、あっさりと千尋を置いて異動先の経理課へと戻っていった。

「名越、そんなわけで徐々に慣れて、守備範囲を少しずつ広げていってくれ。それからとりあえず昼飯行ってこい」

いったいなにをどうすればいいんだ……

あまりの状況に呆然《ぼうぜん》として佇《たたず》んでいると、課長からそう優しく言葉をかけられて、千尋は休憩《きゅうけい》をとった。

ようやく周囲を見渡す余裕ができて気づいたが、営業一課には、なんと女性が千尋一人だけだった。

――いきなり男性社員に話しかける勇気はなく、初日から一人寂しく昼食を食べて、午後。

一課の全員に対して簡単な自己紹介をしたあと、本格的な業務を開始したのだった。

まあ、なんとかなるさ！　――と思って三日。

商品のことはわかるので大丈夫。会議室の予約方法も覚えたし、仕事内容もなんとなくわかってきた。

ただ一つ、大きな問題が。

「名越さん、見積もりがほしいんだけど、お願いできる？」

「はい！」

返事をしたのはいいけれど、ところであなたは誰ですか？

みんな、最初の自己紹介をして以降、自分の名前を名乗らないのだ。話し始める前にいちいち名乗らないのは当然といえばそうだが、千尋にとっては死活問題である。

――そっちは一人覚えればいいだろうけど、こっちが一度の自己紹介だけで二十人全員を覚えるのは不可能なのだと気がついてほしい。

そう、異動してきて三日たった今も、千尋は一人も名前と顔が一致していない。見積もりを作ること自体はできても、誰から頼まれたのかさっぱりわからないのだ。とりあえず頼んだ人を目で追っていって、着いた席を見た後に席順表で名前を確認する。

――安藤《あんどう》さんか。

しかし、これで「安藤さん」を覚えたと思わないでほしい。甘い。

その瞬間はわかっても、彼が視界から消えると他の人の顔が上書きされて、どれが「安藤さん」だかわからなくなるという状態を、千尋はずっと繰り返していた。

先ほどの人はタレ目の爽《さわ》やか系で、普通だったら一度見たら忘れられないと思う。だが、同じようなイケメンが何人もいる。千尋には、彼らを爽《さわ》やか系で～、優しげで～、仕事ができそう～みたいにしか認識できない。営業一課は、そんな印象の人で溢《あふ》れていた。

しかも、みんなビジネス仕様の似たようなスーツを着ている。髪型も決められているのかもしれないと思わせるほど、横分けのほどよく清潔感のある黒髪。背も、小柄な千尋から見ればみんな高く、同じようにしか見えない。

あだ名をつけて覚えようと試《こころ》みてはみたものの、ぱっと見、あだ名が全然思いつかない。さっきの「安藤さん」だって、仮にタレ目と名付けても、他のタレ目を見たら、もうどっちがどっちなんだか。

並べて見れば、違う顔だということくらいはわかるのだが、もっと強烈な特徴がほしい。マッチョだとかデブだとか、それぞれ個性を出してほしいものだと、千尋はブツブツと勝手な文句を心の中で言い続けていた。

千尋からしてみると、一課の面々はあまりに特徴のない、人当たりのいい好青年たちばかりだった。

――これはマズい。ただでさえ人の顔と名前を覚えるのが苦手だというのに、どう覚えていけばいいのだろう。

「名越さん」

困ったなあと途方《とほう》に暮れていると、また声をかけられた。

さっきの人は笑顔だったが、こっちの人は無表情だ。でも、当然のようにイケメン。明るい髪色で、背が高い。キリッとした眉毛に細く通った鼻筋。意地悪く笑うのが似合いそうな顔立ちである。

千尋は目の前の顔を見て、どうやったら名前と顔が一致するだろうかと考えていた。

「これできる？　明日までにほしいんだけど」

そう言って渡されたのは、商品データだった。在庫数や金額欄《らん》が空白だから、ここに数字を入れろということだろう。

「あ、大丈夫です」

書類を見て反射的に答えた。

「じゃ、よろしく」

そう言って彼は千尋が声をかける間もなく、離れていってしまった。

――マズい。名前がわからなければ、席もわからない。呼び止めて「お名前を教えてください」ときちんと尋ねればよかったのだろうが、それも失礼だろうとためらっている間に彼は外に出かけてしまった。

その背中を無言で見送った後に書類に視線を落とす。これは商品管理課でしていたような仕事なので、すぐ終わらせることができる。

まあ、終わらせとけば、明日には「できてる？」くらいは聞いてきてくれるだろう。

机の空《あ》き状況から判断して……今の人は『鈴木《すずき》』さんということにしよう。

千尋は、周りに気づかれないように小さくため息をついた。

とりあえず、顔と名前を覚えるのが一番の課題だ。


次の日。

「ちょっと、名越さん」

いきなり朝からイラついた声で名前を呼ばれた。

振り返ると、腰に手を当てて眉間《みけん》にシワを寄せた男性が立っていた。

「昨日の書類はまだ？」

「――ああ！」

思わず手を叩きそうになった。うん、この人は見覚えがある。暫定《ざんてい》『鈴木さん』だ。

「できてます。どうぞ。あの……」

「次からは机の上に置いといてくれればいいから」

「お名前を教えてください」と尋ねようとした千尋が口を開く前に、彼は踵《きびす》を返してしまった。そしてまた、昨日と同じくフロアを出ていく。

――だからその机がわからないんですってば！　そのまま机に戻って座ってくれませんかね!?

当たり前だが、そんな千尋の心の叫びはまったく無視して『鈴木さん』は行ってしまった。

千尋は理不尽さを感じながら課内を見回してから、『まあでも、鈴木さんでいいか』と思うことにした。

それから二週間が経った。千尋は困り果てていた。

今のところ席に座っていない状態で区別がつく人は課長しかいない。

──絶望的だ。なぜだ。なぜあの人たちは名前を名乗ってくれないんだ。

異動してからすでに二週間も経っている以上、この期《ご》に及んで名前が聞けない。頼まれた仕事を渡すことができず、まさに処理済みの書類の山に埋もれている状態だった。

そんな時に真紀から昼食のお誘いがあった。自己嫌悪《けんお》に陥《おちい》りすぎて話を聞いてほしかった千尋は、喜んで応じた。

約束の昼休みを迎え、喜び勇《いさ》んで社食に向かう。

「どう？　仕事は順調？」

千尋の落ち込んだ様子を見て、真紀がニヤニヤしながら聞いてきた。

「うん。仕事は大丈夫」

「でしょうね」

真紀は含み笑いをしていた。千尋が人の顔を覚えるのが苦手なことを知っているのだ。

もちろん、仕事だって覚えなきゃいけないことは多くて大変だった。

電話はたくさんかかってくるし、言葉遣いも気をつけないといけない。商品だけを相手にしている商品管理課とは、仕事の質が大きく違う。

しかしそんな苦労を上回る、同じ印象の顔、顔、顔……

「社内にいる時は、名札をちゃんとつけてくれないかなあ」

事務員は名札をつけているが、外回りが多い営業は、基本的に名札をスーツのポケットにしまい込んでいる。帰ってきても、外に行った状態のままになってしまっているのだ。

千尋は、深いため息を吐いた。

「ねえねえ、そんなことより！」

――そんなことって！　こっちは結構深刻なんだけどなあ。

いつもと同じようなやり取りにがっくりして、千尋は情けない顔を真紀に向けた。

「私の愚痴《ぐち》を聞いてくれるんじゃなかったの？」

「仕事がなんとかなってるんなら大丈夫でしょ。それよりさ」

「なに？」

「御三家、いた？」

真紀が目をキラキラさせて聞いてくる。

そんなことを異動前に聞いた覚えもあったが、すっかり忘れていた。

しかも、理解してもらえたと思っていたのだが。今現在、一課の人たちの名前と顔が全然一致していないと。

「誰が誰だかさっぱりわかんないよ。そういえば、御三家って名前なんていうの？」

基本情報すら頭に入っていなかった。

あの似たり寄ったりの顔の中から、名前も知らない状態で御三家を抽出《ちゅうしゅつ》するのは至《し》難《なん》の業《わざ》だ。

「ええ？　一目見ればわかるんじゃないの？　『きゃあ、すごいイケメン！』とかって」

似合わない言葉遣いを途中に挟《はさ》みながら、真紀がグッと身を乗り出してくる。

「一目どころか何度見たって、みんな同じ顔に見えるよ」

「御三家はね、田中《たなか》……安藤……宇都宮《うつのみや》って名前よ」

真紀が視線を宙に向けて指を折りながら、たどたどしく三人の名前を口にする。

千尋は真紀にジト目を向けた。

「真紀、なんで御三家に興味あるの？」

「そりゃあ、お金になるもの」

びっくりする返事が戻ってきた。

「お金！　……ってまさか真紀、私が仕入れた情報売ろうとしてたの⁉」

——おかしいと思った！　その手の話には興味のなさそうな真紀がイケメンの情報をほしがるなんて！

真紀を睨《にら》みつけると、誤魔化《ごまか》すような笑みを浮かべた彼女は千尋の目の前でヒラヒラと手を振った。

「まあまあ。御三家の女性の好みがわかればランチご馳走《ちそう》してくれるって言うのよ〜。乗らない手はないでしょ？」

同意を求められても、千尋にはなんの得もない。苦労して情報を取ってくるのはこっちにもかかわらず。

「ほら、千尋だってイケメンの情報ほしいでしょ？　絶賛彼氏募集中なんだから。一石二鳥《いっせきにちょう》ってやつよ」

わざとらしくにっこり笑った真紀を、千尋は睨《にら》みつけた。

――なにが一石二鳥《いっせきにちょう》だ。名前と顔が一致しない人間を誰が好きになるというのか。大体向こうにしてみれば、どうせ千尋はちんちくりんにしか見えてないに決まっている。

「そういうわけで、早めに仲良くなってよ」

真紀の笑いを含んだ適当な言葉に、千尋はテーブルに突《つ》っ伏《ぷ》した。

「無理だよう。誰が誰かわからないよう。みんなイケメンだよう。もう同じ顔ばっかり！」

「ええ～～？　そうなの？　目が腐ってんじゃないの？」

なんて言い草だ。

「もう、名前だけじゃわかんないよ！　田中に関しては、多分二人いたもん」

「下の名前はさすがに覚えてないわあ」

さすがにじゃない。真紀も御三家そのものに興味がないから覚えてないのだ。

「二人の田中を並べて、格好いいほうが御三家よ、多分」

「その格好いいの基準は、私の好みでいいの？」

ため息交じりで呟《つぶや》いた言葉は、真紀にあっさりと却下される。

「ダメ」

――んじゃ、どうしろっていうんだ。

「一般的によ、一般的に。千尋の好みは『覚えやすい』っていう主観が入るからダメ。あ～、イケメンがたくさん身近にいるっていう恋のチャンスを活かせそうになくて可哀《かわい》想《そう》だわ」

千尋は真紀に苦々しい顔を向けた。

自分が覚えられない顔の人と恋愛するなんて、明らかに無理だろう。

「一般的に」というのがどういう系統のものを指すか知らないが、仮に一課の二十人を全員並べたとしても、みんながみんな御三家を選ぶものだろうか。だったら……

「私、一般的な好みなんて持ち合わせてないもんね」

「――ぶはっ」

やさぐれた千尋の言葉に返事をするように、机を挟《はさ》んだ向こう側から笑い声が聞こえた。そちらに目を向けると、イケメンが座っていた。

――この人は……覚えがあるような気がする。一課の人間だ、多分。

自分の記憶が確実ではないことに、千尋は悲しくなった。

「や、悪い。面白い話してるから」

箸《はし》を持ったままの手で口元を押さえ、彼は肩を震《ふる》わせて笑っていた。

なにがそんなに面白かったのか、千尋にはよく理解できない。

それより先に真紀が反応して千尋に耳打ちしてくる。

「知り合い？」

——そう。多分、同じ課の人。でも名前がわからない。見覚えがあるけれど、どうしよう。

そんなことを考えていると、さっさと真紀が彼に話しかけていた。

「営業一課の方ですか？　お名前を教えていただいてもいいですか？」

自分が二週間かけてできなかった質問をあっさりとしてしまう真紀の隣で、千尋は口を尖《とが》らせながら、目の前の彼の顔をじっと見た。傍《はた》から見ると睨《にら》みつけたような状態になっていたかもしれない。

なんとなく悔《くや》しくて、彼が答える前に名前を当てたくなった。

そんな千尋を、彼は面白いものでも見るように目を細めて眺《なが》めていた。

この人は見覚えがある。

——そうだ、暫定《ざんてい》……

「鈴木さん！」

千尋はビシッと人差し指を立てて呼んだ。

「はずれ」

彼から無情な答えが返ってきた。

「え、じゃあ佐藤《さとう》さん」

首を横に振っている。

「高橋《たかはし》さん」

またも無言で首を横に振られて、千尋はやる気をなくした。無理、当たる気がしない。

「伊藤《いとう》さん、渡辺《わたなべ》さん、山本《やまもと》さん……」

「多そうな苗字、手当たり次第言っているだけよね」

真紀の突っ込みに、またもや目の前の彼は肩を震《ふる》わせる。

「もう、わかりません！　でも、この間、朝データを取りにきた人ですよね？」

「ああ、なんだ。わかってるじゃないか。そうそう。田中です」

「田中！」

そんな多い苗字を忘れるなんて不覚だ。あと数個言わせてくれたら当たったかもしれないのに。

「きゃあ。御三家のほうの？」

真紀が嬉しそうな声を上げる。

やっぱり、真紀も御三家の外見を知らなかったらしい。

それを訴えようとする千尋と押しとどめる真紀が無言で揉《も》み合っていると、彼が席を立った。

真紀のほうを見て苦笑いしながらうなずいている。

この人が例の御三家か。とりあえずこの人だけでもしっかり覚えようと千尋が顔を見ていると、彼が自分のトレーにのっていたプリンを千尋の目の前に差し出した。

「ランチと交換するほどの情報はあげられないけど、これをあげる」

千尋は慌《あわ》てて両手でプリンを受け取る。

「自己紹介もせずに苦労させて、ごめんね？」

なんと、謝ってくれた。しかも笑顔で。

明らかに面白がっているものであったとしても、笑顔を目にすると今までのイライラがちょっとは晴れるというものだ。

というか、さっきまで、この人の話を目の前で繰り広げてしまっていたことを今さらながら思い出して恥ずかしくなる。しかし受け取ったプリンの魅力にそれも掻《か》き消えた。

ランチの陰の主役ともいえるデザートを差し出してくれるとは！　なんていい人！

「うわあ。ありがとうございます！　鈴木さん！」

千尋は満面の笑みでお礼を言った。

「田中」

彼は笑顔から一転、眉間《みけん》にシワを寄せて訂正を入れた。しまった、ちょっと間違えた。一度インプットすると、なかなか変更がきかないのは困ったものだ。が、しかし！

手の中のプリンをニコニコしながら眺《なが》めて、千尋は自信満々に答えた。

「大丈夫です。もう覚えました。プリンの田中さん！」

ドヤ顔で胸を張ると、横と上からため息が返ってきた。が、そんなのは気にしないことにしよう。

3

営業一課の前任の事務員・片瀬は『最悪』の一言に尽きると田中宗介《そうすけ》は思っていた。

決して仕事ができないわけではない。頼めば必ず期日までに終わらせるし、ミスもほとんどない。

ただ、すごく面倒くさかったのだ。だから宗介は、営業事務の女性にはかなりの警戒心《けいかいしん》を抱いていた。

——たとえば片瀬に仕事を頼んだ場合は、こんなことになる。

「片瀬さん、頼んでいた見積もりできてる？」

「もちろんです」

ハートマークを飛ばしながら嬉しそうに振り返られると、正直うんざりする。

仕事の依頼も受け取りもすべて、彼女に直接話しかけないことにはなにもしてもらえない。メモを残しているだけじゃ、「見ていません」で押し切られてしまうのだ。

ただ依頼を直接するだけならいい。そのほうが確実だという点でも異論はない。

だが……

「あのう、今夜食事一緒に行きませんかあ？」

必ず誘われることがついて回る。

「今日は無理なんだ」

「だったら、いつにします？」

断っても、性懲《しょうこ》りもなく何度も誘ってくるのだ。一度でも付き合ったらダメだと思ってOKしたことはないけれど、ただ見積書を頼んだだけでそれでは、時間がいくらあっても足りない。

さっさとその場から立ち去りたくても、自分がほしい書類は彼女の手の中なのだ。

「悪いけど、急ぐんだ」

繰り返されるやりとりにいい加減疲れてきて、断りの言葉もはっきりと言うようになった。

もちろん、自分だけではなく他の社員も。

そのことに、彼女は不満を感じていたらしい。

そんな彼女は、次の言葉を放ったのを最後に、営業一課を去ることになった。

「一緒に食事してくれないなら、もう見積もり作ってあげません！」

仕草だけは可愛く、ぷいっと顔をそらされた。

呆《あき》れ果てて反論しようとしたところで、怒声《どせい》が響いた。

「なんだ、その態度は！　お前のしていることはセクハラだ！」

席の離れた課長にまで聞こえていたようで、先ほどの彼女の言葉に課長は立ち上がって怒っていた。

「仕事を盾《たて》にして交際を迫るとはどういうことだ。だったら、お前はいらない。出ていけ！」

温和な課長が怒るところは滅多《めった》に見たことがない。

「そんなっ、私は……」

片瀬が身を震《ふる》わせて声を上げたが、課長の一睨《ひとにら》みで黙る。

「もういい。出ていけ」

一歩も引かない課長に、彼女は手に持っていた見積書をゆっくりと机にのせて静かに退室していった。

営業事務がいなくなる。

それはすごく大変なことだけれど、室内にはどこかホッとした雰囲気が流れた。

「後任は……既婚者にお願いする」

課長が苦々しい口調で呟《つぶや》いた。

『営業一課にはイケメン御三家がいる』

社内にそういう噂が流れていることは宗介も知っていた。

決して自分からそう名乗っているわけではないが、宗介もその一人として名を連《つら》ねていた。

そんな宗介に話しかけられることを、片瀬はある種のステータスのように感じていたらしい。だが、その彼女もそんなことがあって一課からいなくなった。

その一ヶ月後、新しい営業事務が入った。

「おはようございまーす」

ようやく、忙しすぎる地獄の日々から少しは解放されると思っていたのに、可愛らしい声で入ってきたのは、どう見ても二十代前半の女性。

――既婚女性はどうなった？　それとも彼女は見た目によらず既婚者なのか……？

期待した目を課長に向けても、申し訳なさそうに首を横に振られた。

「今日からお世話になります。営業事務として配属された名越千尋です」

にこにこと元気よく挨拶《あいさつ》する姿には好感が持てたが、納得いかなかった片瀬が、
加えて、課長に怒鳴《どな》られてから一課にはほとんど足を踏み入れていなかった。

引き継《つ》ぎのために来ていて、それも宗介を苛立《いらだ》たせた。

名越と名乗っていた女性が、片瀬の不十分な引き継《つ》ぎに目を白黒させている様子が見て取れた。

課長に目を向けると、深いため息をついて宗介を手招きしている。

宗介は課長の席に近づいた。

「悪い。後任も若い独身の女の子だ」

——そうだと思った。思わず顔をしかめると、課長はあの女の子が異動してきたわけを話した。

「ドロドロ三角関係はやめてほしいんだとよ」

つまり、既婚や彼氏持ちの女性が、御三家と付き合えるのなら夫や恋人なんて捨てるわ～♪　みたいな感じにならないようにという上層部の判断らしい。

——そんな起きてもいない色恋沙汰《いろこいざた》を心配するよりも、今、目の前にある仕事を優先すべきだろう!?

そう叫び出したい気持ちを課長もわかってくれているようで、もう一度「すまない」と頭を下げられた。課長にそこまで謝られて、さらにそれ以上の文句を口に出せるはずもなく、宗介は黙るしかなかった。

サポートしてくれる事務がいないままで一課の仕事をこなすのは、やはり非常に難しいし、何度か顧客《こきゃく》を大きく待たせることにもなった。

「明日には見積もりを出しますので」と言えないのだ。

若い女性はたいていが面倒くさい。新任の彼女だって見た目は小さくて可愛いが、面倒くさいに決まっている。

「あれでも、色恋に興味がなさそうで、即戦力になるという条件をクリアしてきた子だから」

課長はそんな風に言ったが、見た感じはいたって普通の女の子だ。

だったらいっそのこと男にしてほしかったが、残念なことに、技術職に男が多いのと同じように事務員には女が多い。

苦々しくてやりきれない思いで、宗介はすべての文句を心の中にしまい込んだ。

そして三日後、ついに彼女に仕事を頼まなければならない時がきた。

「名越さん、これできる？　明日までにほしいんだけど」

「あ、大丈夫です」

話しかけてみると、ニコニコと愛想よく受け答えをする。頼んだ商品のこともよくわかっているようで安心する。

商品データを渡して立ち去ろうとすると、問いかけるような視線を感じた。

大きく息を吐きたくなるのをこらえ、イライラして刺々《とげとげ》しくなった気持ちを落ち着かせるために喫煙室へと向かった。

――やっぱり、彼女も片瀬と同じ。もう、うんざりだ。


次の日、宗介は自分の感情をはっきりと表情に押し出して彼女に話しかけた。

「昨日の書類はまだ？」

自分の声がイラついているのがわかる。

まだ一課に来て日が浅い彼女に対して、いくらなんでもこの態度はないだろうと宗介も思う。しかしこれまでの面倒くさいやりとりの積み重ねで、これ以上はもう我慢ができないところまできていた。

「――ああ！　できてます。どうぞ。あの……」

わざとらしく、忘れていたというような態度を装《よそお》って、彼女が書類を差し出してきた。

すべてが計算された演技のように見えてしまう。

「次からは机の上に置いといてくれればいいから」

彼女がなにかを話そうとするのを遮《さえぎ》って、書類だけを受け取って外回りに出た。

――書類の作成も、ここ一ヶ月は一人でできたんだ。これからも自分でやろうか――

そう考えながら、重い足を引きずって営業に回った。


それからの二週間は、幸いなことに一人でできる仕事が続き、彼女に話しかけられることもなく過ごせた。

今日は午前中に取引先で打ち合わせをして、帰社したのはちょうど昼休憩《ひるきゅうけい》の時間帯。社員食堂が一番混む時間だが、午後からまた外出予定があるので仕方なく向かう。

これなら外で食べてくれればよかったと思いながら、仕方なく女性社員の向かいの席に座った。そこしか空《あ》いてなかったのだ。

「うん。仕事は大丈夫」

聞き覚えのある声に目を向けると、なんと営業事務の新任、名越が目の前にいた。

――なんてこった。

大いに後悔していると……

「社内にいる時は、名札をちゃんとつけてくれないかなあ」

辛そうな声が聞こえた。名札？　なんのことだと思っていると、名越の隣に座っている女性が弾んだ声を上げた。

「ねえねえ、そんなことより！　御三家、いた？」

その言葉に、ムカッとする気持ちが腹の底から湧《わ》き上がる。

――本当に、こいつらはなにをしに会社に来ているんだ。

『俺は仕事をしに来ているんだ。それを邪魔《じゃま》しないでくれ』と怒鳴《どな》りつけたい気分だった。

彼女の受け答えによっては、イライラを抑えきれずに椅子《いす》を蹴《け》り倒して立ち上がっていたかもしれない。

この後のやり取りを聞かなければ、たぶんずっと彼女のことを誤解したままだっただろう。

「誰が誰だかさっぱりわかんないよ。そういえば、御三家って名前なんていうの？」

「ええ？　一目見ればわかるんじゃないの？　『きゃあ、すごいイケメン！』とかって」

この二人は御三家が誰だか知らないのか？　と思っていたら、名越がテーブルに突《つ》っ伏《ぷ》した。

「みんなイケメンだよう。もう同じ顔ばっかり！」

「ええ～～？　そうなの？　目が腐ってんじゃないの？」

そう言いながらも、二人は目の前にいる自分に目もくれない。本気で宗介のことがわかっていないのだ。

　この二人の話を小耳に挟《はさ》んだ女性社員が微妙な視線を宗介に向けてくる。まあ、本人の目の前で噂話を繰り広げているんだから、当然の反応だ。

　金になるから情報を取ってこいと情報源の目の前で会話を繰り広げているなんて、彼女たちは露ほども思っていない。

　しかしそんなことよりも、名越はまだ一課の人間の名前と顔がさっぱり一致してないらしく、初対面の人間に仕事を頼んだら名前ぐらい名乗れと憤慨《ふんがい》していた。

　自己紹介……初日に挨拶《あいさつ》くらいはした、はずだ。

　適当に苗字だけ言ったような気がする。

　周りはみんな好き勝手に「御三家」呼ばわりしてあれこれ噂話をしてるから、名越もどうせ知っているんだろうという気持ちだったことも思い出した。

　彼女の言葉を聞きながら自分の行動を思い返して、ひどく申し訳なく思った。彼女が宗介の名前を尋ねる時間など与えなかった。というか、名越がなにかを話そうとしていたのをわかっていて、それを遮《さえぎ》った。

「もう、名前だけじゃわかんないよ！　田中に関しては、多分二人いたもん」

　田中……もう一人の田中は、メガネをかけている。宗介はそのもう一人の田中と似ているとは一度も言われたことがない。

「二人の田中を並べて、格好いいほうが御三家よ、多分」

「その格好いいの基準は、私の好みでいいの？」

「ダメ」

――どっちが御三家かと聞かれて……わからないのか？

思わずもう一人の田中に対して失礼なことを考えてしまって反省する。別に自分のほうが格好いいと思われたいわけではないが、心のどこかにそういう気持ちがあったのかと少し戸惑った。

「一般的によ、一般的に。千尋の好みは『覚えやすい』っていう主観が入るからダメ」

「……私、一般的な好みなんて持ち合わせてないもんね」

名越のぶすくれた返事を耳にして、抑えられずに思わず噴き出した後、思い切り笑い出してしまった。

すると宗介の笑い声に、驚いたように顔を上げた名越と目が合う。

その瞬間、「あっ！」という顔をしたものの、眉間《みけん》にシワを寄せて考え込んでいる。

「この人は見覚えがある」とその表情が語っていた。

もう一人の女性が急《せ》かすのを押しとどめて、名越は真剣に考え込んでいた。

別に目の前にいるのだから名前を聞いてもらっても一向《いっこう》に構わないのだが。そう思いながら彼女を見ていると、どうやら名前を思い出したらしく、急にぱあっと明るい表情を見せた。

　その笑顔が可愛くて不覚にもドキッとしてしまった……が。

「鈴木さん！」という、残念な答えだった。

　――鈴木って、もっと年配だろう。俺とはまったく違う。ああ、でも席は近い。座席表を頼りに、当たりをつけていたのだろう。

　その後、一度外してしまってやる気をなくしたらしい名越は、当てずっぽうでいろんな名前を言った。

　それにしても、彼女たちの会話は面白い。笑いを噛《か》み殺すのに苦労する。

「もう、わかりません！　でも、この間、朝データを取りにきた人ですよね？」

　唇を尖《とが》らせてから出た言葉に、お！　と思わず眉が上がった。

「ああ、なんだ。わかってるじゃないか。そうそう。田中です」

　ようやく自己紹介をすると、二人とも驚いた顔をしている。

「田中！」

「きゃあ。御三家のほうの？」

　やっぱり顔と名前を知らなかったらしい二人がじゃれているのを見ながら、思った以上に時間が経っていることに気がついた。午後からの打ち合わせに出る前に、必要な書類をまとめてしまいたいと思い、宗介は席を立つ。

ふと視線を落とすと、トレーの上に今日の定食のデザートが手つかずのまま残っていた。

宗介はとくに深く考えずに、なんとなくそれを名越に差し出す。

すると、向こうも条件反射のように手を差し出してきたので、その手の上にプリンをのせた。

「自己紹介もせずに苦労させて、ごめんね？」

今まで彼女に対して失礼過ぎる態度を取っていたことは宗介も自覚している。こっちの先入観だけで、しなくてもいい苦労を彼女にさせてしまったのだ。

プリン一つでそれが許されると考えたわけではなかった。ただ、目の前にあったから、とりあえず渡してみようと思っただけだ。

「うわあ。ありがとうございます！」

それが、こんなに満面の笑みで受け取ってもらえるなんて、想定外だった。

「鈴木さん！」

この言葉がなかったら、宗介は名越の可愛さに赤面していたかもしれない。

「田中」

即座に切り返した。今、教えたばかりだよな？　覚える気がないだろう？

しかし彼女はちゃんと覚えたので大丈夫だと、自信満々のドヤ顔を見せた。

そうして『プリンの田中さん』というあだ名を言い渡されたのである。

プリンを渡さなかったら、自分はしばらく名越にとって『鈴木さん』のままだっただろう——宗介はそう思った。

4

社員食堂での一件から一週間。千尋の職場環境は劇的によくなっていた。

「プリンの田中さん、見積もりができました」

「いい加減、その呼び方はやめろ」

形のいい眉をひそめながら、彼は千尋を振り返った。

愛想のなかった彼が、社員食堂で話して以来、とても感じのいい人に変わった。といっても、表情がよく変わるようになっただけで、優しく笑いかけてくれたりするわけではない。

どうやら彼があれほど無愛想だったのは、前任者の片瀬さんが原因と判明した。彼女が不必要に接触を持とうとしてきたため、千尋もそうなのではないかと警戒《けいかい》していたらしい。最終的には課長が彼女の態度にキレて、千尋がここへ来ることになったわけだが。

──あの課長、キレるのか。……是非《ぜひ》とも怒らせないようにしたい。

「最初からこの人数を覚えられるわけないよな。悪かった」

しかもただ謝ってくれただけではなく、全課員に『まだ名前を覚えてないみたいだから、彼女に渡す書類に付箋《ふせん》を貼って、そこに名前を書いてやって』と言ってくれたのだ！

すると、名前の付箋《ふせん》がついた書類が千尋のもとに集まるようになった。そのおかげで、仕事の速度が急激に上がったことは、もちろん言うまでもない。

処理済みの書類で埋もれていた千尋の机は、あっという間に綺麗《きれい》になった。最近では鼻歌を歌いながらコーヒーを飲む余裕まであるのだ。めでたい。

ただし付箋《ふせん》で名前がわかるようになったので、作成が終わった見積もりなどを担当者の机の上に置いて終わりということもある。だから、頼んできた人と顔を合わせないまま仕事が終了したりもする。異動して一ヶ月が経つというのに、いまだに顔と名前が一致しない人が多数いることは、ちょっとした弊害《へいがい》だったりもするが、それもまあ大事《だいじ》の前の小事《しょうじ》ってやつだ。

そんな状態の中、あだ名をつけてでも名前を覚えようとしているこの努力を買ってほしい。千尋はそんな風に思いながら、さりげなく反論した。

「もう一人の田中さんと区別するためです」

——そう、やはり田中さんはもう一人いたのだ。ちょっとまだ顔がおぼろげで見分けるのに自信はないが、確か優しげな印象の人だったはず。

「下の名前は違うだろう!?」

「この上、ファーストネームまで覚えろと言うんですか!? なんて鬼畜《きちく》!」

天を仰ぐ千尋を睨《にら》みつけてから、プリンのほうの田中さんは見積書に視線を落とした。

「覚えてないのか」とぽつりと寂しそうに言ったのは聞こえなかったふりをしよう。今の千尋はこれでいっぱいいっぱいなのだ。

フルネームはいつか、きっと、多分、……覚えるだろう。そういうことにしておこう。

「名越、これのサンプルあるかな?」

田中さんが見積書の一番上を指差して言った。

彼が示したのは、新発売のボールペンの欄《らん》だった。

千尋が異動後に発売された商品で、完成したものはまだお目にかかっていない。時間を見つけて実物を見せてもらいに行こうと思っていた。

「今月初めに届いているはずですが、確認しておきます。どれくらいの量が必要ですか?」

顧客《こきゃく》名簿をめくっている彼から大体の数字を聞くと、千尋はそれを商品管理課にメールすべく、メモを取る。

「在庫があれば、午後にでも持ってきます」

是非《ぜひ》行かせていただきたい。新商品を手に取る時は本当にワクワクする。

田中さんは「じゃあ、頼む」と言った後、ニコニコと笑っている千尋を見て――

「……仕事はできるのに」

と心の底から残念そうに呟《つぶや》いた。

――そのセリフは、感心したように言ってくれてもいいのではないか？

千尋は、今こそこの文房具への愛と情熱を語る時だと、拳《こぶし》をグッと握《にぎ》りしめた。

「だって、愛してますもん！」

「…………は？」

目の前のイケメンがとぼけた顔になったけれど、そんなことはどうでもいい。ようやく巡《めぐ》ってきたチャンス（？）なのだ。逃してなるものかと、千尋は意気揚々《いきようよう》とその愛の大きさを語り出した。

「あのボールペン、実は初期段階ではなんの変哲もない、ただのボールペンでした。通常のボールペンは学生や会社員をターゲットにしているでしょう？　しかしなんとこのボールペンは、主婦に的《まと》を絞ったのです。今まで主婦向けの文房具なんてあったでしょうか？　主婦だって文房具はよく使うんです。そこに目をつけて、このボールペンの改良は進みました。まずは低価格販売を狙って低コストを心がけたんです。なぜなら値段が高いボールペンなんて、家計を預かる主婦は絶対と言っていいくらい買わないから。徹底的にコストを抑えて低価格を死守し、しかもデザインはおしゃれでないといけない。なぜなら女性は幾《いく》つになっても持ち物にこだわるところがありますからね。さらに女性の服には胸ポケットがついていないものが多いから、持ち歩く時はたいてい手帳に挟《はさ》みます。そのため、まずこのクリップ部分を強力にして――」

「待て待て待て。この話は、いつ終わるんだ」

目の前で手を振って制されて、千尋は語りを中断した。

周りからびっくりした目で見られていることに気がついて、千尋は思わず照れ笑いをした。ちょっと熱くなりすぎたようだ。声も大きかったらしい。

「久々に愛する文房具たちの話ができるかと思って、つい……」

そう言って千尋が頭を下げると、田中さんは口を手の平で覆《おお》った。

「ちょっと驚いた」

そう言った彼まで恥ずかしがっているのはどういうわけだろう？

しかも見積書で顔を覆《おお》って、ため息までついている。

「わかった。サンプルよろしく」

田中さんは千尋を恨《うら》めしそうに見てから、もう行くとばかりに手を振った。

なにかしてしまったのだろうかと千尋は首をかしげて少し考えてみたが、これといったことを思いつかないので、大丈夫だろうと判断した。

随分《ずいぶん》一課にも慣れて、だんだんと仕事が面白くなってきた。大きな注文が入ると、営業担当と一緒に喜んでしまう。

慣れてしまえば、ここ、営業一課は、商品管理課に負けず劣らず非常に居心地のいい場所だった。


そんな、異動先での環境に馴染《なじ》んできた、とある水曜日の朝礼で課長が言った。

「今日の夜、歓迎会を開く」

千尋は周囲を見渡して、誰の歓迎会だろうと首をかしげた。

「名越、お前のに決まっているだろう」

その動きで課長は千尋の考えていることがわかったらしい。呆《あき》れたように声をかけられた。

「ちょうど接待もほとんど入っていないから、今日にする。名越もいいよな？　好きな店、予約しておけ」

課長の突然の提案に千尋が軽く動揺しているにもかかわらず、他の人たちは「了解」とか「おー」とか適当に返事をしながら仕事に戻っていってしまった。

営業職は接待が頻繁《ひんぱん》に入って、飲み会などで集まることのできる日が限られる。今日はたまたま集まれる人間が多そうだという理由で、課長がいきなり言い出したらしい。

週の真ん中の水曜日に飲み会を思いつくことにも驚いたが、『私の予定は聞かれないんだろうか』とか、『自分で自分の歓迎会のお店を予約するのか』とか、あれこれと疑問が千尋の頭の中を流れていった。が、しかし――

「名越の分は、俺が奢《おご》るから」

「ありがとうございます！」

課長の言葉にそんな疑問は吹き飛んだ。

――よし！　そういうことなら、ちょっと高いところにしよう。

気持ちを弾ませた千尋は、普段は行けないようなお店を二十人くらいの人数で予約して、場所を一課の全員にメールで送った。準備は万端《ばんたん》だった。

――が、しかし。ただ一つ、非常に重大な問題が残っていた。

千尋は来客用カップにコーヒーを淹《い》れて、プリンの田中さんの机の上に置く。

珍しくコーヒーを淹《い》れて持ってきた千尋を不思議そうに見上げて、彼はパソコンを見る時だけかけているというメガネを触りながら言った。

「なんだ？」

「あの、ちょっとお話があるんです」

千尋は控《ひか》え目に切り出した。

今からお願いしようとしていることが恥ずかしすぎて、どうしても小さな声になってしまう。

千尋の言葉に「どうぞ」と先を促《うなが》してくる彼に向かって、千尋は唇を噛《か》みしめて頭を下げた。

「ここでは、その……言いにくいことなので……」

休憩室《きゅうけいしつ》に移動してほしいと千尋が申し入れると、彼は目を見張る。

「今から？」

ものすごく驚いた様子の彼に逆に驚きながら、千尋は手を振って否定した。

「あ、いえ。プリンの田中さんのご都合のいい時で構わないのでっ」

——そうだった。今は仕事中なのだ。

まずは「今お時間よろしいですか」と聞かなければならなかった。

千尋がさらに縮こまっていると、彼はメガネを外して立ち上がる。

「いや、今でも大丈夫だ。行こう」

さっとスマホを持って、フロアの外へと歩き出した。目指す休憩室《きゅうけいしつ》には自動販売機と喫煙スペースがある。

到着すると、今は誰もそこにいなかった。千尋は思わずホッとため息をつく。

休憩室《きゅうけいしつ》に入って、田中さんが千尋を振り返った。どことなく怒っているような顔だと思ったけれど、千尋が緊張しているせいでそう見えるだけかもしれない。

「なに、話って？」

千尋は胸の前で手を握《にぎ》り合わせて、彼を見上げた。

「今日の飲み会の時、側《そば》にいてくれませんか」

千尋の言葉に彼は目を細める。

それから、ドキドキしつつ見上げている千尋の顔を見て、田中さんは口の端《はし》を吊《つ》り上げて満足げに笑った。

「今日の？　それだけでいいの？」

突然、一歩近づかれて、千尋は驚いて体を揺らしながらもうなずいた。

「はっ、はい。とりあえず、それだけでもしてくださったら……！」

「ふうん？」

体を屈《かが》めて、田中さんは千尋の顔を覗《のぞ》き込んでくる。

――近い近い！

心の中で叫びながら、どうしていきなりこんなに近くで話してくるのかとか、妙に色っぽくて困るとか、軽いパニック状態の頭の中でぐるぐると考えていた。

混乱している千尋の目の前で、田中さんの目が細められる。

「なんで?」

「え?」

千尋が聞き返すと、笑みを深めた彼が、もう一度同じ質問をした。

「だから、俺に側《そば》にいてほしい理由を聞いてるんだよ」

——こういうちょっと意地悪っぽい笑い方が、この人はよく似合う。

それはさておき、千尋は、田中さんにそう申し入れた理由なんてとっくにお見通しのくせにと思い、少し腹が立った。

「だって……!」

だけど、しっかりと言わなければならない。恥《はじ》を忍んでお願いに上がったのだ。理由を明確に話すことは当たり前のことである。

まあ、千尋をからかって面白がっているだけだろうが、たとえそうだとしても、田中さんにお願いしなければ、今日の飲み会を無事に乗り越えられないのだ。

「営業一課の人たちがいまだ、誰が誰だかわからないんです!」

飲み会での秘書役を先輩に頼んでいる時点でダメな後輩だが、最低限の礼儀だけは守らなければ。

呆然《ぼうぜん》とした表情を目の前で見せられようとも、だ。

「私のための歓迎会ということで、いろんな人が話しかけてくださることが予想されます。だからその人たちの名前をそれとなく横で口にしてくださぁい」

5

――名越には、不意打ちでドキドキさせられてばかりでたまらない。

宗介は彼女が去った後、休憩室《きゅうけいしつ》の隣の喫煙室《きつえんしつ》で一人ため息をついた。

『あの、ちょっとお話があるんです』

先ほどは、すがるような目で宗介を見つめながら懇願《こんがん》する名越に、変な期待をしてしまった。

――まあ、用件はただ単に、一課の人間の名前を覚えていないことを隠す手伝いをしてほしいというだけだったが。

そもそも、冷静に考えれば今は仕事中だ。告白なんて、されるわけない。

しかし、そんなことも考えられないほど、宗介は舞い上がってしまった。

本当にここのところ宗介は、自分でもどうかしていると思う。

例えば、相変わらず名前と顔を覚えられない名越が、一課の人間はみんなイケメンで、同じ顔に見えるとぼやくたびに、そうか？　と首をかしげたくなる。

――自分だって、御三家と称されるくらいだから、他と比べて少しは格好よくて見分けがつくのではないかと考えてしまう。これまでの人生で、格好いいと思われたいなんて発想なかった……はずなのに。

そういえば名越が異動してきた当初は、彼女も前任の片瀬と同じように色目を使おうとしているのではと警戒《けいかい》していた。

しかし社食で会ったのをきっかけに、その考えを改めた。その後、名越をさりげなく観察していた結果、なにか言いたそうに見えるのは、どうやら相手が席に着くまで見送っているからだということに気がついた。

チラリと名札のある場所にも目を走らせているが、営業の人間は外出が多いため、名札を出したりしまったりするのが面倒くさくて社内でも大体ポケットに入れていた。

名越は仕事を頼んできた奴の席を把握《はあく》すると、付箋《ふせん》にメモを取ってから仕事を再開する。名前がわかれば自分から書類を渡しにいくし、無駄なお喋《しゃべ》りをすることもない。ただ、名前がわからない相手に対しては、話しかけられるのを待っている、というだけだった。

宗介も含め、名越がなかなか名前を覚えられないのは、大体忙しい奴だ。忙しいから、頼むだけ頼んで外へ飛び出ていってしまい席順表で確かめることもできないし、尋ねる隙《すき》もない。それが悪循環になっていた。

宗介の他に御三家と呼ばれている宇都宮と安藤も忙しいので、同じ状態になっている。そして彼らも前任の片瀬の被害者だから、話しかけられるのを待っている様子の名越にイライラしているのがわかった。

だから宗介は二人の肩を叩いてやったのだ。宗介は、その時のことを思い出す――

『付箋《ふせん》をつけてやれ』

『は？』

温厚なはずの宇都宮が、『なんだよそれ』と言わんばかりの態度でこっちを睨《にら》んだ。

――その気持ちはわかる。俺だってつい最近まで、宇都宮と同じ状態だった。

『名越は、まだ課の奴らの名前を覚えてないいんだよ。メモに名前を書いて書類を渡したら、ちゃんと仕事するし、黙って机に置いといてくれるよ』

話している途中で安藤も加わってきた。宗介は二人に事情を説明したのだが、二人とも訝《いぶか》しげな態度を崩さなかった。だから、二人を連れて名越に声をかけた。

『名越』

『はい？』

不思議そうな顔で近寄ってくる名越の表情は、少し不安そうだった。宗介のことはプリンの一件で覚えたが、一緒にいるのが誰だかわからなかったのだろう。

『こっちは安藤だ。さっきサンプルを頼まれてただろ？』

『サンプル！　よかった！　今は在庫が足りないんですけど、来週の頭には揃《そろ》います。五十ほどでよければ、先にそれは準備できます』

頼んでくれた人に進捗《しんちょく》状況を伝えたかったのだと言って、安心したように名越は笑った。そんな彼女に、もう一人も紹介する。

『こっちが宇都宮。多分、この見積もりを依頼したのはこいつだ』

そう言いながら彼女の机の上にあった付箋《ふせん》を勝手に取って、『宇都宮』と書き込んだ。顔を上げると、感動したと言わんばかりの表情を浮かべた名越の顔が目に入る。

そんな風に頬《ほお》を染めて見上げられると、なんだかいろいろ勘違いしそうになってしまった。

『プリンの田中さんは秘書ですか！　まるで秘書のようです！　しばらく私の隣にいて、来る人の名前をどんどん呟《つぶや》いていってください』

くだらないことを言っている。

『そうじゃなくて、仕事を考えたら、お前のほうが俺らのサポートだろ！』

思わずつっこむと、安藤と宇都宮は名越の様子に驚きながらも、自分たちが偏見《へんけん》を持って名越に接していたことを理解してくれたようだった。

その後は、二人が広めてくれたのか、名越に仕事を頼む時は付箋《ふせん》に名前を書いて渡すという方法が通例となった。そのことについて、名越がしきりにお礼を言ってきた。

とはいえしばらくの間は、いろんな奴の名前を間違えていた。この間は安藤が、『仕事が早いほうが助かるから、名前くらい間違えても全然気にしないよ。適当に声をかけて』と言うと、すごい勢いでガンガン呼び間違う始末。

あの時は、『いや待て、いくらなんでも間違えすぎだ』と秘《ひそ》かに笑った。

またある時は宇都宮が席を立ち、宇都宮の席の近くの別な奴が先に帰ってきたところに、自信満々で『宇都宮さん！』と話しかけ、『さすがに、俺は似てないでしょ』とつっこまれていた。

そんな風に名越が他の奴がわからない姿を見ては自分だけが認識されていることに気をよくし、彼女の言葉に振り回されている。

そう――名越の突拍子《とっぴょうし》もない発言はいつものことだが、数日前は本当に焦《あせ》った。

『だって、愛してますもん！』

突然彼女がそう叫んだ時、宗介の心臓は高鳴った。

――なにを？　誰を？　愛しているって――？

実際には、自社製品を「愛している」と言っただけだったのだが、告白されたんじゃないかと、一瞬勘違いしそうになったのだ。

――俺もだよ。

咄嗟《とっさ》に、そう言いそうになった自分に気づいて慌《あわ》てた。

こうして宗介は、徐々にだが着実に名越の虜《とりこ》になっていた。『プリンの田中さん』という妙なあだ名をつけられても、それさえ嬉しい。なにをされても、自分が特別なように思われている気がして嬉しい。

少し前までの自分ならば、そんな男のことを、お花畑な恋愛脳の馬鹿と揶揄《やゆ》していたに違いない。それなのに、今は……

――なんてこった。

宗介は自分の変わりようと、そんな自分を不快に感じてないことが信じられなくて呆然とする。

少しして我に返った宗介は、煙草の煙を吐き出しながら残りの仕事に取りかかるべく喫煙所を出る。

今晩は、名越から仰《おお》せつかった彼女の秘書任務が控《ひか》えているのだ。遅れたらどうなるかわかったもんじゃない。

6

そして迎えた千尋の歓迎会。席に着いた千尋は、少し緊張しながらチューハイをちびりと舐《な》めた。それからそっと、隣を窺《うかが》う。すると……

「宇都宮」

ムスッとした表情のまま、隣でビールを呑みながら田中さんが呟《つぶや》く。約束通りに側《そば》にはいてくれるものの、彼はすこぶる機嫌が悪そうだ。さりげなさのかけらもない状態で、今のようにボソッと苗字を呟《つぶや》くだけである。

「なんだ？」

目の前にやって来たばかりの宇都宮さんが田中さんを見て首をかしげる。

「どっ、どうぞ、呑んでください！」

ものすごく不機嫌な田中さんを気にしながら、千尋は宇都宮さんにビール瓶を差し出した。

千尋の歓迎会なので、千尋のところにみんながどんどん挨拶《あいさつ》に来てくれる。

自分の立場を考えればそれはあまりにもおこがましいことなので、むしろこっちから行きたいところだが、『主役はうろうろせずに座っていろ』と課長に言われてしまった。

とはいえ、こうなるだろうと思っていたからこそ、田中さんに隣にいてくれるよう無茶なお願いをしたのでもあるが。

「……頑張れよー」

宇都宮さんは少し話をしてから、なぜか千尋ではなく田中さんにそう声をかけて離れていった。すると田中さんはますます機嫌が悪くなった。

「あの、怒ってますか？」

田中さんに小さく声をかけると、思い切り睨《にら》まれた。

「別に」

絶対に嘘だ。だけど、まだ名前を覚えられてない自分が悪いので、ここはおとなしく落ち込んでおくことにしよう。

周りを見渡してみても、とにかくまだまだ全員の名前と顔が一致しない。千尋は絶望感に苛《さいな》まれた。

今日みたいな日に、この人が○○さんであの人が○○さんか、と確認していけばいいわけだが、どうにも隣が気になってそれどころではない。

でもそれは言い訳どころか、下手をすると田中さんに責任転嫁《てんか》しているようなことになりかねないので口にはしないが。

あぐらをかいた膝《ひざ》の上に頬杖《ほおづえ》をついてこちらを見上げる田中さん。そんな彼を見て、千尋はなぜかドキッとしてしまう。こんな長時間、彼の顔を間近で見たことは今までなかった。ともあれ、ここまで不機嫌そうだと、飲み会での田中さんの楽しい時間をつぶしてしまったことは間違いないだろう。

千尋がしゅんとしてチューハイの入ったグラスを握《にぎ》りしめていると、隣から

「あー……」と低い声がした。

「本当に怒ってないから」

小さく息を吐きながら、田中さんが千尋の頭の上に軽く手を置いた。

「ちょっと考え事してたんだ。名越とは関係ないから。悪いな」

自分の機嫌が悪かったことを謝ってくれたのだと思うが、千尋はなんとなく胸がもやっとした。

自分は関係ないと言われたのだから……本当だったら、安堵《あんど》するはずなのに。千尋はなんとなく落ち込んでしまった。

その理由を突き詰めて考えたくなくて、思考を振り払おうとして持っていたグラスの中のお酒をグイッと呑んだ。

「お前、あんまり食ってないだろ。食わずに呑むのはよくないぞ」

そんなことはお互い様だ。目の前には手つかずの料理が並んでいる。

「プリンの田中さんもどうぞ」

千尋は気分を変えて、田中さんの分の料理をとりわけた。

――数時間後。

高らかに文房具への愛を語る千尋ができあがっていた。

「いいですか？　クリアファイル一枚にしても、試行錯誤を重ね、大いなる工夫が施《ほどこ》されているわけですよ！」

田中さんも隣で耳を傾けるなか、数人の他の課員たちも入れ替わり立ち替わり、千尋の言葉を興味深そうに聞いていた。

さすがは営業一課の人たちだ。「なるほど」とうなずきながら真剣に聞いてくれる人がいるため、千尋は調子に乗っていた。

喉の渇《かわ》きをチューハイで潤《うるお》しながら千尋は滔々《とうとう》と語る。

――これだ。これこそが営業一課に来た醍醐味《だいごみ》というやつだ。一晩中でも文房具への愛を語り明かしたいと思っていた！

「じゃ、そろそろお開きにしようか」

――そう思っていたのに、課長の言葉でさっさと終わってしまった。

「あれえ？」

まだまだ語りたいことが山ほどあるのに、みんなさっさと立ち上がって帰り支度《じたく》を始めてしまう。

「あれえ？　じゃないぞ。明日も仕事だからな」

田中さんは隣で立ち上がって千尋を待っていてくれた。

「はあい」

フワンフワンする頭を振りながら、千尋はヨロヨロと立ち上がる。

立った途端《とたん》にフラリとよろめいて、田中さんに支えてもらった。

「おいおい。大丈夫か？」

「らいじょーぶですっ！」

元気よく答えると、眉をハの字にした彼が「まいったな」と呟《つぶや》いた。

その声に、これでは迷惑をかけてしまうと足に力を入れるのだが、やっぱり足元がふらついてしまう。

「おい、名越、大丈夫か？」

課長の声がした。

その声で、自分を支えていた温もりが離れそうになる気配を感じて、千尋は無意識のうちにその温もりにすり寄る。

「――俺が送っていきますから」

自分を支える腕に力が入った気がして、千尋はニヘッと笑った。

頬《ほお》に触れる空気が、店の熱気から夜の涼やかな風に変わる。

いろいろな挨拶《あいさつ》の声がして、喧騒《けんそう》が遠ざかっていく。

遠くで自分の名前を呼んでいる声がときどき聞こえてはくるけれど、返事ができているかどうかわからない。申し訳ないが非常に眠たくなってきた。

「こら、寝るな」

その声が心地よくて、千尋はだらしなく笑いながら眠りに引き込まれていった。

7

名越をしっかり抱きとめながら、今のこの状況と自分の気持ちに戸惑っていた。

名越と酒を呑んだのは初めてだったわけだが、こんなに弱いと思わなかった。そして、酒に酔い、赤ら顔の女を見て、可愛いと思う日が来るとも。

ふらふらしながら歩こうとする名越を支えてやろうと手を伸ばしたら、なんと彼女が抱きついてきて……思わず固まった。顔に熱が集まってしまったのを感じた。

課長が心配してかけてくれた言葉に、どうにかうなずいた。

「遅すぎる青春を謳歌《おうか》している奴は辛いな」

にこやかに毒を吐いて、安藤がさっさと傍《かたわ》らを通り過ぎていく。

「お、役得」

けたけた笑いながらこちらを見ている奴らも、手を貸そうとはしない。……仮にそんな奴がいたとしても、もちろん手を借りるわけはないのだが。

「名越、とりあえず外に出るぞ」

　さすがに店のど真ん中でずっと抱き合っているわけにはいかない。名越を促《うなが》して歩き始めると、「うー」とか「あー」とか唸《うな》り声が聞こえてきたが、ちゃんと足を動かした。

　そして、ぼんやりとあたりを見回したかと思うと、宗介の上着の中に潜《もぐ》り込もうとした。

「ここじゃダメだろ!?」

　――言ってから気がついた。そういう問題じゃないんだよ。

「お前、さすがに意識がない状態の女性を襲うなよ」

　宇都宮が呆《あき》れた顔をして言った。もちろんだと顔をしかめて答えたが、そのあたりのことは、己の理性に頑張ってもらうしかない。

「お、じゃあなー頑張れー」

「嫌われるようなことは、したらいかんぞー」

　勝手なことを言い、ぎゃははと笑って囃《はや》し立てる奴らにイラつきながらも、名越が抱きついているのが他の男じゃなくてよかったと思ってしまう。他の奴に抱きついているのを見たら、それこそ理性がどうのこうのと余裕ぶっている場合じゃなくなるのは、確実だ。

ため息をつきながら、歩き去っていく同僚たちを眺《なが》めていると、課長がさすがに心配そうな顔でこっちに歩いてきた。

「田中、送ってやれるか？」

「ああ、はい」

「他の奴だと、知らない人間だと思って、名越が怖がるかもしれないからな」

課長はそんなことを言って心配をしていた。……名越、お前はうまく隠しおおせているつもりでいるようだが、みんなの名前と顔を覚えていないことが課長に思いっきりバレてるぞ。

「任せて悪いな。タクシー代は出すから」

申し訳なさそうに課長が差し出すタクシー代をありがたく受け取って、そのままタクシーに乗り込んだ。

タクシーの座席についた途端《とたん》、名越がさらにすり寄ってくる。

「あったかあい」

——そうだろうよ。こっちは熱くて目が回りそうだからな。

投げやりに心の中でそう答えて、名越の体を支える腕に力を込めた。

無理かもしれないと思いつつ、名越に住所を尋ねてみると、寝言のような口調で住所を言った。それを聞いた運転手が「わかります」と言ってくれたので、ようやくホッとしてシートにぐったりと背中を預けた。

腕の中の名越は、ぼんやりと視線を宙に彷徨《さまよ》わせていた。

「千尋？」

いたずら心を起こして、小さく下の名前で呼びかけてみると、名越はとろんとした目で宗介を見上げて、ふにゃっと笑った。

――まずいまずいまずい！

お前は中学生かと自分に突っ込みを入れたくなるほど、あっという間にそんな気分になってしまった。さっき安藤に「青春」だと言われたことを否定できない自分が悔《くや》しい。

「はあい」

嬉しそうに返事をする名越の髪を撫《な》でると、もっともっとと言うようにすり寄ってくる。

「宗介って呼んで？」

この状態なら、もしかしたらそう呼んでくれるかも、と期待した。

「はあい」

さっきと同じ返事だった。……まあ、そんなものだろうと思った。

大きく息を吐き出して無意識に体に入っていた力を抜くと、名越が宗介の体にのしかかるように抱きついてきた。しかも、上着の中に手を入れようとし始める。

「こら、待て」

聞こえてないだろうが一応声に出して名越の手を掴《つか》むと、ひんやりとしていた。

……だからか。名越がえらく抱きついてくるのは、呑みすぎて体が冷え始めて寒いからだったのだ。

理由がわかったからといってこっちの体が落ち着くわけではないのだが、自分の中で名越を抱きしめる大義名分ができ上がった。

思い切り抱きしめると、腕の中からくすくすという笑い声が聞こえてきた。

落ち着けと自分に言い聞かせたが、なかなか思った通りにいかない状態で、名越のアパートに着いた。

タクシーの運転手に待ってもらったまま、名越の肩を支えてエレベーターに乗り込んだ。

腕の中にある名越の体温を感じながら、『俺ってこんなに性欲強かったんだなあ』などと妙に感心してしまう。

名越はある部屋の前で立ち止まると、意外としっかりとした手つきで鍵を出してドアを開けた。

「どーぞー」

――どうぞじゃない。名越は嬉しそうに部屋に招き入れようとするが、部屋に入ってしまったら、自分を抑える自信がない。

玄関先で帰ろうと思っていたのに、ひどくゆらゆら揺れながら歩く名越を見ていると、布団まで無事にたどり着けるのかだんだん心配になってきた。

ハラハラしながら見ていたところ、案の定、ぐらりと名越の体が大きく傾《かし》ぐ。

「もう少しだから、しっかり歩けよ」

腕を伸ばしてまっすぐ立たせようとしたところで、すぽんと名越が腕の中に飛び込んできた。

「お前なっ」

——どれだけ俺の忍耐力を試す気だ。

思わずイラついた声が出てしまった。

「わかってんの？　この状態って、食べられても仕方ないんだぞ？」

腕の中でこっちを見上げてくる名越を脅《おど》した。

酔っ払って正常な判断ができなくなっている女を抱くなんていう趣味は、宗介にはない。——ない、が。

「どーぞー」

真面目に我慢している宗介に向かって、名越は呑気《のんき》にそんなことを言ってくる。

「——本気？」

そう言ってみると、とろんとした目でこっちを見る。

「千尋」

もう一度名前で呼びかけると、名越がこっちをぼんやりと見つめてくる。パチパチとまばたきを繰り返し、宗介をしっかり見ようとしている様子が見て取れた。

——さすがにもう眠さの限界なんだろうな。

名越の頭がぐらぐらと揺れ始めている。宗介は諦《あきら》めて軽く笑って、名越のおでこにキスをした。

唇を離して名越を見ると、目をぱちぱちさせながらこちらを見ていた。

「プリンの田中さん……？」

こんな時にそのあだ名は合わないから名前呼びしてくれと思ったけれど、これだけひどく酔っていれば、仮にそう伝えたとしても理解できないだろう。

腕の中で口を半開きにして見上げてくる姿は、キスをねだっているように見えて勘違いしそうになる。

そんなわけがないと理性を総動員させて……親指で彼女の唇をなぞるだけにしておいた。

「千尋、好きだよ」

思わず、本音が漏《も》れた。まだ、言葉にするつもりはなかったのに。

無防備に見上げてくる名越の表情にもどかしさを感じてしまった。どうすれば彼女が自分を男として意識するようになるのかと。

名越は、宗介の言葉を聞いてしばらくぼんやりしていると思ったら——

「えっと……なに……？」

その答えに、宗介は笑いながらため息を吐いた。

聞こえなかったのか、理解できなかったのか。どちらにしても、この状態では今のことは記憶に残っていないだろう。

「なんでもないよ。……おやすみ」

——今はまだ、このままの関係で。

力を込めて抱きしめると、名越の体から力が抜けていくのがわかった。

……さて、ベッドはどこかな。あとちょっとだから頑張ってくれ、俺の理性。

自分で自分を励《はげ》ましながら名越をベッドに放り込んで、玄関先に置いたままにしていた名越の鍵でドアを締めた。

鍵をポスト口から中へ放り込んで、本日の任務終了だ。

タクシーに乗って、運転手に自分の家の住所を知らせてからようやく一息ついた。

だが、気持ちが落ち着いてくると、さっきの名越の体の柔《やわ》らかさとか、見上げてくる視線とかが鮮明に蘇《よみがえ》ってきた。

──今日は、なかなか寝つけそうにないな。

宗介は大きなため息をついて、軽く目をつぶった。

8

──ルルル……ルルル……ルルル。

小さな電子音に気づいて布団から顔だけ出すと、スマホが鳴っていた。起きる時間だ。

千尋はぼんやりとしたまま部屋を見回す。

「あ……れ？」

掠《かす》れた声を上げてから自分の姿を見下ろし、昨日帰ってきてから着替えもせずに眠ってしまっていたことを知った。

よたよたと洗面所まで行って、自分の姿の酷《ひど》さに絶句する。

このままではとても仕事に行けない。急いでシャワーを浴びなければと思った矢先、昨日見た夢を思い出した。酔った千尋を、確か田中さんが家まで送ってくれたのではなかっただろうか。体がフワフワして心地よくて、彼に抱きついたりもした気がする。それから確か、田中さんはなにかを食べたいとかなんとか言って、お腹がいっぱいだった千尋は『どーぞー』と答えたような。

あとは……『好きだよ』と甘くささやかれたような気もするけれど、これは幻聴か夢に違いない。

――というか、なんて夢を見ているの!?

田中さんが自分を好きだと言う夢を見るなんて、おこがましいにもほどがある。

だけど、『千尋』と自分を呼ぶ彼の声が耳にこびりついているような気がして、どこまでが現実でどこからが夢なのか、千尋は判別できなくなってしまった。

彼の低い声が耳の奥底から蘇《よみがえ》ってきて、思わず一人で赤面した。自分の想像力の豊かさに驚かされる。

千尋は混乱する頭をなんとか治めて、仕事に行くための準備を始めた。その後、ポストに入っていた鍵を手に、施錠《せじょう》してから家を出る。

電車に揺られながら改めてゆっくりと考えた。

――送ってもらったのは、現実だったのだと思う。

多分、周りが田中さんに千尋を押し付けたような感じになっていたような気がする。

ひょっとして自分から、彼に抱きついたりしていなかったか？

……頭、痛い。

周りが田中さん一人に押し付けたのは、彼が千尋を襲うはずがないからだろう。

『そこまで女に不自由してない』と田中さんが鼻で笑う姿まで想像できてしまう。

千尋は申し訳ないやら悔しいやらで涙ぐんでしまいそうな自分の思考を終了させて、深いため息をついた。

——それにしても、どうしてあんな、夢を見てしまったのか……

恥ずかしすぎて彼に合わせる顔がないと、千尋は頭を抱えた。


「おはようございます」

千尋が営業一課に入っていくと、数人がすでに仕事を始めていたが、田中さんはまだ来ていなかった。

千尋はコーヒーを淹《い》れるために給湯室へ入って、とりあえずみんなに謝らなければと大きく深呼吸をした。

自分の歓迎会でなんという失態を犯《おか》してしまったんだろう。

コーヒーメーカーからコポコポとコーヒーが落ちてくるのを眺《なが》めながらぼんやりしていると、突然うしろから声がかかった。

「名越、俺もコーヒー」

「ひゃっ!」

今朝からずっと頭の中でリフレインしている声が自分を呼んだので、千尋は必要以上に飛び跳ねてしまった。

「そんなに驚かなくても。俺にもコーヒーちょうだい」

おそるおそる振り返ると、いつもと変わらない様子の田中さんが訝《いぶか》しげな顔をして立っていた。

「す、すみません。考え事をしていたもので」

熱くなった顔を見られたくなくて、ぺこぺことお辞儀《じぎ》をしていると、不機嫌な声が降ってきた。

「もしかして、俺のこと誰かわからない？　田中だけど」

見上げると、どうやら誤解しているらしく、呆《あき》れた顔をされた。

「いえ！　あの、その……昨夜は、ご迷惑をおかけして……」

昨日の出来事はどこまでが本当のことですか、と聞いてみたいところだが、そうすると夢の内容を話すことになってしまうから、聞けるわけがない。

「ああ。……名越、覚えてんの？」

あたふたとコーヒーを入れている千尋を見ながら、田中さんは探るような表情を浮かべている。

覚えているのかと聞かれた千尋の頭の中に、昨夜の夢の内容が流れ込んできて、頬《ほお》がカッと熱くなった。

「あの、くっついたりしたことまでは……。すみません。あと、送っていただいて、……その後、私はいったいどんなことをやらかしたのでしょうか」

抱きついたりしたことは夢ではない気がする。さらに、もしかしたらその後……嫌がる彼に迫っていく自分の姿を想像して千尋は青くなった。夢で見た彼の様子は、まさか千尋が好きと言えと強要したからだったりしないだろうか。

青ざめた千尋の表情を見て、田中さんが笑った。

「ぶはっ。名越はなんもしてないよ。確かに俺がタクシーで送っていったけど、自分で住所を運転手に言ってたし、鍵も自分で出して部屋に入っていったよ」

「そうなんですか！」

彼の言葉に、千尋は思わずガッツポーズをした。

――ビバ！　酔った自分！　自分で自分を褒《ほ》めてあげたい！　意外とまともだったんだ。

最悪の事態は避けられたと浮かれていた千尋は気づいていなかった。「名越は」なにもしていないと田中さんが言ったことに。そして千尋と同じように彼も、昨日の夜のことを千尋が覚えているんじゃないかと、実はドキドキしていたことに。

朝から胸を占めていた懸念事項が解決し、千尋は一安心して仕事に励んだ。そうして、頼まれていた書類の作成が済んだところで席を立つ。千尋は、まだ一課の全員を把握《はあく》できていなかった。ただ、御三家と呼ばれる人たちのことは、なんとなくわかるようになってきた。彼らとはしょっちゅう仕事のやりとりがあって、よく話すようになったからだ。

もちろん、よく話すようになったと言っても、それは仕事の話ばかりである。

彼らは本当に忙しく、外に出て顧客《こきゃく》と打ち合わせをすることが多いため、千尋とは休憩《きゅうけい》時間がずれるし、彼らが帰社する前に千尋の勤務はほとんど終わってしまっている。

――と説明したのに、いまだに真紀から情報をせがまれる。プライベートな話なんてしている暇がないというのにもかかわらず。

昼食時間も一緒にならないので、食べ物の好みもよくわからない。こそこそと机の上を観察したりもしてみたが、アニメキャラのフィギュアとかアイドルの写真とかも飾ってはいなかった。

仕方がないので以前、某人気アニメアイドルグループのメンバーが印刷されたクリアファイルを複数枚用意して『どれか好きなものを差し上げます』と言ってみたけれど、宇都宮さんと安藤さんは笑顔で『いらない』と断ってきた。田中さんに至っては『なんのつもりだ』と低い声ですごんできた。

千尋からしてみたら、イラストの方が女の子のキャラが見た目でわかって、好みのタイプを判断しやすいなあと思っただけなのだが、田中さんには情報入手のための調査だということがバレてしまったようだ。

田中さんには真紀との会話も聞かれてしまっているし、そうじゃなくても自然とさりげなく聞き出すなんて、自分の力量じゃ無理だな、と千尋は素直に思った。

それでも真紀から度々せがまれるので、何日もかけて作戦を練った末、やっぱり直接聞くことにした。

数日後、書類を届けるついでに、まずは一番人畜無害《じんちくむがい》そうな宇都宮さんに聞いてみた。直球で。

「あなたの情報がランチ一食分で売れるので、女性の好みを教えてください」

「相撲《すもう》取り」

書類に視線を落としたままで、適当な答えが返ってきた。

うしろを安藤さんが通ったので、ついでに同じ質問をしてみる。

「老婆《ろうば》」

いつも通りの笑顔で答えられた。

安藤さんは常時笑顔の人なので、なにを考えているのかわからなくて、千尋は結構苦手だったりする。

「広める気満々で聞きにきたら、こっちだって適当に答えるさ」

口を尖《とが》らせる千尋を見て、宇都宮さんが呆《あき》れたように言った。

こっちも真面目に教えてくれないんだろうなあと思いながら、近くの席の田中さんに視線を向けた。

千尋が田中さんを見下ろすと、彼はくいっと眉毛を上げる。

そうして、一言――

「チビ」

「なんですか！　視線を合わせた途端《とたん》にそれですか！」

動揺を隠そうとしたら、必要以上に大きな声で叫んでしまった。確かに千尋は背が小さめなことを気にしていたが、そんなに怒ることでもなかったのに。

そう、千尋は平均的な女性よりも背が低めだ。一応一五〇センチはあるので、決してチビではない。低めだ。

とはいえ、この営業一課は背が高い人間が多いため、自分の低め感が目立っているなあとは、千尋も感じていた。

――しかし、面と向かってはっきり言われると、ちょっと腹が立つ！

それに、小さいというのは幼いイメージに直結しているような気がする。恋愛対象外だと宣言されたみたいで、なぜだかショックを受けてしまったのだ。

——以前、合コンに参加した時に『さすがにロリコンって思われたくないしね～』と冗談交じりに言われたことを思い出す。それ以来、合コンには行っていない。

——悪いがそこまで幼くない。

普段はそんなに気にしていたわけではないのに、田中さんに『恋愛対象外』の烙印《らくいん》を明確に押されたような気がして、急に頭にカーッと血がのぼってしまったのだ。

「え？　あ、や、そうじゃなくて……」

千尋が怒ると、彼は目をパチパチさせて驚いたような顔をした。

過剰反応をしていることは千尋が自分で一番よくわかっていた。だけど、なぜだか悲しくて泣きそうだったのだ。

千尋と田中さんの反応を見て、他の二人が噴き出した。

「田中はチビが好みってことだよ」

宇都宮さんがニヤニヤ笑いながら言った。

「そうそう。名越さんのようなね」

安藤さんも意味ありげな含み笑いを田中さんに向けた。

からかうような二人の視線を受けて、田中さんの視線が戸惑ったように揺れる。

「もういいです！」

——無理だ。こんな状況に陥《おちい》ってまで情報なんて手に入れられない。からかいに移行してしまった会話に区切りをつけて、千尋は彼らに背を向けた。チビが好みなんて、そんなわけないじゃないか。会話の流れ的にもおかしい。

千尋はぷりぷりしながら席に戻った。

あまりにも癪《しゃく》なので彼らの仕事を後回しにしようと一瞬考えたけれど——それはあまりにも子供じみている。

千尋は結局、自分は大人だから仕事はしてあげよう、そう、大人だからね、と一人で考えながら、少しだけ溜飲《りゅういん》を下げた。

コピーのため立ち上がって振り返ると、俯《うつむ》いた田中さんが他の二人に肩を叩かれている姿が視界の端に入った。

二人は面白がっているように見えるけれど、田中さんは本当に落ち込んでいる様子だった。

ステープラーを手に取った千尋は、いきなり怒ったらそりゃ驚くだろうなと少し反省した。必要以上に怒りすぎた。でも、どうしてあんなに怒ったのかと聞かれたら、どうもうまく説明ができない。

ただ、『彼』が言ったから怒った。でも、それは完全な八つ当たりなのだ。

田中さんは本当にちょっとした冗談を言っただけだったのに、こっちが過剰に怒ってしまった。

冗談には冗談で返せる心の余裕が必要だったな、と千尋は思った。

そして後でちゃんと謝ろうと決めて、一人うなずいた。

9

名越のことを好きだと、宗介が自覚してから二週間。

最近、時間があればさりげなく名越を眺《なが》めるのは、宗介の習慣になりつつある。

今日もいつものように観察していると、名越が、ふとなにかを思いついたように、宇都宮のところへ行った。珍しく安藤も一緒にいるなあと思っていたら――

「――ランチ一食分で売れるので、女性の好みを教えてください」

直球過ぎる名越の言葉が聞こえた。

思わず腰を浮かせた時、安藤がニヤリと笑ったのに気づく。

今、名越が彼らに聞いたことは友人との約束のためだからだと、少し冷静になって考えればすぐにわかることだった。

なのに、突然の思ってもみない彼女の行動に動揺して体が動いてしまったのだ。

とはいえ、宗介の心配をよそに二人は、まったくもってやる気のない返事をする。名越はそんな二人のあんまりな受け答えに脱力して胡乱《うろん》気な視線を送っている。宗介は、そんな名越を見つめた。

見つめていたら、自分の気持ちに気がついてくれたりしないだろうか。

――考え方が乙女すぎる……

軽く気恥ずかしい気分を味わっていると、名越と目が合った。

――そうだ、きっと今から、名越は宗介の好きな女性のタイプを聞いてくるだろう。自分だって御三家だし。御三家だと自分で言って自分で喜ぶなんて、絶対にありえないことだったはずなのに。いったい自分のこの変わりようはなんだろう。好きな女性のタイプと言えば、今となってはもう名越のことしか考えられなかった。理想の女性像が、名越の姿になってしまっているほどだ。

――そうしたら、なんて答えよう？

小柄で、よく笑って、小さくて、真面目で、小柄で、小さくて……

「チビ」

深く考えずに口にしてしまっていた。

名越は宗介の腕の中にすっぽりと収まる、ちょうどいいサイズだった。酔っ払った名越を好きなだけ抱きしめたことを思い出す。もう一度抱きしめたいと思って口にした言葉だったのだが――

「なんですか！　視線を合わせた途端《とたん》にそれですか！」

名越にとっては悪口になるものだったらしい。というか、よく考えてみれば誰にとっても悪口だ。

突然怒られたと思ったら、謝る暇もないままに、名越は仕事に戻ってしまった。

「あ～あ」

「ないわ」

その場に残ったのは、久々の恋愛に、子供じみた態度をとっている自分を面白がる二人だけ。

「その顔って飾りなの？　イケメンなのに、恋愛スキル低っ」

爽《さわ》やかな笑顔でバッサリ切ってくる安藤。

「え～～っと、今の態度はフォローのしようがないよ」

安藤よりひどいことをサラッと言う宇都宮に挟《はさ》まれて、宗介はうなだれた。

――にっこり笑って「小柄な女性って素敵だよね」とか言えばよかったのだ。落ち着けばいくらでも思いつくのに、名越を前にするとそれができない。

「初恋ってそんなもんじゃない？」

――別に初恋じゃない。思春期でも、青春真っただ中ってわけでもない！

「まあ、今まで見た目だけに頼って女性を適当に扱ってきた罰だね。自業自得だよ」

二人にまったく慰《なぐさ》められることもなく、ダメ出しだけをされてしまった。

「どうすりゃいいんだよ。なんて言えばいいんだ？」

彼女のことをみんなの目の前で馬鹿にしたようなものなのだ。どうやって弁明したらいいんだ。歓迎会の後のことを思い出してしまって、小ささばかりが頭を占めていた。

しかし、名越が小さいことのよさを説明するとなると……告白という流れになる。

――無理だ。ようやく顔を認識されて少し話をする程度じゃ、告白してもまったく希望を感じられない。

「別になにも言わなくてもいいんじゃない？」

宇都宮はそう言ったが、それでは嫌なのだと首を横に振った。

結局、謝ることができないままで自己嫌悪《けんお》に陥《おちい》りながら、外回りに出た。

打ち合わせを無事に終えて街を歩いていても、ふと気がつくと名越にどう言おうかということばかり考えている。

「ああ〜〜、ダメだ」

天を仰いで大きく息を吐き出した。

恋愛脳の馬鹿どもめと、恋に悩む人を蔑《さげす》んでいた時の思考を取り戻したい。

今から会社に戻ればちょうど定時だ。名越と会えるか会えないか微妙な時間である。会いたいかと聞かれれば、そりゃ会いたい。

だけど、まだ怒っていたら……そう考えると、どうしても気が重くなる。

そんなことをあれこれ思いながら歩いていると、前方に真っ黄色の派手なワゴン車が見えた。車体の横には黒板が立てかけてあって、目を凝《こ》らしてよく見てみるとプリンの移動販売の車だった。

——プリン……それだけで、また名越で頭がいっぱいになる自分は本当にどうかしている。

気がつくとふらふらとワゴン車へ近づいていって、プリンを三つ買っていた。

一つじゃあんまりだ。二つだったら一緒に食べようと誘っているような感じだし、じゃあ三つか？　……なんていう、どうしようもない理由で三つ買った。

——名越がいなかったらどうするつもりだ、このプリン。お前、馬鹿だろ。食べ物で何度も満面の笑みが見られると思うなよ。

次から次へと自分を嘲《あざけ》る言葉が頭の中を流れてくるのに、歩くスピードは速くなる一方だった。

会社に戻った時、名越は鞄《かばん》を手にして帰り支度《じたく》を始めていた。

一課は全員出払っていて、課長と名越だけが残っている状態だった。

急ぎすぎたせいで少し息切れをした状態のまま、名越に近づく。

本来なら、先に課長への報告なのだが、その間に名越に帰られてしまう可能性がある。

「名越、さっきは悪かった」

直球で謝ると、名越は最初驚いた顔をして、すぐに笑った。彼女も気にしていてくれたのかもしれない。

宗介は手に提げていたプリンの箱を「お詫びに……」と持ち上げる。すると——

「うわあ、うわあ！　ありがとうございます！」

ものすごく喜ばれた。

あまりの喜びように目を丸くする宗介を尻目に、名越は箱を覗《のぞ》き込んで、

「三つもある！　みんなで食べられますね！」

と言ってコーヒーの準備を始めた。

「持って帰っていいんだぞ」

宗介が慌てて声をかけると、名越は驚いたように言った。

「そんな、もったいない！　こんな美味《おい》しそうなデザートを、みんなで食べられる機会を逃すわけありませんよ！」

思ってもみないことを言われて、宗介は赤面した。

そんな風に考えてくれるのかと、心の中が温かい気持ちで満たされた。

「……そうか」

小さな声で返事をするのが精いっぱいだったアラサー男を笑ってくれ。宗介は素直に感動したのだ。

――名越は食べ物で釣れる。

感動を語った直後に言うセリフではない上に、ものすごく失礼な物言いだが、でも本当にそうなのだ。食べ物を見せると、しっぽを振るようについてくる。

宗介は、名越の可愛い反応を見たいがために、彼女へお菓子を渡すようになった。

「今日はチョコだぞ」

「わあい」

両手を上げてちょうだいちょうだいと言ってくる名越が非常に可愛くて、どうしようかと思ってしまう。

取引先からのもらい物があればそれを渡し、渡す物がない日は街で目についた店のお菓子をとりあえず買った。そして――

宗介は、妙にお菓子に詳しい男となっていった。

10

ここのところ毎日のように田中さんからお菓子をもらっている千尋は、少しは彼にお返しがしたいなあと思っていた。

そして昨日の木曜日、一人でぼんやりとテレビの情報番組を見ていたら、比較的近所のお店を紹介していた。

つやつやと光り輝く大粒のマロングラッセ。なんと、一粒五百円もする高級菓子だ。

「名越さん、請求書できてる？　今日持って行きたいんだけど」

「宇都宮さんっ！」

千尋は作成し終えた請求書を渡す相手である彼を、思いっ切り振り返った。

「うわっ！」

その動きに驚いて、宇都宮さんが体を仰《の》け反《ぞ》らせた。

びくっとする顔もイケメンだ。だが、残念ながら女性の趣味が特殊だということで、最近は女性社員から微妙に敬遠されているという。

「大田商事《おおたしょうじ》が入っているビルの一階に、ラッフィナートっていう、洋菓子店がありますか⁉」

「あ……ああ。名前は知らないけど、確かに洋菓子店は入ってるね」

千尋のキラキラした笑顔に、引きつった笑顔を返しながら、彼はうなずいた。

「請求書は、これからプリントアウトすればすぐ用意できます」

「ああ、そうみたいだね」

パソコンを示してみせる千尋に、彼の笑顔は引きつったままだ。

「実は、……お願いが」

「……その様子じゃ、あるだろうなあと思ったよ」

千尋のお願いポーズに、宇都宮さんはため息で返事をした。


その日の夕方、千尋はご機嫌だった。

渋々ながら、宇都宮さんが買い物を引き受けてくれたのだ。

千尋はマロングラッセを、なんと贅沢《ぜいたく》に五つも頼んでしまった。二つは田中さんにあげて自分も一緒に同じだけ食べる。そして残りの一つはお持ち帰りにするのだ。

今日の夕食後には、マロングラッセがデザートだ。

でも、食前でもいいかもしれない。空腹が最高のスパイスになるだろう。

ふふっと千尋は笑みをこぼした。

田中さんは直帰することがほとんどないので、今日もおそらく帰社するだろう。その時に、「今日は私からのお返しです！」と差し出すのだ。そうしたらきっと驚くに違いない。歓迎会の時、観察していたら甘いものは好きなようだったから喜んでくれるはず。

千尋は、今日は絶対に残業はしたくなかった。田中さんと一緒におやつタイムを楽しむために。だからいつも以上に集中して仕事を片付けた。伝票も前もっていろいろと準備したし、これで完璧だ！

そして定時のチャイムが鳴るとほぼ同時刻に、田中さんが帰社した。

しかしまだ宇都宮さんからマロングラッセを受け取っていないので、田中さんに話しかけるわけにはいかないのだ。

というか、肝心の宇都宮さんが帰ってこない。

そわそわと入り口を窺《うかが》っていると、宇都宮さんが不自然に膨《ふく》らんだ茶封筒を抱えて戻ってきた。

――あの荷物は！　千尋の心は躍《おど》った。

すると宇都宮さんは、とりあえずという感じで書類を机の引き出しに入れて、おいでおいでと千尋に向かって手招きをした。

千尋はお財布を持って飛び跳ねるようにして、休憩室《きゅうけいしつ》に向かう彼を追いかけた。

「はい、どうぞ。目立つから、封筒に入れて帰ってきた」

休憩室《きゅうけいしつ》に入った途端《とたん》、やっぱり妙に膨《ふく》らんでいた封筒を渡された。

「これ、高いね」

前もって千尋から値段を聞いていたけれど、実物を見て、「この小さいのが？」とちょっと不安になったらしい。

「はい。どうしても食べたくって！　ありがとうございました」

千尋がお金を払うと、「まだ仕事があるから」と宇都宮さんは早々に営業一課に戻っていった。

ちなみに、千尋はすでに今日の仕事を終えていた。定時のチャイムも鳴ったので、後はもう帰るだけ。

田中さんは今日も忙しいのかなあと考えながら、袋の中を覗《のぞ》き込むと金色の包みが五つ。

――仕事が片付くまで時間がかかるかもしれないけれど、やっぱり今日渡したい。早く、彼の喜ぶ顔が見たいと思った。

千尋は、先ほど帰社したばかりの田中さんに少し時間ができるまで待とうと決めた。ということは……。自分の分をここで一粒ゆっくりと食べたっていいわけだ。

社名の入った封筒からマロングラッセを一粒出すと、千尋はにんまりと笑った。

金色に輝く包装をはがして透明なフィルムを開けると、つやっつやのマロングラッセが現れる。

――いっただきまーす！

千尋が声に出そうとした時、不機嫌な声が休憩室《きゅうけいしつ》に響いた。

「なに、それ？」

慌《あわ》てて振り向くと田中さんだった。腰に手を当てて、ひどく不機嫌そうな様子で立っている。

いつものお礼に渡そうと思っていたものを先に食べようとしていたところを見られるなんて。

気恥ずかしさから、千尋はぶっきらぼうに「別になんでもないです」と小さく言う。

その千尋の声が聞こえなかったのか、田中さんの苛立《いらだ》ちがさらに大きくなった。

「なんで他の奴から餌《え》づけされてんの」

なんだかいきなり責められている状態になっている。

「餌《え》づけとは失礼ですね」

田中さんの不機嫌そうな様子と癇《かん》にさわる言い方に、千尋はムッとして彼を睨《にら》みつけた。

「餌《え》づけというのは動物相手にするものであって、私は人間なので餌《え》づけなんてされていません！」

胸を張ってそう言い返すと、田中さんがさらに不機嫌な顔になった。

そしてつかつかと長い脚で一気に千尋に近づいてきて――なにをするのかと思え

ば、なんと、千尋が持っていたマロングラッセを一口で食べてしまったのだ。

あっという間の出来事に、千尋は呆然《ぼうぜん》とすることしかできない。

そんな千尋を見下ろして、彼は笑う。

「甘すぎるな」

すごく楽しみにしていたお菓子を勝手に食べた挙句《あげく》に、この文句。そう、すごく楽しみにしていたのだ、しかもいろんな意味で。

「ひっ……ひどい！」

『甘すぎる』と評されたお菓子を、『いつものお礼です』と言って渡すことなんてできない。

確かに自分が食べることも楽しみにしていた。だけど、それ以上に、田中さんに渡した時にどんな表情をするだろうかと期待していたのに。千尋の気持ちがしぼんだ。

――喜んでくれると思っていたのに。

最初は驚いた顔をして、だけどすぐに「嬉しい」と笑ってくれることを当たり前のように想像していた。

じわりと、涙が滲《にじ》んでしまったのが自分でわかった。

――気づかれたくない。

そう思った千尋は慌《あわ》てて俯《うつむ》いた。すると田中さんが、息を呑んで慌《あわ》てたように「名越」と名前を呼んだ。

千尋は涙のわけを聞かれたくなかった。だから、別の理由をこじつけるために、彼を責めた。

「高かったのにっ」

気持ちを奮《ふる》い立たせて無理やり視線を上げて田中さんを睨《にら》んだ。

そんな態度を取っていいのかと千尋の理性は叫んでいたが、それでも涙の本当の理由だけは知られたくなかった。

「……え？」

千尋の恨《うら》みがましい声に、彼は驚いた顔を見せた。

思ってもみないことを言われたのだろう。

千尋だって、こんな些細《ささい》なことでこんなに怒ったりしたくない。それなのに彼はいつも、千尋が自分でも信じられないと思うような強い感情を勝手に引きずり出すのだ。

千尋は一度大きく息を吸って、一気に喋《しゃべ》った。

「これ、一粒五百円もするんですよ！　一粒がですよ、一粒が！」

大きな声を出すと涙が引っ込んだので、立て続けに喋《しゃべ》った。

「もう、ちゃんと味わいもしないで！　もったいないでしょ！」

腕を組んで怒った顔を見せる千尋を、彼は呆然《ぼうぜん》と見つめていた。

「は……え……？　お金払うの？」

そのあまりにも驚いた顔を見た千尋は、ようやく落ち着いて軽く笑いを漏らした。

「いつもお菓子をくれる田中さんに、お金を払えとは言いませんよ」

最初から、二つは彼のものだったのだ。今となっては渡せないけれど。

「でも、いきなり一口で食べておいて甘すぎるはひどいでしょう？」

――これくらいは本音を漏《も》らしても許されるだろうか。いきなりあんな風に食べられなければ、千尋だってテレビで見て一緒に食べたかったこととか、宇都宮さんに頼み込んで準備したことなどを笑いながら話せたのだ。

自分のために準備された物を彼が悪く言うことはないと、千尋は確信していた。

彼は千尋の文句を、ぽかんとした顔のままで聞いていた。

「今、プリンの田中さんが食べたマロングラッセは、なんと昨日テレビで紹介されていた物なんですよ？　偶然にも宇都宮さんの得意先と同じビルの中にこれを売っている洋菓子店があってですね、買ってきてもらったんです。恥ずかしいって、結構嫌がられましたけどね！」

嫌がられながらも、やっぱりどうしても今日中にほしくて頼んだ理由はグッと呑み込んで千尋は話した。

「は……そ、っか。なるほど。ごめん。食べたお詫《わ》びに俺、同じもの買ってくるよ」

田中さんは大きく息を吐き出しながら、律義《りちぎ》にもそんなことを言った。

それを聞いて、千尋の気持ちはさらに落ち着いた。

「わかっていただければいいのです。まだありますからね、大丈夫です」

うんうん、と偉そうにうなずきながら話す千尋の前で、彼は力が抜けたように座り込んだ。

「俺、余裕ない……」

両手で顔を覆《おお》って呟《つぶや》いた彼の言葉に、千尋は首をかしげた。

「だから、買ってこなくていいですって。今月、お財布に余裕ないんですか？　一食分くらいなら奢《おご》りましょうか？」

ふと思いついて千尋が提案すると、田中さんが顔を上げた。

「奢《おご》ってくれるの？」

「ええと……定食屋さんのランチとかでもいいですか？」

今、二千五百円を出したばかりの財布の中身を思い出しながら千尋が提案すると、急に元気になった彼が立ち上がった。

「ランチじゃなくて、今日の夕飯がいい」

「ええっ⁉」

――ちょっと待て。夕飯でもダメではないが、財布の中に諭吉《ゆきち》さんはいただろうか？

いや、いない。あと数枚の英世《ひでよ》さんがいるだけのはず。

千尋は思わず握《にぎ》っている財布の中身を確認しそうになった。

「ラーメン屋とかでもいいですか？」

──他の店でも、今日じゃなければ……あ、でも今からコンビニで下ろせばいいかな。でも、奢《おご》る人の前でお金を下ろすのも……となるとクレジット払いができるところで……

千尋の頭にお金のやりくりが浮かんだが、それが形になる前に、彼が嬉しそうに宣言する。

「奢《おご》らなくていいから、一緒に夕食を食おう。俺、残ってる仕事をすぐ片づけてくるから待ってて！」

田中さんは身をひるがえして、休憩室《きゅうけいしつ》から颯爽《さっそう》と出ていってしまった。

──脚の長い人は動きも速いのか。並んで歩くの、大変そうだなあと、遠ざかる彼の背中を眺《なが》めながら、千尋はぼんやりとそんなことを考えていた。

このままじっとしていても仕方がないので、千尋もとりあえず自分の席に戻って荷物をまとめた。

くるりとフロアを見渡すと、田中さんが妙に忙しそうにしていた。

──大丈夫なんだろうか？

そう思って千尋が見ていると、彼は手の平をこちらに見せて、ごめんと合図をして、課長の席に向かって歩いていった。

――まだちょっとかかるということだろう。

このままここで待っていようかと考えたが、彼が「お待たせ」とか言ってかけ寄ってきたら、それはそれで気恥ずかしい。二人で食事に行く約束でもしていたみたいじゃないか。……まあ、その通りなんだけども。

そんなことをつらつら考えた千尋は、どこか別の場所で待つことにした。

外で待っていることと自分の携帯番号を付箋《ふせん》に書いて、田中さんの机に貼る。

そのまま、彼とは目を合わせずに「お先に失礼しまあす」と言って、千尋は一課の部屋を出た。

11

宗介が帰社して課長への報告用の書類をまとめていると、宇都宮が戻ってきた。

今日は早いなと目を向けると、名越が嬉しそうな顔をしながら宇都宮を目で追いかけていた。その視線に気がついた宇都宮は、わかっているとばかりに名越に笑いかけている。

――って、どういうことだ？　宇都宮、お前の好みは相撲《すもう》取りだろう!?　性別も体形も、なにもかも名越と違うじゃないか！

そう思っていると、なんと宇都宮と名越がともに休憩室《きゅうけいしつ》に行ってしまった。

――ちょっと待て！　お前ら二人でなにをする気だ！

「おい、田中。先に報告を終わらせてくれ」

宗介の視線がどこにいっているのかを正確に把握《はあく》しているにもかかわらず、課長は報告書を指さした。

「今からですか!?」

「あー……すまんな、と言いたいところだが、当たり前だろ。……まあ、急ぎの案件以外は後でもいいから、そんな捨てられた子犬みたいな顔で俺を見ないでくれ」

課長の目はなぜか若干《じゃっかん》引いていた。

急いで報告を終わらせてから、二人が向かった休憩室《きゅうけいしつ》へ向かう。

宗介が休憩室《きゅうけいしつ》に着いた時には、宇都宮がさっさと出てきて「おう」と軽く手をあげながら一課に戻っていくところだった。

「お前、俺の気持ち、知ってるだろ!?」なんて、問い詰めることができるような感じでもない。宇都宮の態度に軽い違和感を覚えながら、そっと休憩室《きゅうけいしつ》を覗《のぞ》き込む。するとそこには、たった今受け取ったらしい紙袋の中を嬉しそうに見る名越の姿があった。

大切そうにそのお菓子を扱う姿に心が軋《きし》んだ。

「なんで他の奴から餌《え》づけされてんの」

今まで出したことがないほどイラついた声が出た。

名越は別に宗介の彼女ではない。仮に彼女であったとしても、別の男から食べ物をもらうくらいいいじゃないか。

頭の中の自分がそう言っている。

だけど、ダメだった。嫉妬《しっと》が胸の中に渦巻《うずま》いて、それを吐き出してしまわないことには行動で苛立《いらだ》ちを表してしまいそうだった。

それなのに、名越は歯向かうことを平気で言ってくるから、宗介はお菓子を一口で奪い取った。

『こんなもの、俺が食ってやる』という嫉妬心《しっとしん》からの行動だったのだが、またもや勘違いしていたらしい。先ほど宇都宮と親しそうに話していたのは、外回りのついでに買ってきてもらったこのお菓子を受け取るためだったようだ。

——名越のことになると、かなり狭量《きょうりょう》になってしまう。そう思い「俺、余裕ない……」と呟《つぶや》いたら、なぜか名越はその言葉を、今月の宗介の懐《ふところ》具合が厳しいという意味だと勘違いした。名越の天然ぶりにも驚くが、なるほど、日本語は難しい。

そんなことを考えていたら、なんと名越に食事に誘われた！　誰がなんと言おうと、これは万難《ばんなん》を排《はい》してなにがなんでも食事に行かなければならない。

宗介は急いで席に戻り、後からフロアに戻って来た名越に「ちょっと待ってて」と合図を送り、今日中に絶対に仕上げておかなくてはならない仕事だけをピックアップし、席を立った。

気がつくと名越はもう席にはいなかった。机の上に『外で待ってます』と書いた付箋《ふせん》が貼ってあるのを発見する。しかも、携帯番号付きだ。事務的な言葉と番号。たったそれだけの簡潔なものだった。

それだけなのに、浮き立つ心を抑えられない。

——俺ってこんなキャラだったのか？

自分再発見だ。

慌《あわ》てて帰りの準備をしていると、宇都宮がふと思い出したように言った。

「名越からお菓子を受け取ったか？　お前に渡そうと思って用意したんじゃないかと、なんとなく思って」

別に宗介の反応を期待した言葉ではなかったようで、宇都宮は言うだけ言って、さっさとパソコンに向き合っていた。

……俺に？

でも、俺に渡す前に食べていたぞ？

しかし『甘すぎる』と言った時のショックを受けたような名越の顔が脳裏《のうり》をよぎる。

思わず舌打ちが出た。勘違いして暴走しただけじゃなく、彼女を傷つけたのかもしれないと思うと、やりきれなかった。

「もしかしてあのお菓子、俺にくれようとしてた？」なんて聞いても、名越は首を縦には振らないだろう。「本当はやっぱり美味《おい》しかった」なんて今さら言っても、愛想笑いしかしてくれないに違いない。

——これ以上、もう接し方を間違えられない。

宗介は他の仕事は週明けに回すと宣言して会社を飛び出した。

課長がわかっているとばかりに手を振ってくれたことが心強かった。

12

ひと足先に会社を出た千尋は近くのコンビニでお金をおろしてから、街路樹の下にあるベンチに座っていた。

柔《やわ》らかな風がふわっと千尋の髪を舞い上げる。その風に目を細めて、千尋は空を見上げた。

もう日が随分《ずいぶん》と長くなった。

夕陽が空を染め上げて、今の千尋の頬《ほお》が赤くても気づかれないようにしてくれるだろう。

――なぜだかすごく浮かれている。

落ち着こうと思っているのに、どうしてもそわそわしてしまう。

だけど、ゆったりと待っているように見せたくて、千尋はじっと夕陽を眺《なが》め続けていた。

すると、それほど待たずに田中さんが走ってきた。

「待たせて悪い」

「大丈夫です」と答えた後に、まるで恋人同士みたいだと思って、千尋は少し顔を熱くした。

「それじゃ行こうか」

彼はにこにこしながら、自然に手を差し出してきた。

――手、繋《つな》ぐの!?

自慢じゃないが、千尋はこれまで男性と手を繋《つな》いで街を歩いたことなどないのだ。手なんか握《にぎ》ったら、顔から湯気でも出そうで、千尋は差し出された手を取らずに歩いた。

驚いたような表情を浮かべている彼を見上げる。すると彼は口を尖《とが》らせて「手くらい、いいじゃないか」と呟《つぶや》いた。

「手くらいってなんですか。恥ずかしいじゃないですか」

手を繋《つな》いで歩いたりしたら、顔が真っ赤になるどころか挙動不審《きょどうふしん》になるかもしれない。

「男慣れしていない」なんてからかわれたら蹴《け》ってしまうかもしれない。

――イケメン御三家の田中さんは女慣れしていらっしゃるんでしょうけどね！

彼が今まで付き合ってきた女性たちと一緒にしないでもらいたいものだ。

簡単に手を繋《つな》ごうとした仕草が、たくさんの女性たちと繰り返されてきたものなのだろうと感じて、千尋はなんだか妙にイライラした。

「……百戦錬磨《ひゃくせんれんま》め」

ムカムカする気持ちのまま、小さな声で聞こえないように吐き捨てた言葉を、彼の耳が拾った。

「いきなりなんだ」

片眉をくいっと上げて、不愉快だという表情で見下ろされた。

「なんでもないです。……すみません」

——なんとなくイライラしてしまったのです。

田中さんはとくに悪いことをしたわけでもない。こっちの気持ちで八つ当たりしてしまった。千尋は素直に謝った。

しゅんとしてしまった千尋に、「ふうん」と気のない返事をして、彼は歩き出した。

「なに食べたい？」

「ギョウザ定食」

「……奢《おご》らなくていいから。高い店にも行かないから」

今日一緒に食事に行くのは、普段のお菓子のお礼だったような気もするが、本当にいいのだろうか。

奢《おご》らなくていいんだったら、他の人も呼べばよかった。急に二人きりだと、いろいろ意識しだして妙に緊張してしまう。

「居酒屋くらいにしとくか」

会社の近くの店はよくわからないと、田中さんはズボンからスマホを取り出して操作した。

片手をズボンのポケットに入れたままで、スマホをスワイプする仕草が妙に色っぽい。

——大きな手だなあ。

彼のその手に触れてみたいような気持ちが湧《わ》き上がってきて、千尋は慌《あわ》てて目をそらした。そして、こういうことを考えているからあんな夢を見てしまうのだと、心の中で自分を叱《しか》りつける。

「ことか、どう？」

千尋が目をそらした先に、スマホと彼の手が飛び込んできた。

スマホの画面に表示されたのは、創作居酒屋のようだった。その料理の内容を見て、千尋は聞いた。

「お酒、呑んでもいいですか？」

グラスのふちにフルーツが引っかけられている色とりどりのカクテルが映っていた。オシャレで、しかもとても美味《おい》しそうだ。

「いいよ。つぶれても、ちゃんと連れて帰ってやるから」

この間の歓迎会で酔いつぶれたことを暗《あん》に言っているのだろう。面白がっている彼に千尋はぷいっと顎《あご》を持ち上げて言った。

「私は酔っても歩いて帰れるんです～」

田中さんから、自分がちゃんと自力で歩いていたことを聞いていたので、少し強気に出てみた。

そんな千尋に、彼は笑みをこぼす。

「……ふうん。もしつぶれたら、次は名越の家じゃなくて、俺の家に連れて帰るから」

意地悪な顔で見下ろされて、誤魔化《ごまか》しきれないほど頬《ほお》に熱を持ったのがわかった。からかわれたことがわかって、千尋は眉間《みけん》にシワを寄せて彼を睨《にら》んだ。

「……私相手じゃ、そんな気にならないくせに」

小さな小さな声で呟《つぶや》いた。

──きっと、聞こえていない。聞かせないくらいのつもりで、千尋は思い切って心の声を吐き出したのだ。

そんな千尋の言葉を拾ったのか、聞こえなかったのか、彼は首をかしげて妙な顔をしていた。

田中さんに案内されて入った創作居酒屋は、小さな半個室がたくさん並んでいて、千尋たちはそのうちの一つに案内された。

美味《おい》しそうに盛り付けられた料理が載ったメニューを開くと、ついあちこちに目移りしてしまう。

まずサラダと、揚げ物と、焼き物と……

「俺の胃袋を当てにするなよ。あまり食わないからな」

メニューをキラキラした目で眺《なが》めている千尋の顔を、彼は頬杖《ほおづえ》をついて眺《なが》めていた。

「私は食べますよ？」

そう言う千尋の体をじっと見てから彼は言う。

「いや、多分、お前よりは食べる」

——どういう意味だ。またチビだとでも言いたいのか。

田中さんはふくれる千尋を面白そうに眺《なが》めながら、「女の子よりは食べるって意味だよ」と笑っていた。

「女の子」という言葉を聞き、彼が自分を異性と認識していることを知り浮かれてしまう自分は、本当にどうかしてしまったのだと千尋は思う。

彼は好きなものを頼めと言って、千尋があれこれ迷っていると、「俺は唐揚げが好きだな」とかそんなことを呟《つぶや》くだけだった。

想像通りの美味《おい》しい料理に美味《おい》しいお酒。オシャレなお店で、ついでに目の前にはイケメン。

「ついでってなんだ」

どうやら声に出ていたらしい。彼の片眉がくいっと上がったが、それを無視して千尋は箸《はし》を口に運ぶ。

「楽しいですねぇ」

面白い顧客《こきゃく》や御三家の話を聞き、千尋は真紀に売れる情報があるかなあと考えながらお酒を呑んだ。

あまり呑みすぎると迷惑をかけてしまうので、二杯までと決めているけど。この間のようにまた酔っ払ってしまったら、今度こそ田中さんを襲ってしまうかもしれない。

――絶対に正気を保っていなくては。

そう固く心に誓った時、千尋のスマホが震《ふる》えた。

画面を見ると、表示されている名前は隆《たかし》――弟だ。

「ちょっとすみません」

声をかけると、田中さんがうなずいたので、その場で通話ボタンを押した。

「はい？」

『あ、ちい？　今週末、そっちに遊びに行こうと思うんだけど』

「週末って……今日も週末だよ？　明日？」

『明日、夜に行く』

大学生の隆は、千尋の家から電車で二時間くらい離れた実家に住んでいる。

ただ、交通の便が悪い場所のため、友人と買い物に行く時や飲み会の時だけ、千尋のアパートに泊まりにくるのだ。

「明日、……ってことはお泊まりだよね？　ご飯いる？」

『飲み会終わってから行くから、夜中に着くよ。飯はいらない』

「ええ？　たかちゃんのためなら作ってあげるのにっ」

千尋がわざと可愛い声を演出して言うと、隆の嫌そうな声が聞こえた。

『いらねーよ。友達と食うから。じゃ、明日な』

「はいはーい。明日ね」

これくらいの用事ならメールでしてくれたらいいのにと思いながら、千尋はスマホを置いた。

「──今の、誰？」

妙に低い声に千尋が視線を上げると、田中さんがまっすぐこっちを見ていた。

彼の真剣な表情に、今の会話の中になにか重要なことでもあっただろうかと思い返しながら、千尋は答えた。

「今の？　弟です」

千尋が答えた途端《とたん》、彼はテーブルに突《つ》っ伏《ぷ》した。それから「馬鹿だ……」と小さく呟《つぶや》く声が聞こえた。

「ど、どうしたんですか？」

彼が馬鹿だと呟《つぶや》く理由が思いつかなくて、千尋は焦《あせ》った。

「なんでもない」

くぐもった彼の声がした。

田中さんは、目元だけ見えるくらい顔を上げて、頭の上にハテナマークが飛び回っている千尋の顔を見た。

「……………嫉妬《しっと》したんだ」

ゆっくりと千尋の顔を見つめながら彼は言った。

「…………」

――しっと……って、なんだっけ？　じゃあ、弟？　弟に嫉妬《しっと》したってことは……どういうこと？　え、マジで？　え、え……？

え、誰に？　私？　なんで？

思わずグラスを確認した。まだ一杯目だ。酔っ払うほど呑んでいない。

頭がこんがらがって思考がストップしかけているのを感じ取ったのか、彼が千尋の手を掴《つか》んだ。

「好きだって言ってんだよ」

真剣な瞳が、千尋を射抜《いぬ》いた。

驚いて固まってしまった千尋の手を、彼が力を入れて握《にぎ》った。まるで千尋を逃がしたくないとでも言っているかのように。

その手の温かさを千尋の脳が認識した途端《とたん》、ぽん！　と音がしたかと思うほど、千尋の顔は熱くなった。

「なっ……、えと、あのっ」

ぱっくんぱっくんと金魚のように口を開け閉めすることしかできない。

――田中さんが私を？　……そんなはずない！　だって、そんな風に思われていると感じたことは、今まで一度もなかった。

真剣に見つめられる視線から逃げたくなって、千尋は視線を彷徨《さまよ》わせた。

どうしたらいいのかわからないのに、顔にだけどんどん熱が集まり続けて、目に涙が溜まった。

――なんと言ったらいいのかわからない。なにかを言ったら、その時点で今起こっていることが夢になりそうで、千尋の口からこぼれるのはうめき声のような微《かす》かな呼吸音だけだった。

――なにこれ。恥ずかしすぎる。もう帰って寝たい。だけど逃げるには会計をしないと、などと、妙なところで冷静な声が頭の中で聞こえた。

なにか言わなければと焦《あせ》る千尋をよそに、彼は、今はそれ以上を求める気はないよ、というように千尋の手をポンポンと叩いた。

「名越、とりあえず……食べようか」

握《にぎ》られていた手が解放されて、小皿を渡された。

「今すぐに返事がほしいわけじゃない。ただ、俺が名越を好きなことを知っておいてくれるだけで、今はいいから」

困ったように笑う彼に、千尋はこくこくと首ふり人形のようにうなずいて、素直に小皿を受け取った。

そんな千尋を眺《なが》めながら、彼は嬉しそうに笑っていた。

そして、千尋がさっきの告白を気にしないようにか、別の話題を出した。

田中さんがそれでいいならと、千尋も申し訳ないと思いながら、その話題に乗った。

今この場でこれ以上あれこれ考えていたら、キャパオーバーで絶対泣く。

だけど、他のことを話している間も、千尋の頭の中では『好きだ』という言葉がぐるんぐるんと回っていた。

生まれて初めてされた告白を、すぐに思考の彼方《かなた》に置いておくなんてそんな器用なことは千尋にはできなかった。

それよりなにより、ものすごく……舞い上がっているこの気持ちを、千尋はどう表現していいのかわからなかった。

他のことを話していても、新しい料理が運ばれてきても、彼の何気ない仕草に目を奪われてしまうのだ。

彼が生ビールを呑み干す時の首の動きだとか、箸《はし》の使い方だとか、普通の動作に胸が苦しくなってドキドキした。

それだけでなく、時々彼がこっちを見ていない時にチラ見しては顔を熱くするということを繰り返して、気づかれて笑われた。

——「いきなり意識しすぎだ」と、そう言いたいなら言えばいい。

だって男の人から『好きだ』と言ってもらうっていうのは、恥ずかしながら初めてなのだ！

自分を恋愛対象として見る男の人なんかいないんじゃないかと、千尋はずっとそう思っていた。

なのに、どうしていきなりこんな展開になっているのか？

あまりにじっと見すぎたせいで、千尋の視線に気がついた彼が、ふっと笑った。

「そんな目で見ないでくれる？　ひどいことをしたくなる」

どんな目だかわからないし、ひどいことっていうのもわからないけれど……田中さんが千尋の手に負えないほど色っぽい、ということだけはわかった。

千尋は火照《ほて》った顔を冷やすためにグラスを頬《ほお》に当てたのだった。

13

急遽《きゅうきょ》、名越と夕飯をともにすることが決まり浮かれたのも束《つか》の間《ま》。宗介は少し焦《あせ》っていた。

実を言うと、若い女性が好むような店は、ホテルのレストランくらいしか思いつかない。とりあえず高いとこ連れてっとけばいいだろ的な発想だ。しかし、予約なしでそんなところに連れていって、結局入れませんでした、みたいになったら気まずいことこの上ない。

宗介が普段よく行くのは焼き鳥屋、串揚げ屋、おでん屋だが……どれも好きな女性を連れていく場所ではない。

だけど名越はあまりに高そうな店だと「無理ですっ！」と叫んでおそらく帰ってしまうだろう。

仕方がないので、スマホで検索した。

もっとスマートに『いい店あるんだ』と連れていくことはできないのか、俺！　と思ったが、急に決まったことだし、格好悪いとかそんなことを言っている場合じゃなかった。

というわけで、千尋と合流した宗介はスマホで『デートにぴったり』と書いてある居酒屋をとにかく調べる。検索結果を表示させて名越に見せると、「いいですね」と楽しそうに笑った。

半個室で二人きりの食事。こんなにスマホの機能をありがたく思ったことはない。素晴らしい文明の利器だ。スマホ、ありがとう！

上機嫌で食事をしていると、名越のスマホが震《ふる》えた。

チラリとこちらを見るのでうなずいてみると、ペコペコしながらその場で通話を開始した。

自分の前で電話を取ってもいいと思われていると感じると、少し気分が高揚《こうよう》した。

店の中で携帯電話を使うことが気になる人間は眉をひそめるだろうが、名越にそうされると親密度が上がったような気がして嬉しくなる。

「ただの先輩」の前では気を使って私用の電話などには出ないだろう。または、席を外すはずだ。

そもそもただの先輩と二人きりで食事には来ないだろうが。だから名越にとって今の俺は、少々失礼なことをしても大丈夫と思っている相手、イコール「親しい先輩」ということになるだろう。

そんなことを考えながらご機嫌でいると、名越は週末の予定を聞かれているようだった。

……予定ないのか。だったら先に誘っておくべきだったなと軽く後悔した。

「明日、……ってことはお泊まりだよね？　ご飯いる？」

通話口から漏《も》れてくるのが男の声に聞こえるんだが……気のせいだよな？

お泊まりするなら……っていうのもいるよな？

声の低い女……女だよな？

「ええ？　たかちゃんのためなら作ってあげるのにっ」

折角《せっかく》前向きな気持ちでいたのに、この名越の言葉で宗介の心は砕け散った。

――たかちゃんって、誰？　たかこちゃんっていう友達か？　もちろん女の友達だよな!?

名越、週末泊まりにくる『たかちゃん』って誰だ！

硬直して固まっている間に、電話はあっさりと終わった。

スマホを横に置いてお箸《はし》を持ち直す名越に、抑えた声で問いかけた。

「――今の、誰？」

もうイライラして八つ当たりしないと決めたじゃないか。とにかく落ち着かなければ。

「今の？　弟です」

――俺は馬鹿だ！

あっさりと返ってきた名越の答えに、思い切りテーブルに顔を伏せた。

……この余裕のなさは如何《いかん》ともしがたい。

急速加熱した思考がさらに急速冷却されて、砕けて散ってしまいそうだ。もう恥ずかしさと自己嫌悪《けんお》しか残っていない。

名越が心配したような声をかけてくるけれど、すぐに返事ができない。

名越はそんな宗介を不思議そうに見ていて、今のこの状態をまったく理解していない。

——今までの反応で、なんとなくわかるだろう？

八つ当たり気味に考えて、やっぱり名越に自分の気持ちに気づいてほしいのだと改めて思った。

こんなに悶々《もんもん》と思い悩んでいるなんて柄《がら》じゃない。

どうして気がついてくれないんだ？　なんて思い悩んでどうする。俺は乙女か。

宗介は意を決して、今の自分の思いを打ち明けた。

「………嫉妬《しっと》したんだ」

面白いほどに声が掠《かす》れた。

もしかして聞き取れなかったかもしれないと思って顔を上げると、固まっている名越がいた。

口をぱかっと開けて、しばらくそうしていた後、なんだかよく理解できないというように眉根を寄せる。

嫉妬《しっと》という言葉を聞き取りながらも、こっちの気持ちに気づく様子がないようだと判断して、逆に開き直った。彼女の手を捕まえて、きっぱりと伝える。

「好きだって言ってんだよ」

ちょっと投げやりな感じになってしまった。

――もっと甘くささやくとかできんのか、俺！

経験値が圧倒的に不足している。今度、恋愛上級者っぽい宇都宮にノウハウを聞いておこう。

名越の手が俺の手から逃げだしてしまうように感じて、グッと力を入れて手を握《にぎ》った。

その途端《とたん》、名越が一気に真っ赤になった。その上、口を開けたり閉めたりしてなにかを言いたそうにしているけれど、言葉にならないらしい。

相手があたふたしていると、こっちは冷静になれるもんだなと思った。

名越が真っ赤になった様子を観察して、ふっと笑いが漏《も》れた。

――これで、ようやくスタートラインに立てた。

会社の先輩ではなく、一人の男性として、ようやく意識させられた。

「名越、とりあえず……食べようか」

どうすればいいのかわからなくなっている名越を促《うなが》して、料理を取り分けた。

彼女が真っ赤になったまま、食べ物を口に運ぶ様子を見て自然に笑みがこぼれてしまう。

しかも、嬉しいことに気がついた。

彼女のほうを見ていない時に、ふと感じる視線。

視線が心地いいと感じるなんて初めてのことだ。

あんまり見られている感じがするから、ふいっと視線を向けると、あからさまに目をそらす。

「見すぎだろ」

思わず噴き出してしまった。

それが気に入らないようにぷくっと頬《ほお》を膨《ふく》らませたり赤らめたりしている名越は可愛い。

――なるほど。名越には、好きなら好きで押せばいいのか。

思わせぶりなことを言ってみたりする駆《か》け引きなどは、とくに必要ないらしい。

大体駆《か》け引きなんかしても、名越は気がつかなそうだ。

目の前の名越が面白くて肩を震《ふる》わせて笑っていると、また視線を感じた。

目を向けると今度は視線をそらさず、名越が上目遣いで見てくる。

恥ずかしさのためか、その目にうっすらと涙をためて、唇をかみしめている。仕草が妙に色っぽくていらぬ想像を掻《か》き立てられた。

「そんな目で見ないでくれる？　ひどいことをしたくなる」

今だって本当は触りたくて仕方がないけれど、過度の接触はセクハラだろうと自重《じちょう》しているのだ。

名越は、その宗介の言葉を理解できないらしく、しきりに首をひねっていた。

――ほどなく、楽しい食事が終わり、後は帰るだけとなった。

名越がトイレに立った間に、さっさと店員を呼んで会計を終わらせた。はなから奢《おご》られる気などまったくない。

この後、付き合っている男女だったらホテルに行ったりするのだろうか。

今までの付き合い遍歴《へんれき》ではそうだった。

しかし、名越相手にそのパターンはどうしてもできない。しかも、告白はしたが、まだ返事すらもらっていないのだ。手を出したら『最低』評価に真っ逆《さか》さまに落ちるだろう。

だったら、このまま帰るか？……それも嫌だ。

健全なデートプランが出てこないことに、頭を抱えた。

今までの自分の付き合い方がいかに不誠実だったかということを思い知らされる。

考え込んでいるところで、名越がぴこぴこと歩いてくるのが見えた。

少し酔っているみたいで、歩き方がいつもよりゆっくりだ。

目が合うと嬉しそうに笑う彼女を、『いいだろう？』と周りに自慢したくなる。

――どうしたらもっとずっと笑っていてもらえるだろう。

名越に微笑みを返しながら、宗介はそんなことを考えていた。

14

食事が終わってトイレに立った千尋が席に戻ると、精算は終わってしまっていて慌《あわ》てた。

「私が払いますっ！」

「後輩に払わせるほど収入少ないわけじゃないから」

「でもっ……」

元々、千尋からのお礼の夕飯だったはずなのに、自分が奢《おご》られてどうするんだと千尋は困った。せめて割り勘だと財布を出したのに、田中さんは千尋の髪をするりと撫《な》でて言う。

「いいんだよ。俺が名越と食事をしたくて来てもらったんだ」

――倒れそうです。

またも口をパクパクさせて金魚みたいになってしまった千尋を彼は面白そうに眺《なが》めて、店の外へ促《うなが》した。

「——さて」

外に出た田中さんは、日が暮れて暗くなった空を見上げてから、振り返って千尋に手を差し出した。

——そうか、今が支払いのタイミングか。

早速財布からお金を出そうとした千尋の頭を、彼がポンと叩く。

「そんなわけあるか」

首をかしげた千尋の横に並んで、千尋側の手を前に出した。

「手を繋《つな》ぎたい」

千尋の目は、手を繋《つな》ぐ準備をして待機《たいき》している彼の手に釘《くぎ》づけだった。

——この手に、自分の手を重ねろと？

お世話になっているし、手くらいなら……いやいやいや、その思考回路はダメだ。

一番最初に思い浮かべた理由を、千尋は自分で切って捨てた。

彼は『奢《おご》ったから手を触らせろ』的なことを言ってきているわけではない。『日頃お世話になっているので言うことを聞きます』的な思考回路は、彼に対してそれこそ失礼極まりないだろう。

じゃあ、他に申し出を受ける理由は……

無意識のうちに、自分が彼の手を取る方向で考えていることに気づいてハッとする。

千尋が逡巡《しゅんじゅん》しているうちに、彼は差し出していた手を引っ込めてしまった。

「駅、行こうか」

手をポケットに突っ込んで、田中さんは歩き始めた。

急いで上げた視線の先で彼は笑っていたけれど、千尋を見てはいない。

――間違った。

後悔が押し寄せたけれど、ポケットに入ってしまった彼の手を取ることはできなかった。

千尋は黙って一歩うしろを歩く。

二人とも一言も喋《しゃべ》らなかった。

とぼとぼ歩きながら千尋は、ずっと考えていた。

営業一課の中で、『プリンの田中さん』の顔を課長の次に覚えたのは、偶然だった。

決して一目《ひとめ》惚《ぼ》れなどではない。

最初のうちは愛想のない人だと思った記憶しかない。

でも、真紀と一緒に社食にいた時に初めて話らしい話をして、千尋が困っていることを知ってからは、いつもさり気なくフォローしてくれていた。

他の人たちに事情を話してくれたことはもちろん、千尋の前で一課の人間に呼びかける時は「すみません」とか「あの」とかではなく、しっかり相手の名前を口にしてくれた。

それから一人だけにつけたあだ名のこともあって、たくさん喋《しゃべ》るようになって。

いつも千尋にお菓子をくれるようになって。

それから、それから……なにが変わっただろう。

関係が変わるほどの期間はなかった。

ただ、いつも笑われていて、お菓子をくれて、少しは親しみを持ってくれていると感じていたけれど……

それが、特別な感情からくるものだったと知って——自分はどう思った？

そんなの、考えるまでもない。

熱くなった顔が簡単に証明してしまっている。

——嬉しいって。

軽く自然な仕草で手を繋《つな》ぐんじゃなくて、緊張した声で断りを入れてくれたことが、すごく嬉しかった。

なのに、恥ずかしくて、すぐにその手を取れなかった。

千尋がぐずぐずしていて田中さんが諦《あきら》めた時、自分で返事を躊躇《ちゅうちょ》したくせに、後悔した。

——今日一緒に夕食にきたことも、嬉しかった。

告白をして、まだ千尋から返事がない状況で、田中さんは来週からどんな態度で接してくれるのだろうか。

気まずく思って、よそよそしくなる……？

彼にそんな態度を取られたら、自分勝手に悲しくなってしまいそうだ。告白の返事をせず、手を繋《つな》ぎたいと言ってくれたのにも応じていないのは自分なのに。

千尋は自分が、頭で考えすぎていると感じた。なにかをするのには理由が必要だと決めつけて、自分を縛りつけている。

したいことをするために、そうする理由を探し続けている。

だけど、それが彼の気持ちを傷つけてしまったのだと思った。

だから、やっぱり、今言わなきゃ……！

と、千尋が顔を上げた瞬間、目の前の壁にぶつかった。

「わぷ」

「名越っ？」

千尋に激突された田中さんが慌《あわ》てて千尋の腕を掴《つか》んだ。

「す、すみません。考え事をしていて」

真っ赤になってしまっている千尋の顔を驚いたように見て、彼は笑った。

「意識してくれるのは嬉しいけど、困らせるつもりはないんだ」

千尋を支えるために、ポケットから出てきた田中さんの手を見て、千尋は思い切って言った。

「手、繋《つな》いでいいですかっ？」

「え……？」

彼の驚いた表情を見た途端《とたん》に、千尋は怖気《おじけ》づいてしまった。

けれど、「やっぱりやめます」という前に、千尋の手は彼の手に包み込まれた。

「じゃあ、こうやって帰ろう」

満面の笑みの田中さんに見下ろされて、千尋は声を出せないまま、こくんとうなずいた。

彼は体をかがめて話してくれているのに、視線を合わせる余裕がなくて、千尋は俯《うつむ》いたまま手を握《にぎ》る力を強くした。

そして二人は、手を繋《つな》いだまま駅に向かって歩く。

会社の近くには、一つの線の駅しかない。つまり駅までの道は絶対に一緒だ。千尋は、少しでも長い時間、こうしていられることを嬉しく思っている自分に気づいた。

駅に着き、ホームに立って電車を待つ。もちろん手は繋《つな》ぎ続けている。

「名越の家の最寄駅はどこ？」

この間は夜遅くにタクシーで行ったからいまいち場所がわかっていないと、田中さんが背をかがめて聞いてくる。顔が近くてドキドキする。

普通にしてても聞こえるのにと思いながら千尋が答えると、彼は「送っていく」と言う。

「もう遅いし、いいです」

慌《あわ》てて千尋がそう言うと、彼は顔をひそめた。

「遅いから送っていくんだろ」

「……そういうものですか？」

――遅いと遠慮《えんりょ》するのが普通じゃないかな？　さらに言えば、早ければそれはそれで大丈夫ですとも言う。いずれにしても最終的には、家まで送ってもらうなんて申し訳ないから遠慮《えんりょ》するという結論になるのだけれど。

「他の人にしたことはないけど、名越だから」

そんなことを言われて顔を赤くしていると、「誘拐《ゆうかい》されそうだもんな」とからかう声が上から降ってくる。

ムッとして見上げると、にんまりと笑う顔が千尋を見下ろしていた。

からかわれたのだと思って口をキュッと引き結んだところ、なぜかよしよしと頭を撫《な》でられてしまった。

それがびっくりするほど気持ちよくて、おとなしくされるがままになる。

大きな手に頭を撫《な》でられるのって気持ちいいんだなあと、千尋はしみじみと思った。

その後も送る送らないの問答《もんどう》を続けたが、彼は頑《がん》として譲《ゆず》らなかったため、千尋はお言葉に甘えることにした。もう少しこのまま、彼と一緒にいたいという気持ちがある。

しばらく待っていると、電車が到着したので二人で乗り込む。彼の家の最寄駅を聞いてみると、千尋が降りる一つ先の駅だった。

意外と近いことに少しだけ申し訳ない気持ちを薄れさせつつ、電車を降りた二人は夜道を手を繋《つな》いで歩いた。

途中、ふと思い至って千尋は田中さんに声をかけた。

「プリンの田中さん」

「その呼び方っていつまで続くの？　……まあいいや。なんだ？」

「下の名前、なんていうんですか？」

「……泣きそうだ」

千尋が名前を聞いた途端《とたん》に、彼は手を繋《つな》いでいないほうの手で自分の顔を覆《おお》って深いため息をついた。

「覚えてないの？」

見上げると、本当に泣きそうな顔があって、千尋は慌《あわ》ててしまった。

ほんの好奇心というか、知りたいなあと思って聞いたことで、こんなに悲しそうにされると思わなかった。

「私、営業一課の人の下の名前を誰一人として覚えてないんです！　誰か一人覚えると、みんな覚えなきゃいけなくなる気がして、最初から覚える気がなかったんです。とくに困らないし……」

最後のほうが小さくなってしまったのは、『とくに困らない』というのは、嘘だとわかっていたからだ。

一課には、田中さんを含めて何人かの苗字が被っている。

書類のメモの苗字の下に、名前の頭文字を書いてくれている人もいる。

覚えないでいいはずはないのだ。

「まだ、苗字さえも曖昧《あいまい》な人がいるんです。そっちをしっかりと覚えてから……」

言い訳をしようとする千尋の手を田中さんはグッと引いた。

「ちょっと待って」

立ち止まってしまった彼を見ると、「名越」と真剣な顔で呼びかけられた。

「はい」

同僚の名前も覚えていないことで、注意でもされるのかと思い、千尋は背筋を伸ばした。

緊張している面持《おもも》ちの千尋を見て一瞬不思議そうな顔をした彼は、「ああ」と呟《つぶや》いてから手を振った。

「叱《しか》るわけじゃない。ファーストネームなんて、俺だって全員は覚えてない」

田中さんは、「大体使わないし」とあっさり言ってのけた。

「そうじゃなくて俺が聞きたいのは、俺の名前は覚える気があるのかってこと」

「え？　はい。覚えようかなあと」

なぜそんなことを聞かれているのかわからないまま千尋がうなずくと、田中さんが言葉を続ける。

「俺一人だけを、特別に覚えようって？　――使わないけど？」

なにせ『プリンの田中さん』だ。他の人との区別はばっちりつく。

じゃあ、なんのために覚える気になったかなんて――

ようやく彼の言わんとしていることを理解できた千尋は、暗闇でもわかるほどに真っ赤になっていただろう。

反射的に繋《つな》いでいた手を離そうとしてきゅっと手を引くと、逆に引き寄せられた。

「で？　名前を覚えてくれるの？」

そう言って腰を引き寄せられて――

「あわわわぁ」

漫画みたいな慌《あわ》てた声が出てしまった。

妙に色っぽくなってしまった田中さんからなんとか逃れようと試《こころ》みたけれど、どうにもこうにも身動きが取れない。

周りには、幸いというかなんというか、人影もない。

もう少しで千尋のアパートに着くのだが、そこまでダッシュしても逃げ切れるかどうか……

「答えるまで離す気はないよ」

千尋が考えていることがわかったのか、腰に回った腕に力が入る。

体が密着しすぎて、どうしようかと千尋は焦《あせ》った。

とりあえず、離れて、落ち着いて、それから……逃げたい。

「名越、この体勢、イヤ？」

そんな風に聞かれると、千尋は真面目に考えてしまう。

イヤかと聞かれれば、恥ずかしいけれど、どちらかといえば心地いいし、嬉しいような気もして。

「イヤ……ではないですけど」

答えた瞬間に企《たくら》み顔で笑った彼を見て、千尋はイヤな予感がしてもう一度叫ぶように答えた。

「イヤですっ！」

「答えの変更は受け付けません」

「なんてこった！」

もう完璧に抱きしめられている。両手でがっちりと、逃げられないように。

「名越のこの両手、俺の背中に回して」

彼の胸に置いた手についての注文が入ったが、千尋は無視した。

そんなことをしたら、今以上に密着してしまうではないか。

「無理です！　お願いです！　逃げたいです！　これ以上は心臓がもたないと思います！」

もう破裂寸前だと訴えると、田中さんは少し考えた後でこんな妥協案《だきょうあん》を出してきた。

「じゃあ、『俺の名前を覚える気はある？』っていう質問にだけでも答えて。そうしたら、名前教える」

別に今教えてもらわなくても、月曜日になれば課内のいろいろなものからフルネームはわかるのだが、そういうことではないのだろう。

密着しすぎて彼の表情を読み取れない中で、千尋は、小さくうなずいた。

「覚えます」

小さな声で言うと、しっかりと聞き取ったらしい彼の腕に力がこもった。

しばらくそうしてじっとしていたけれど、やがてふぅと息を吐いて千尋を離した。

「宗介だよ」

千尋と手をもう一度繋《つな》ぎながら、田中さんが言った。

「田中、宗介」

彼は自分のフルネームを言いながら千尋の手を引いてまた歩き始めた。

「宗介……」

千尋は、覚えるために名前を呟《つぶや》いた。

隣を歩く彼の肩が軽く揺れて、呼び捨てにしてしまったことに気がついた。

「あ、すみません」

いきなり先輩を呼び捨てにしていいはずがない。

謝りながら見上げると、街灯に照らされた赤い顔が見えた。

「不意打ちを食らった」

そう言って、ますます顔を赤くする彼の反応が予想外すぎて、それはこっちのセリフだと千尋は思った。

ほどなく、千尋のアパートに着いた。

「ここの三階です」

唯一《ゆいいつ》明かりが灯《とも》っていない三階の部屋を指差すと、「この間も来た」と小さく返事があった。

「コーヒーでも飲んでいきませんか?」

千尋が誘うと、「はっ?」と彼が大きな声を出した。

そんなに驚くことだろうか。

「送っていただいて、このままここでさようならをするのも失礼かと……」

「いいか、名越」

説明をしている言葉を遮《さえぎ》って、彼が低い声を出した。

「こんな夜に男を部屋に誘うってことは、そういうことだから、してはダメだ」

そういうこと……千尋は少し考えて、彼を見上げた。

これは、千尋に与えられた最後のチャンスかもしれない。もし今ここで彼の言葉を否定してしまったら、もう二度と笑いかけてもらえないのではという思いに駆《か》られる。告白をスルーし、手を繋《つな》ぎたいと差し出された手を一度断った罪は重いのではないかと、千尋は思う。

——ほんの少し前まで、まったくと言っていいほど彼の気持ちに気づいていなかった。でもそれは、彼のことが好きじゃないとか、そういうのとは少し違う。イケメン御三家と称される彼が自分に思いを向けることなんて、あるはずがないと考えていただけだ。名前のことで優しくフォローしてもらうたび、お菓子をもらうたび、笑いかけられるたびに胸の奥が甘く疼《うず》くのに、気づかないふりをしてやり過ごしていた。決して叶わない思いだと考えていたから。でも、彼が望んでくれるならば――

千尋はごくりと唾《つば》を呑み込んでから、しっかりと彼の目を見る。

「…………やっぱり、上がりませんか？」

「……上がる」

彼はため息をつきながら、そう返事をした。

アパートの小さなエレベーターに手を繋《つな》いで二人で乗った。

心なしか、彼が緊張しているような雰囲気を感じる。

だが、それは千尋だって同じだ。

彼が言った『そういうこと』が伝わらなかったわけじゃない。

千尋だって二十三歳だし、そっち方面に関する情報だって知っている。

――知っているからこそ、誘ったのだ。

そう言うと自分が淫乱《いんらん》なように感じられて気が引けるけれど、実は千尋は、好きと言ってもらったとはいえ、彼が自分に対して『そういう』気分になれないのではないか、と思っていた。「小さい」とよく言われるし、愛玩《あいがん》動物と同じ扱いなんじゃないかと。

――だけど、もしも、その気になれるのだったら。

そんな、少しの期待があった。

「適当に座ってくださいね～」

部屋に入り、努《つと》めて明るく声をかける。千尋の部屋は、1LDKのごく一般的な部屋だ。

幸いなことに、弟がよく来るので、食器やクッションが二人分揃《そろ》っている。

彼は珍しそうに部屋を眺《なが》めながら、リビングのクッションの上に座っていた。

「大したものがないんですけど」

いま夕飯を食べてきたばかりなのでお菓子を添えてコーヒーを運んだ。彼の隣に膝《ひざ》をつき、カップを置く。

「ありがとう。長居はしないから」

「えっ！」

「えっ？」

コーヒーを飲んだら帰りそうなことを言うので、思わず千尋は声を上げると、それにつられて彼が反応した。

「だって、夜遅くに女性の部屋に長くいたら悪いでしょ」

――そりゃ、そうなんだけど。

千尋は眉間《みけん》にシワを寄せて考え込んだ。

てっきり、そういうことだと受け取られていると思ったのに。むしろそうだと言われたからこそ、部屋に誘ったのだ。

――そういうことではないのか？

でも今の千尋の場合、告白の返事もまだしっかりとしてない相手を誘ったのだ。お付き合いもしてない人だからそういうことにはならないと言われれば、なるほどと思う。

千尋の気持ち的には、改めて考えるまでもなく、田中さんが好きだった。

イケメン御三家のうちの一人が千尋を相手にしてくれるはずがないと思っていた間でさえ、千尋にとって田中さんは特別な存在だった。

彼が自分のことを好きだと言ってくれた時、申し訳ないけれど、信じられない思いのほうが強くて、「嬉しい」と口にすることができなかった。

それでもいいと彼は言ってくれて、大切に扱ってくれた。

――だから、千尋はまず、彼に伝えなければならなかった。

緊張を緩《ゆる》めようと息を吐きだして、いったん唇をキュッとひき結んでから口を開ける。

「田中さん」

突然千尋が目の前で正座をして『プリンの』とつけずに名前を呼んだので、呼ばれた彼は驚いた顔をした。

しかし千尋からしてみると、今から言うことをあだ名呼びで切り出してしまうと、冗談みたいになるような気がしてしまったのだ。

「わっ、私は、田中さんが、好きです」

声が裏返ったけれど、千尋は顔を熱くしながらも勇気を振り絞って告白した。

彼はカップを片手に呆然《ぼうぜん》とした顔をして、千尋を見ていた。

——数秒間、見つめ合った。だけどその数秒間は、時計はカチカチ鳴るし、風の音はするし、千尋にとってはなんだかよくわからないほど長く感じられた。時が止まったような気さえした。

次に千尋の中で時間が動き出したのは、彼の腕に包まれた時。

千尋がうしろによろめくくらいの勢いで抱きつかれて、抱きしめられた。

「嬉しい。……すっげ、嬉しい」

耳元で、彼の震《ふる》える声が聞こえた。

抱きしめてくれる腕に身を任せて、千尋もおずおずと手を背中に回そうとした、その時だった。

なぜか、彼が千尋から体を離した。

「——うん、今日はもう帰るから」

「なんで？」

間髪《かんはつ》容れずに聞いてしまった。

今ようやく両思いになって、お付き合いというものが始まったのではないだろうか。

それなのに、少しだけ抱きしめられて、もうおしまいなのかと思ってしまった。

驚いている千尋に、田中さんは眉をハの字にする。

「このままいたら――……襲っちゃうから」

頭を抱えて俯《うつむ》く彼の耳は、真っ赤だった。

その言葉を聞いて、千尋の頬《ほお》がカーッと熱を持った。

「あ、あの……その、田中さんは、私に対して、そのっ……」

すごく聞きたいことだけど、なんて聞けばいいのかわからなくて両手を意味なく振り回していると、彼が訝《いぶか》しげに千尋を見た。

「俺が名越に対して欲情するかどうか聞いてんの？」

千尋が考えていたあらゆる言葉をすっとばしたあまりにストレートな物言いに、言葉を継《つ》げなくなったけれど、どうにか、小さくうなずいた。

「するよ？　思いっきりしてる。ほぼ四六時中」

ぶすっとしながら答えた彼の言葉に、千尋は目を剥《む》く。

「しろくっ……!?」

「好きな子に対しては、男はそういうものなんだ」

――そういうものなの!?　え、そうすると、日常生活を営《いとな》むのに支障が出るんじゃないの？

様々な疑問はあるものの、彼は千尋に対してそういう気分になるらしい。

ふわんと温かい気持ちが胸の奥から溢《あふ》れる。女性として見られたことが嬉しかった。

それに、千尋はそういうことに興味があった。

「あの、あのっ……ね？　そしたら、ぅあ」

――語彙《ごい》が足りない。

こういう場合、どう言ったらいいのだろうか。

思いつく言葉が「抱いて」しかないのだが、口にするのは憚《はばか》られる。

真っ赤になって言葉を探していると、また腕を引かれて彼の腕の中に収まった。

「千尋」

目の前で呼び捨てにされて、千尋の体がピクンと跳ねた。

目をパチクリとさせている千尋を見た彼は、耳元でささやく。

「これ以上引き延ばされて、それで自分が今ものすごく期待している結果と違ったりしたら、落ち込むどころか泣くかもしれないから、もうこの際、はっきり聞いていい？」

千尋の体がびくんと揺れた。千尋はその揺れが怖くなって彼に抱きつく。

「――いいの？」

そして、そのまま背中を撫《な》でてくれる手の温かさを感じながら、小さくうなずいた。

「千尋……」

そっと頬《ほお》に手を添えられて、顔を上に向かせられた。

驚くほど近くに彼の真剣な顔がある。

「目、閉じて」

目を閉じたらその後どうなるか、千尋にだってわかっていた。

自分の心臓の音が大きな音を立てて、どくどくと鳴っているのを感じる。なにしろ、人生における初のキスなのだ。

彼の手の平の熱を感じながら、千尋は一度視線を下に落とし、それからゆっくりと目を閉じた。――までは良かったのだが、うまくキスできなかったらどうしよう、と急にあれこれ考えだした途端《とたん》にひどく不安になり、千尋は思わず頭の中に浮かんだ言葉をそのまま大声で叫んでしまった。

「は！」

「は？」

田中さんは唖然《あぜん》としながら、千尋の言葉を復唱した。千尋はそんな彼の綺麗《きれい》な口元をまじまじと見つめた。

「歯が、当たったらどうしよう？」

「えっ？」

彼が困惑の声を上げたけれど、千尋はなおも叫ぶ。

「てっ！」

「なに？　て？」

「こ、こういう場合、手手、手はどこに置けば……、キキキキ、キス、うまくできなかったらどうしよう？　どうしよう！　わあ！」

恥ずかしさと不安と難題を抱えて軽いパニック状態に陥《おちい》った千尋は、両手で頭を押さえながらキョロキョロとあたりを見回した。

「いや、千尋ちょっと待て！　ちょっと落ち着け！」

そんな千尋を見て、彼は制止の声を上げる。

「ああっ、もう、なにをどうすればいいのか、わからない！」

――ダメだっ！　逃げよう！

そう考えた瞬間、息が止まるほど強く抱きしめられた。

「……俺に任せて。なにもしなくていいから」

笑みを含んだ声で言われて、千尋の体から一気に力が抜けた。

「大丈夫、大丈夫だよ、……千尋」

彼のホッとしたような吐息を感じた直後、唇に彼の唇が合わさった。

初めて感じる柔《やわ》らかな感触が、軽く啄《つい》ばむようにして、すぐに離れていく。

目を開けようとしたら、まぶたに唇が落ちてきて、驚いている間にまた唇が塞《ふさ》がれた。

ファーストキスの余韻《よいん》を感じる暇もなく、ちゅちゅっと軽いリップ音を響かせながら彼の唇が千尋を翻弄《ほんろう》する。

あまりに何度も繰り返されるキスが恥ずかしくて、千尋は思わず彼の体を手で押してしまった。

「も、もう終わりっ！」

潤《うる》んだ瞳で見上げると、彼が拗《す》ねたように口を尖《とが》らせた。

「もう？　まだ全然足りない」

――全然⁉　もう何度もしたのに。全然ってことは……ないと思う。

荒くなってしまった呼吸さえも恥ずかしくて、今の自分の状態を隠したくて、千尋は彼の胸に顔をうずめて首を振る。

「いっぱいしたもの。こ、これ以上すると……恥ずかしくて死んじゃう」

きゅい～っと顔に熱が集まる音が聞こえた気がした。絶対に耳まで真っ赤だ。

「……俺は、これで終わったら、我慢しすぎて死んじゃう」

田中さんが、わざと千尋の口調をまねて言う。

千尋が睨《にら》むように見上げると、彼は千尋の後頭部を捕まえて微笑んだ。

「ずっと、……ずっと見てたんだ。どうしても気になって仕方がなくて、いつもどこにいるのか、なにをしているのか、つい目で追ってた」

思いがけない彼の言葉に、千尋は胸が苦しくなった。

「そのうち見ているだけ、っていうのに我慢できなくなって、話す口実《こうじつ》がほしくて、取引先からもらったお菓子を渡した。受け取った時の笑顔が見たくて自分でお菓子を買ったこともある」

「お菓子……」

彼のくれるお菓子は毎回美味《おい》しかった。千尋は彼のお菓子をいつも楽しみにしていた。

――でも、本当は、お菓子が嬉しかったんじゃない。彼が自分のところに来てくれることが嬉しかったんだ。それは田中さんも同じだったんだ。そう思ったら、千尋はふいに泣きたくなった。

「こんなに可愛い彼女が腕の中にいて、我慢できるような聖人君子《せいじんくんし》じゃない」

息が止まるような気障《きざ》なことを言って、彼はキスを再開した。

千尋は『彼女』と呼ばれたことに胸が高鳴って、彼を止めることができなかった。

最初は軽く唇を触れ合わせるだけのキスが、何度も繰り返される。いつ息をしたらいいのかわからなくて、どんどん息苦しくなっていくのに、少しずつ、キスは長くなっていく。

千尋を抱きかかえてキスをしていた彼が、ちょっとだけ体を起こした。

その隙にたくさん空気を吸おうと大きく口を開けた途端《とたん》、にゅるっと口の中になにか入ってきた。

「ん、んぅっ」

思わず漏《も》らした苦しい声も彼の口の中に吸い取られ、より深く彼の舌が潜《もぐ》り込んでくる。驚いて引っ込んでしまっていた千尋の舌に彼の舌が絡まり、出ておいでと促《うなが》す。

「んんぁっ。田中っ、さん」

ぞわぞわと背筋がむずがゆいような感覚に襲われる。

「田中じゃなくて、宗介って呼んで」

呼吸が苦しすぎて、一人ではふはふと一生懸命息をすることのほうに意識を向けていると、彼の唇は、千尋の耳へと移動していった。

「ひやぁあんっ」

彼は千尋の耳たぶに、かじりついた。

触られるだけでくすぐったいはずの耳。だけど、今はまったく別の感覚を引き起こし、千尋の口から変な声が漏《も》れる。

「んっ、んっ……。無理っ、だよぅ」

耳をかじるのをやめてと首を振ると、彼は舌を首筋へと伸ばしていく。

「千尋。名前で呼ばれたい。ね、呼んで」

首筋にチリッと軽い痛みが走って千尋の体が揺れると、ごめんねとやさしく言っているみたいに、また田中さんの舌がその部分を舐《な》めていく。

千尋の頭の中はパニックになっていた。

そうしている間に彼の手が、千尋の胸をそっと包み込んだ。

膨《ふく》らみ始めてから自分以外が触れたことはない場所。唇だって、耳だって、首筋だって、そのすべてに、こんな風に触られるのは初めてだ。

「田中さんっ……！」

千尋がそう呼びかけると、彼の手に力が入って胸を強く掴《つか》まれた。

「宗介」

「んんっ……っ！」

少し乱暴にされたことにドキドキして、千尋は背を反《そ》らせた。

「名前で呼んでくれなきゃ、ひどくすることになるよ？」

千尋を見下ろしながらニヤリと笑う彼に、思わず息を呑んだ。

――なんてことだろう。

目を細めて傲慢《ごうまん》に顎《あご》を上げる彼に、なぜか見惚《みと》れてしまった。息を呑むほど色っぽくて格好よくて、もうなにをされてもいい、とか思ってしまった。

――初めての行為で、それってどうなんだろう。もしかして自分は、ちょっとM《マゾ》っ気があるのかもしれない。

「そっ……宗介さん」

千尋は、本当はひどくされたっていいと思っていることを隠すために、素直に名前を呼んだ。

「いい子だ」と言うように、頬《ほお》に優しいキスが落ちてくる。

その行為にうっとりしながらも、千尋は伝えていなかったことを言わなければ、と思った。

「宗介、さん。あの、あのっ、今さら申し訳ないんだけど」

「今日はダメ、はもう無理だぞ」

――こっちだって無理だと思います！

そんな心の声は決して出さずに、千尋は彼に抱きつきながら正直に話した。

そうしないと、彼の手があちこち這《は》い回って、なにを話そうとしていたのか忘れそうになってしまう。

「そうじゃなくって……！　私、……その、初めてで、……えと」

千尋の言葉に、彼は少し目を見開いて、そして考えるように視線を上へと向けた。

「……そうかな、とは思ってたけど、やっぱりそうか」

千尋の敏感な部分を探し当てようと動いていた手が、ゆっくりと千尋の背中を撫《な》で始める。

もしかして終わってしまうのかもしれないと思って、千尋は一生懸命聞いた。

「宗介さんはそれでも、このまま続けて大丈夫ですか？　初めてなんて面倒くさいとかって、あれ、しぼまない？」

男性器を『あれ』と表現して慌《あわ》てる千尋に、彼が苦笑いをする。

「あれって……。それに、しぼむはずないだろ。むしろその逆」

――逆？

言葉の意味がよくわからなくて首をかしげる千尋に、「わからなくていい」と彼は首を振って、千尋を抱きしめていた腕を解《と》いた。温もりが離れてしまい寂しい。

しかし、その行動に千尋がショックを受けるよりも先に――

「千尋、ちょっと時間をやるよ」

と言われて軽くキスをされた。

「コンビニ行ってくるから、シャワー浴びて、心の準備をして待ってて。やっぱなしはダメだから」

――そう言えばそうだ。今日は一日仕事した上に、呑みにまで行った。

この状態で初体験は遠慮《えんりょ》したいところだ。

下着とか、布団とか、準備の時間をもらえることは嬉しい。

「ゆっくり浴びておいで」

そう言って、彼は出かけていった。

一人になった千尋は、ありがたくシャワーを浴びることにした。

少し部屋を片付けて、布団のシーツも変えておきたい。

そう考えた千尋は大急ぎでシャワーを浴びて、片付けやシーツ替えまで完了させた。

だけど、あまりに急ぎすぎたため、時間が余ってしまった。

あとどれくらいで帰ってくるだろうと考えて、ふと自分の姿を見下ろす。

——部屋よりも自分だ！

いつものパジャマ姿になってしまっていた。

もこもこの上着と、もこもこの短パン。それに着圧式のハイソックス。一日中座り仕事をしているためか、むくみが出るのでこれは欠かせないのだ——なんてことは、いくらなんでも今日はしなくてもよかっただろう！

下着だって、キャミをつけているだけでブラをしてないし、ショーツだってごく普通の綿パンだ。

——着替えようか。

でも、セクシーな下着なんて持ってないけど!?　ネグリジェとか持ってないし！

ワタワタと寝室に戻ろうとしたところで、チャイムが鳴った。

モニターで確認すると……当たり前だが、宗介さんが立っている。

お待たせするのは申し訳なくて、「すぐ開けますっ」と言って、玄関ドアを開けた。

彼は優しく笑いながらコンビニの袋をぶら下げていた。

ここ数時間で彼のことを好きな気持ちが、どんどん大きくなっていて正直困る。

「おかえりなさい」

そう言ってドアを開けた千尋を少し驚いた目で見た後、宗介さんは破顔《はがん》して「ただいま」と言った。

ドアを閉め、リビングへと歩いている時、彼の視線が自分の脚にいっている気がして、千尋は思わず言い訳を並べ立てた。

「部屋を片付けることにばっかり意識がいっちゃって、普段の服を着ちゃったの。あと少し時間をくれたら、もうちょっと綺麗《きれい》な服を着るからっ」

ネグリジェはないにしても、もこもこパジャマはあんまりだろう。

そう思って慌《あわ》てる千尋を見下ろしながら、宗介さんは笑った。

「普段、こういうのを着てるんだ。リラックスしているようでよかったよ」

くすくすと笑いながら、千尋を抱き寄せて頬《ほお》にキスをする。

「俺もシャワー浴びたいから時間はまだあるよ。だけど……」

突然声が低くなったので驚いて視線を向けると、また目を細めて意地悪く千尋を見つめる彼がいる。ぞくっと、背筋が震《ふる》えてしまった。

背中からお尻のほうへ彼の手が滑《すべ》ると、千尋の息は自然と荒くなる。

「俺は、この格好、好みだけど」

するっとうしろ側から内腿《うちもも》に手が入ってきて、千尋の体が跳ねる。

「このソックスと太腿《ふともも》の間の絶対領域。柔《やわ》らかそうなここだけ出してるって、触ってほしいってことだろ？」

「んっ……やんっ。ちがっ……！」

宗介さんは短パンとソックスの間の肌が見えている部分に指を這《は》わせていたずらをする。

「しかも……こっちにも、入りやすい」

「ふうぁっ、あ……っん」

内腿《うちもも》を触っていた指が、短パンの隙間から中に侵入してくる。

ショーツの上から割れ目に沿って、彼の指がなぞる。

「あっ、あぁっ……んっ！　いきなり、しちゃ……」

脚の力が抜けていきそうで、千尋は宗介さんに必死でしがみついた。

「ん？　もっとしてほしい？」

意地悪な笑い声とともに、蕾《つぼみ》がぐりっと押しつぶされる。

「んあっ！」

一瞬、ジンと痺《しび》れるような快感が体を走り抜けた。

そして、千尋の中心にいたずらをした指がすっと引き抜かれた。

「そんな顔して……。すぐにシャワー浴びてくるから、着替えずに、その表情のまま待ってて」

『なんでやめちゃうの？』

そう思って宗介さんを見上げていたのがバレてしまったらしい。

すっかり顔が熱くなった千尋だけを残して、彼は浴室に消えていった。

千尋はもうなにもできずに、ふらふらと寝室に入ってベッドに倒れ込む。

――触られたくって仕方がない。

これから初体験することに対してドキドキするし、不安もある。少しだけ怖いような気もする。

なのに、もっともっとと思ってしまう気持ちが育っていって、ひどく恥ずかしい。

年齢イコール彼氏いない歴ではあるが、そういうことには普通に興味があるし、好きな人には触れられたいと望むのは自然な気持ちだとも思う。

でも、もっと！　と思っているのを表情に出すつもりはなかったのだが……

というか、意地悪されるほど胸キュンしている自分はもしかしたら変態?

初彼氏に引かれるのは絶対にイヤだ。

初体験の後、彼と全然連絡が取れなくなったりなんかしたら、ショックすぎて、二度とそんな行為をしようと思わなくなるだろう。

今から自分は、どんな態度をとったらいいんだ……

ベッドの上でダンゴムシみたいに丸まって、うーんうーんと、結構長いこと考え込んでいたらしい。

「面白いことしてるな」

ふと気がつくと、下半身にタオルを一枚巻きつけただけの格好の宗介さんが目の前に立っていた。

「ひゃあっ!」

突然現れた男性の裸に、千尋は瞬間的に顔が熱くなる。

その千尋の反応に、彼は「これくらいで」と笑っている。

「今からもっとすごいもの見るのに」

そう続けてぺろりと唇を舐《な》めながら、千尋に覆《おお》いかぶさってくる。

――もっとすごいものって!?

目を剥《む》く千尋に笑いながら、宗介さんは千尋の唇を塞《ふさ》ぐ。

最初は優しく、柔《やわ》らかに。そして、彼の舌が千尋の唇の隙間から中に侵入する。舌を絡められて、千尋もそれに応《こた》えようと舌を伸ばすと、ちゅうっと吸われてしまった。

「んんっ」

驚いて声を上げると、少し笑ったような声がして、ちゅっと軽いリップ音を響かせた後に彼の唇は移動を始める。

頬《ほお》を通って、首へ、そしてさらに下へ。

彼の両手が、千尋のささやかな膨《ふく》らみを包み込む。

唇が谷間へ到達すると、千尋はむずがゆいような感覚に体を伸ばした。

「くすぐったい？」

くすぐったいというか、むずむずする。千尋が返答に困っていたら、宗介さんはとくに返事は必要としていなかったらしく、ひょいっと千尋のパジャマとキャミソールをまとめてたくし上げた。

「きゃああっ」

「痴漢《ちかん》にあったような声を出すな」

思わず悲鳴《ひめい》を上げた千尋に、彼は文句を言う。

だけど、いきなり胸をさらけ出されて悲鳴《ひめい》を上げない女性がいるのだろうか。

「こんな明るい部屋でっ！　暗くしないとっ」

「無茶言うな」

――無茶ってなんだ、無茶って⁉　そんな難しいことじゃないだろ！

彼は目を白黒させている千尋を面白そうに眺《なが》めている。

「こんなに真っ赤になってる可愛い表情を見ないなんて、できないね」

そうして千尋が口を開くよりも先に、宗介さんは胸の頂《いただき》を咥《くわ》えた。

突然の刺激に、びくんと体が揺れて背筋が反《そ》り返る。

「あっ、やっ……！」

ちゅうっと、彼は胸の中心を吸い上げる。

反対側の頂《いただき》は、指でクリクリといじられる。

「あっ、んっ、んんっ……」

自分の口から聞いたことのないような声が漏《も》れていく。生理的な涙が溢《あふ》れ、視界が曇る。

彼の舌が飴玉《あめだま》でも舐《な》めるように頂《いただき》を転がして、時折強く吸いついてくる。

さっきまでのむずむずが激しくなって、ぞわぞわするようになってきた。

だけど、気持ち悪いんじゃない。やめてほしくない。

「もうっ、やぁっ！」

それなのに、口から出てきたのは気持ちとは反対の言葉だった。

宗介さんが起き上がって、千尋の表情を覗《のぞ》き込む。涙が溜まった千尋の目に、彼は驚いたように首をかしげる。

「これ、イヤ？」

柔《やわ》らかく手で胸を包み込んで、人差し指と親指で中心をつまむ。千尋の体が揺れると、いたずらな指は乳首を軽く引っ張りながらこねる。

――イヤじゃない。全然イヤじゃないけれど、もどかしいのだ。

だけど、口に出すのが恥ずかしい。

千尋が口を押さえて首を横に振ると、彼は困ったような顔をした。

――このままじゃ、終わっちゃう……！

今ここで終わりたくない。もっと宗介さんを肌で感じたい。千尋は焦《あせ》って声を上げる。

「ち、違うのっ。イヤとかじゃ、なくて」

言葉が出てこなくて、とにかく急《せ》かされるように宗介さんに手を伸ばすと、彼はホッとしたように微笑んだ。

「うん？　急ぎすぎたかな」

――そんなことない。

だけど喉が引きつれたように声が出ず、首を横に振ることしかできなかった。

それでも千尋の思いは通じたようだ。「ばんざーい」と言う声が聞こえて、思わず従う。

すると、すぽんと上半身の服を剥《は》ぎ取られた。

「ひあっ……!?」

「はいはい。こっちおいで」

上半身裸になって悲鳴《ひめい》を上げかけた千尋を、宗介さんは抱きかかえてベッドの上に静かに置いた。

そして、裸のまま二人でただ抱き合った。

彼の裸の胸板に、千尋は頬《ほお》を押しつける。

少し速い心臓の鼓動が聞こえた。彼も自分と同じようにドキドキしている。

抱き合ったまま、ゆっくり背中を撫《な》でられて、頭のてっぺんにキスをされた。

「大丈夫。ここでやめはしないけど、焦《あせ》ってるわけじゃないから」

その言葉にそっと見上げると、宗介さんが「ん？」と優しく笑って千尋を見ていた。

「あの、私、初めてなんだけど」

「うん。さっき聞いた」

だから大丈夫だと、彼は微笑む。

千尋は彼を見上げて、ぎゅうっと抱きついた。そして思い切って言った。

「あのっ、もっとしてとか、処女に言われたら……引く？」

不安に思いながら見上げたそこには、呆然《ぼうぜん》としている表情があった。でも千尋と目が合った途端《とたん》にその顔が、肉食獣のそれに変わる。

「引かない」

彼は妖艶《ようえん》に微笑んで、千尋の両腕を掴《つか》んで頭の上でひとまとめにした。

「むしろ――興奮する」

彼は千尋の胸に噛《か》みついた。

「ふあっ」

痛いほどの強い刺激に、千尋の体はビクリと揺れる。

「どれをもっとしてほしかった？　これ？」

そう言って、さっきよりも強く、ちゅうっと吸いつかれる。

「ひ……、あ、あぁっ」

千尋の腕を掴《つか》んでいる手とは逆の手が、千尋の脚に伸びた。

内腿《うちもも》をするりと撫《な》でて、短パンの裾《すそ》から中へ侵入する。

そして、さっきショーツの上から撫《な》でた場所を、今度は直《じか》に撫《な》でる。

「ああっ。やあぁっんっ」

「ほら、指を入れにくいだろう？　脚を開いて」

そう言いながら、彼は千尋の脚の間に自分の体を滑《すべ》り込ませた。

千尋の中心に触れている宗介さんの指が小刻みに前後に動くと、クチクチと湿った音が響く。

「だめ、だめっ」

……口ではそう言いながら、開かされた脚を閉じようと力を入れてはいない。

宗介さんの指が、千尋の襞《ひだ》に沿って前後に動く。最初は小刻みだった動きは、次第にゆっくりと大きく変わっていく。それに合わせて、湿った音も大きくなっていった。

胸をしゃぶられ、指で襞《ひだ》をいじられて、千尋は背を大きく反《そ》らし、素直に快感を受け入れることができた。

「んんっ……ぁっ、ん。そ、すけさん」

涙で霞《かす》んでしまった視界の中に、目を細めて満足げに笑う彼がいた。

その表情に、千尋は彼に触れたくなって手を伸ばす。

掴《つか》まれていた腕は、力を入れればすぐに解放された。

千尋が手を伸ばすと、彼は不思議そうにしながらも、千尋の腕に頭を差し入れて抱きしめさせてくれた。

ふわふわの髪の毛に頬《ほお》ずりをして、千尋は宗介さんの頭のてっぺんにキスを落とす。

途端《とたん》、ぐいっと脚を持ち上げられて、ショーツも短パンも一気に脱がされてしまった。

なんと、ハイソックスだけという お間抜けな格好。

そして腕の中にあったはずの彼の頭は、あっという間に千尋の股の間にあった。

「ちょっ……!? 宗介さん！」

脚をぐいっと持ち上げたまま左右に開かされて、千尋は脚をばたつかせた。

どこもかしこも丸見えな体勢に、千尋は嫌々と首を振った。

すると宗介さんは千尋をジロリと睨《にら》んだ。

「煽《あお》りすぎだ。必死で余裕ぶっていたこっちの仮面をぶち壊す千尋が悪い」

彼は丸見えになってしまっている中心に視線を落とす。

「そんな覚えは――あぁっ」

千尋が反論している最中に、彼は千尋の中心へ舌を這《は》わせた。

「はぁあんっ。んやっ、あっ、あっ……」

宗介さんの分厚い舌が、肉襞《ひだ》をかき分けて先端の蕾《つぼみ》に到達する。

ヒクヒクと動くそこを尖《とが》った舌で突《つ》かれると、千尋の体はピクピクと反応する。

なにか言いたかったはずなのに、圧倒的な快感の前で思考がまったくまとまらない。

ただ口から漏《も》れるのは喘《あえ》ぎ声だけだった。

ぴちゃぴちゃと濡《ぬ》れた音が、さらに千尋から羞恥心《しゅうちしん》を奪っていく。

千尋の両手が彼の髪をかき乱して、無意識に自分へと押し付けるように動いていた。

宗介さんはそれに気がついて、少し笑って指を入れる。

「んっ……？」

指が、千尋の中へ潜《もぐ》り込んでいった。

「痛い？」

「ん、んん……？　痛くは、ない」

心配げな宗介さんの声に返事をすると、指がもっと奥へと進む。

痛くはないけれど、内臓に直接触られているような違和感。

痛いと言うより苦しいと言ったほうが近い。そんなまったく未知の感覚に千尋は首をかしげた。

これは、あの膣という場所に指を入れられている状態なのだろうか？

――実は、少しだけ自分で触れたことがある。だけど、その時はぴりっと痛みが走ったし、こんなにすんなりと入っていくことはなかった。

快感とは別のその違和感に気を取られていると、また宗介さんの舌が動き出す。

蕾《つぼみ》をぐるりと舐《な》めて、弄《もてあそ》ぶように敏感なそこに舌を絡めていく。

「ふあっ……んぁあ、あっ、あっ」

千尋の中に入った指も動いている。

次第にグチュグチュと大きな水音をさせて指が出入りするようになった。

「そろそろ、かな」

小さく呟《つぶや》いた彼が蕾《つぼみ》に歯を立てた。

「ふああぁっんっあっ」

その刺激に、千尋は体をバネのように跳ねさせた。

まぶたの裏がチカチカして衝撃が過ぎ去った後は、少しの倦怠感《けんたいかん》が襲った。

「はれぇ？」

運動した後のような体の疲れを千尋が不思議がっている間に、宗介さんはコンビニ袋を取り出す。

どうしたのかとぼんやり見ていると、そこから四角い箱を取り出した。

「あっ……」

それがなにか理解した途端《とたん》、小さく声が漏《も》れた。

「ん？　これを見るのも初めてってことはないだろ？」

箱から小さな袋を取り出しながら、彼がニヤリと笑う。

馬鹿にされたと、千尋はぷくっと膨《ふく》れて言った。

「あるよ！　……一個、持ってるし」

街頭で配られていたものをもらったことがある。そういえば、それは捨てるに捨てられずに引き出しの中にしまいっぱなしだ。

「どうせ、どっかでもらったんだろ。ゴムって劣化するから、古いものは捨てろよ」

言い当てられて、さらに千尋は膨《ふく》れた。

手慣れた様子で袋を破る彼に、苛立《いらだ》ちまぎれに毛布を引き寄せながら千尋は言った。

「そんなのわざわざ買わなくたって、宗介さん、持ってそうなのに」

千尋はもやもやする気持ちを押し隠すために、毛布を頭までかぶろうとした。

「言いがかりをつけて、拗《す》ねるのはやめろ」

眉間《みけん》にシワを寄せた彼に毛布を取り上げられる。

「使う予定もないのに、持ってるわけないだろ」

彼は千尋の頬《ほお》を両手で包み込んで、視線をしっかりと合わせた。

さらに、「今日使えるとわかってたら、ちゃんと準備しておいたけど？」と呟《つぶや》かれ、千尋は顔を熱くする。

「でも持ってたら疑われるところだったか。ヤキモチ焼きな千尋に」

意地悪な言葉が降ってきて、千尋はむっとしてしまう。

「別に……っんぅ」

言い返そうとした口は塞《ふさ》がれて、柔《やわ》らかな舌が千尋の舌に優しく絡みついてきた。

「んっ、んん……ふぁっ」

歯列《しれつ》をなぞって口内を舐《な》め尽くすように動き回る舌に、千尋は翻弄《ほんろう》される。さっきよりもずっと気持ちよくなってしまい、夢中になって舌を伸ばした。

伸ばした舌は、彼の口の中に吸い込まれて、甘噛《あまが》みされる。

そうこうしているうちに、千尋の中からもやもやしていた気持ちが吹き飛んでいった。

あっという間にさっきの続きをしてほしくなった千尋は、とろんとした目で彼を見返す。すると宗介さんは微笑んだ。

「……いいね。その顔」

また脚を広げられると、触られてもいないのに背筋が震《ふる》える。

ぐしゅっと音をさせて、彼の指が千尋の中に入ってきた。

「ヤキモチを焼いてる顔も可愛いけど、感じてる顔のほうが可愛いかな」

可愛いという言葉に、千尋の心が震《ふる》えた。

涙を滲《にじ》ませる千尋に、宗介さんはまた優しいキスを落とす。

「いじめすぎた？　……じゃあ、次はいっぱい可愛がろうかな」

その言葉と同時に圧迫感が増して、千尋の中に入っている指が増えたのがわかった。

「ほら、気持ちいい？」

ぐしゅぐしゅと音を立てる指が、千尋の愛液を蕾《つぼみ》に塗りつけ始める。

親指でぐりぐりと一番敏感なところを押さえつけられて、さらに千尋は愛液をこぼす。

「やっ……あっ、あぁっ……！」

千尋が仰《の》け反《ぞ》ると、その背中は大きな手に持ち上げられる。そして彼が乳首を咥《くわ》えた。唇で挟《はさ》み込んで舌で遊ぶようにくるくるされると、そのたびに千尋の体が揺れる。

「も、だめ。もぉだめ。ぁんっんっ、んっ」

感じすぎているのに、なぜかもどかしさを感じるようになってしまって、千尋は首を振った。

「もっとして、だろ」

――もっと？　こんなに、どうにかなってしまいそうなのに。

ああ、もういっそのこと、どうにかなってしまいたい。

苦しさともどかしさに千尋が首を振って涙を散らすと、熱いため息が落ちてきた。

「千尋、いくよ？」

ふっと刺激がやんだ。ぼんやりと千尋の視界の中に宗介さんの真剣な顔が見えた。

さっきよりももっと大きく脚を開かされ、間に彼が入ってくる。そして、彼が上半身を倒したかと思うと――

「あぁぁっ！」

千尋は痛みに悲鳴《ひめい》を上げた。

さっきまでの指なんて比べ物にならないほどの圧倒的な質量が、千尋の中に押し入ってきた。

千尋は必死で痛みをこらえた。

「くっ、やっぱきついな」

宗介さんの苦しそうな声がした。

痛みのあまり閉じてしまった目をうっすらと開くと、彼は眉間《みけん》にシワを寄せて辛そうな顔をしている。

「そ……すけさん」

思わず千尋が呼びかけると、彼は上半身を倒して千尋の目尻にキスをした。

「もう少し頑張って」

そのささやきの後、優しいキスが始まった。

千尋の唇を啄《つい》ばむように無数のキスを落として、さらに頬《ほお》にも眉にも目尻にも、千尋のすべてはキスに包まれた。

くすぐったくてクスクス笑うと、「その調子」と褒《ほ》められた。

そして舌を絡められてキスに夢中になっていった時――

「ぐっ……いいぃ」

彼がさらに押し入ってきて、千尋はうめき声を上げてしまった。

痛くて涙がポロポロ溢《あふ》れると、彼はその涙を舐《な》めて、千尋の頬《ほお》にキスをしていく。

「悪い、千尋。一気にいくぞ」

さらに大きく脚を広げられて、高く持ち上げられた。驚きの声を千尋が発する前に、奥まで貫かれる。

あまりの痛みに荒い息を吐く千尋を、彼はギュウッと抱きしめた。

「千尋、千尋……」

辛そうな宗介さんの声を耳にした千尋は、自分の痛みよりも彼の様子に意識を向けた。

眉間《みけん》にシワを寄せて上から千尋を覗《のぞ》き込みながら、頭や頬《ほお》をゆっくりと撫《な》でていく彼の手の温かさを感じると、千尋の強張《こわば》っていた体が少しだけ緩《ゆる》む。

「そうすけさ……ん、大丈夫？」

「ん？　俺？　俺は……まあ、大丈夫だよ」

千尋の言葉に、ふっとため息をつきながら答えた彼は、困ったように笑った。

千尋はぼんやりと宗介さんを見上げ、苦しそうな彼の頬《ほお》を撫《な》でた。

頬《ほお》に触れる千尋の手を捕まえて、彼は手の平にキスをする。

それがくすぐったくって、千尋の体がピクンと震《ふる》えた。

そのまま、彼は千尋の指をねっとりと舐《な》め始める。

このぞわぞわした感覚が快感なのだと、千尋は覚えたばかりだった。

「ん……ぁ」

痛みで感じることのできなかった緩《ゆる》やかな快感が、蘇《よみがえ》ってきた。

それがわかったのか、彼の手が千尋の胸を包んで、そのまま先端をつまんだ。

「んっ！　ぁ、や……だめ」

ぞくっと背筋を快感が走り抜けた。

触られている部分とは違う場所がぞわぞわする感じに、千尋は首を振った。

「そう？　じゃあ、これはどうかな」

千尋の状態にニヤリと笑った彼は、するりと手を滑《すべ》らせた。繋《つな》がっている場所の少し上。敏感な蕾《つぼみ》へと刺激を与え始めた。

「んゃっ。だめ、それだめっ……！」

彼の太い指が千尋の小さな蕾《つぼみ》を器用にこねて激しい快感を与えてくる。

それどころか、その感覚は痛いはずの繋《つな》がっている場所と連動しているみたいに、千尋の内壁を刺激する。

「ああ、いいね。……千尋の中が動いてるよ」

ぐしゅっと濡《ぬ》れた音を響かせて、彼の熱が出ていったかと思ったら、またすぐに入ってくる。

宗介さんがいきなり動き始めると、やっぱり引きつれたような痛みを感じて、千尋は「ぐっ……」と小さなうめき声を上げてしまった。

「悪い……っ、もう――」

ため息のような謝罪を彼が口にした。

汗で前髪が少し額《ひたい》にかかって切なげに見下ろしてくる彼は、壮絶《そうぜつ》に格好よくて色っぽかった。

呆然《ぼうぜん》と眺《なが》めている千尋に気づいて、宗介さんは笑う。

「千尋、可愛いよ。最高に可愛い」

そう言って笑った彼のほうが最高に可愛いし、格好いい。そんな彼が自分だけを愛おしげに見つめてくれることに、千尋は深い喜びを感じた。

「――あっ！　………？」

胸の奥が、大きく震《ふる》えたような気がした。

「――っ！」

同時に、宗介さんも息を呑んだ。

なにが起こったのかわからないけれど、彼が動くたびに体がずくんずくんと震《ふる》えて、大きな快感の波が押し寄せる。

ぐちゅっぐしゅっと卑猥《ひわい》な音を響かせながらどんどん波が膨《ふく》れ上がって、千尋はふいに怖くなって手を伸ばした。

その手はぎゅっと力強く握《にぎ》り返され、千尋に安心感をもたらす。

「千尋っ」

宗介さんの自分を呼ぶ声に、千尋はさらに強く彼に抱きついた。

同時に彼が大きく動いたその瞬間、頭の中の波が一気に弾けた。

「っぁあああぁぁぁんっ──」

視界がすべて真っ白に染まる。

体が勝手にビクビクと動いて、千尋は弾けた波の揺らぎに身を任せることしかできなかった。

ぼんやりと漂っている千尋を、彼は荒い息を吐きながらも包み込んでいた。

千尋はそのまま彼の腕の中で、力の入らない体を休ませる。

──どれくらいじっとしていたのだろう。やがて宗介さんがゆっくりと上半身を起こした。

同時に、千尋の中にあったものがずるりと抜けていく。

「あっ……」

思わぬ刺激に、小さな声が漏《も》れる。

その声を耳にした彼は、またしても意地悪な視線を千尋に向けた。

「千尋はエッチだな」

「んなっ……!?」

意地悪で面白がっているような声なのに、頬《ほお》を撫《な》でる手や視線が優しくて、千尋は心が震《ふる》えた。

「違うっ」

否定しながらも、真っ赤になっているであろう顔は隠せなくて、千尋は困ってしまった。

「エッチでいいのに。もっと……したいだろう？」

宗介さんの指が、顎《あご》から首筋、そして胸へと、千尋の体の線をたどってゆっくりと下りていく。

たったそれだけの刺激なのに、覚えたばかりの快感を、千尋の体は拾い上げてしまう。

「んぁっ……！　ゃんっ」

ピンと胸の頂《いただき》を弾かれると、痛みよりも喜びを感じてしまうのを知っているのか、彼は千尋の声に舌なめずりをする。

「待って待って！　今日はもうダメっ！　痛いもの」

「それなら、舐《な》めて治してやろう」

またぐいっと脚を広げられて、千尋は慌《あわ》てる。

「ばかばかばかばかっ！」

快感に酔った頭でされるのと、終わったつもりでホッとしたところでされるのでは、恥ずかしさがまるで違う。

その千尋の慌《あわ》てっぷりがまた楽しいようで、宗介さんがうっとりと千尋を見下ろす。その視線に戦慄《せんりつ》した千尋は、必死でぷるぷると首を振った。

「痛いって言ってるのにっ！　無理にしたら嫌いになるからねっ」

千尋が怒鳴《どな》ると、彼はようやく千尋の脚から手を離して、そっと横に寝そべった。

「じゃあ、諦《あきら》める」

ほうぅっと深いため息とともに強くて温かい腕に抱きしめられて、千尋もホッと一息ついた。

――人肌って気持ちいい。

ほんのり温かい宗介さんの胸に頬《ほお》をすり寄せて、ぎゅうっと抱きついた。

「千尋、我慢させておいて煽《あお》るっていうのは、褒《ほ》められた行動じゃないな？」

少し低くなった声に顔を上げると、ニコニコと笑っている彼がいた。

千尋の背中を滑《すべ》っていく手を押し留めつつ、冷や汗をかきながら千尋もにっこりと笑った。

「宗介さん、聞きたいことがあるんだけど」

「……なに？」

千尋に捕まえられた腕を不満げに見ながら、宗介さんは返事をした。

「セックスって、気持ちいいものだと聞いていたの」

「あ？」

千尋の言葉が気にくわないらしく、彼の片眉が上がった。

「それは、気持ちよくなかったってこと？」

そんなはずないと確信している態度で聞き返された。

――そう聞かれると、途中までは気持ちがよかった……ものすごく。でも――

「すごく痛かった」

千尋が真剣に言うと、彼はなんだか驚いているようだった。

「気持ちいいけど、すごく痛くて……まさか、みんな、あの痛いのが好きなの？」

千尋に呆《あき》れたような視線を向けながらも、彼は真面目な顔で答える。

「回数を重ねると、気持ちよくなるんだよ」

それも聞いたことはあるけれど。回数を重ねるって、あと何回くらいあの痛みに耐えなければならないのか。

「あんな痛いのは、もう嫌っ」

あの痛みが快感になるなんて想像もつかない。

そんなことを考えていた千尋をよそに、宗介さんは満面の笑みを浮かべた。

その笑顔に千尋はびくっと体を揺らす。

「嫌と言ったからって、それを俺が許すと？」

千尋は固まった。彼は笑顔のまま、千尋の両肩を捕まえる。

「そ、そー……すけさん？」

嫌な予感がしてにへらっと笑みを作った千尋に、顎《あご》を上げて笑みを消した宗介さんは言い放つ。

「よし、今から快感を覚えるまでしてみよう」

「ひうっ⁉」

「千尋の恐怖を克服《こくふく》するために協力してやるよ。……優しくな？」

千尋の「ごめんなさい」の言葉は、彼の口の中に吸い込まれた。

15

「ひにゃあぁぁっ」

宗介は、可愛らしく悲鳴《ひめい》を上げる千尋をベッドにぬいとめて、彼女の口を塞《ふさ》いだ。

唇を重ね合わせるだけのキスの後、千尋の口内に舌を差し込んで彼女を思う存分味わう。

歯列《しれつ》をなぞっていくと、素直な体はぴくぴくと跳ねた。

「千尋」

ささやくように名前を呼ぶと、涙に濡《ぬ》れた目がうっすらと開いて、宗介の姿を映しだした。

「宗介さん？」

自分の名前を呼ぶ声が優しく響く。

彼女の瞳の中に映る自分の表情が甘ったるくて、こんな表情を自分がしていることが信じられないと思う。

だけど、目が合った千尋は、そんな自分を見て幸せそうに笑うのだ。

手に吸い付くような柔《やわ》らかな肌に手を滑《すべ》らせると、千尋の体が震《ふる》える。

「宗介さぁん……あの、あの……本当にまだするの？」

自分はもう臨戦態勢《りんせんたいせい》に入っているのに、千尋は口を尖《とが》らせてふるふると首を横に振りうしろ向きな言葉を重ねる。

「だって、痛いもの」

さっき初体験を済ませたばかりですぐに第二ラウンドではひどいだろうかと考えたが、この様子では、時間をおいても「嫌だ」と言われそうだと思ってしまう。

下品なことを言わせてもらえば、今の自分はやりたい盛りの思春期のガキと変わらない。千尋を前にすると、四六時中彼女に触れていたいと考えてしまうのだ。

時間をおいて痛みだけの記憶が鮮明になる前に、もっと快感を体に覚えさせなければ次に繋《つな》がらない、そうに決まっている、と自分に都合のいい解釈《かいしゃく》をして早速行動に移す。

仕事がなければ一日中だって、こういうことをしていたい。

「痛いなら……治療してやろうな？」

にやりと笑うと、千尋の顔が赤く染まった。

その反応に、思わず笑みをこぼし、胸の頂《いただき》を口に含む。含んだ途端《とたん》に硬くなる先端を甘噛《あまが》みして、コロコロと舌で転がしてやると、千尋の口から甘い声が漏《も》れだした。

「ふっ……んっ、そこは痛くなっ……ぁっ！」

ちゅぱっとわざと音を出しながら口を離すと、柔《やわ》らかな胸が「もっと」と言うようにふるっと揺れた。

「そう？　じゃあ、ここは……気持ちいいところ？」

意地悪く問いかけると、千尋の頬《ほお》がさらに赤く染まる。

その表情に満足して、千尋の体中にキスを落とし始める。

時折、自分の印をその白い肌に刻むと、軽く痛みを感じるのか、千尋の体が跳ねる。

そのたびに、謝るようにその場所を丹念に舐《な》めていく。彼女の体中に散っていく所有印が愛おしい。

「んっ、んぁっ……」

痛みと快感を交互に与えられて、困ったようにこっちを見てくる表情に、ますます煽《あお》られてどうしようもない。

赤い顔をして潤《うる》んだ瞳で見つめられたら、男がどんなことをしたくなるのか、知らないのだろう。――もっとひどいことをして、泣かせたいとさえ思った。

千尋の下半身に手を伸ばすと、彼女の目におびえた色が宿《やど》った。

嗜虐心《しぎゃくしん》が呼び起こされてしまうけれど、決して傷つけたいわけじゃない。

ひどいことをして、本当に泣かれて嫌われてしまったら、立ち直れなくなる。

「千尋、痛かったらやめるから。気持ちいいことだけ、しよう？」

耳元でささやくと、千尋はちらりとこっちを見て、頬《ほお》を染めて小さくうなずく。

途端《とたん》にいろいろな衝動が湧《わ》き上がってくるが、すべてを押し殺して優しく手を這《は》わせていった。

襞《ひだ》の間に指を入れると、千尋がこっちに身を寄せてくる。

今の宗介の心情を知ったら逃げられてしまうだろうなと思いながら、怖がらせないように、そっと、その場所を探り当てる。

柔《やわ》らかく潤《うる》んだその場所は、宗介の指を引き込むように蠢《うごめ》いて迎え入れる。

あまりの柔《やわ》らかさに、無意識に、喉が鳴った。

「痛い？」

欲望で情けないほど声が掠《かす》れていたが、自分のことに一生懸命な千尋は気がついていないようだ。

「ンっ……えと、痛くない、です」

「ふうん？」

どんどん赤くなる千尋の顔を見ながら、指を増やしてみる。同時に蕾《つぼみ》を親指で押しつぶすと、突然の刺激に、千尋が声を上げた。

「ふあっ」

だけどそれが痛みではなく、快感によるものなのは明らかだ。

遠慮《えんりょ》なく指で膣を探っても、痛そうな様子はなかった。それどころか、無意識にだろうが、宗介が触りやすいように腰が動き始めていた。

「ふっ、ぅん……あん」

喘《あえ》ぐ千尋の口を塞《ふさ》いで舌を絡《から》ませると、彼女は積極的に応《こた》えてきた。キスをやめようとすると、こっちの唇を追いかけてくるほどに。

「もっと気持ちいいことしようか？」

とろんとした瞳の千尋に問いかけると、こくっと小さくうなずく。

宗介は千尋の脚を左右に開いて、秘所がよく見えるように自《みずか》らの眼前へと持ってくる。

「え？　ひゃあぁぁっ⁉」

赤く潤《うる》んだその場所は、さっきまで宗介自身を受け入れていた名残《なごり》で軽く開いていた。千尋と視線を合わせながら、わざと見えるようにぺろりと舐《な》めた。

「ふっ……んぅっ」

少しの刺激でも、千尋の体は大きく震《ふる》える。

いじりすぎて真っ赤に膨《ふく》れた蕾《つぼみ》を、優しく唇で挟《はさ》んで時折舌で転がしてやると、両手で口を押さえた千尋の背が反《そ》り返る。

舌で蕾《つぼみ》を食《は》み、突き出された胸を片手で掴《つか》んだ。

「ん、ふぅっ……ぁあっ、そ、すけさ……っ」

喘《あえ》ぎ声をこらえるために指を噛《か》みながら自分の名前を呼ぶ千尋は、幼い顔立ちをしているのに、妖艶《ようえん》な女の表情に変わる。

「なに？　痛い？」

ふっと蕾《つぼみ》に息を吹きかけてやると、千尋が面白いほどに跳ねた。

「んぁっ……！　そんなしちゃ、いやあ」

「そう？　じゃあ、こっちがいいかな」

そう言って、膣の中に舌を差し込んだ。

「あっ……！　ちがうのっ、ダメ、ダメぇ」

ダメだとしきりに首を振るけれど、その顔は快感に震《ふる》えていた。

千尋の両手が、宗介を引き寄せたいのか引き離したいのか、宗介の髪の毛をぐしゃぐしゃにかき混ぜた。

千尋の細い指が頭を触る感触が心地いい。なにより、腰をくねらせて誘っているようにさえ見えるその動きが、いやらしくてそそられる。こんな千尋を前に、我慢などできるわけがない。

「もっと？」

そう聞くと、彼女は違うと首を振る。

「本当に？」

脚を広げたまま、いじるのをやめて見下ろした。

膣が、パクパク動いて宗介をほしがっているように見える。

宗介を見上げた千尋は、見開いたその目に涙を浮かべている。

――ヤバい、そんな顔をされると苛《いじ》めたくなる。そう考える一方で、思う存分可愛がりたいとも思う。でも……少しくらいなら意地悪しても許されるだろうか。

「じゃあ、やめようか？」

宗介の笑顔を見ながら、千尋はいやいやと首を横に振る。

「も……っと、してほしい、です」

――その後の宗介が、あまりの可愛さに千尋が痛がっていたのを忘れてしまったのは、ご愛嬌《あいきょう》ということにしてもらいたい。

とろけるその場所に入り込んで、思う存分動いてしまった。


「俺も若いよなあ」

ベッドに寝転んで思わずそう呟《つぶや》くと、枕が飛んできた。

「そんなことで許されないんだからねっ」

布団にくるまってミノムシのようになっている千尋が、ぷんぷんと怒っている。

その状態でも欲情する自分に、千尋をゆっくり休ませてやる日は作れるだろうか。

千尋を眺《なが》めながらぼんやりとそんなことを考えていると、突然、彼女はすごい勢いで頭から布団に潜《もぐ》り込む。その後、布団の中から声だけが飛んできた。

「もうだめだからね！　本気で！」

宗介の視線からなにかを感じ取ったのか、千尋は威勢《いせい》よく言い、決して布団からは出てこなかった。

「はいはい。もうしないよ」

――数時間は。

「さっきもそう言ったもん！　なんか嘘ついてる気がする！」

なかなかいい勘をしている。

宗介はくすくすと笑って布団ごと千尋を抱き寄せた。

「しないから。もう夜も遅いし」

実際のところ、夕食を食べてから千尋の家に来て、今はもう真夜中だ。

明日は休みだとはいえ、そろそろ眠らないと。

剥《は》ぎとったパジャマを拾い上げて、布団の中に差し入れた。

「下着も持ってきてほしい？」

床に転がっていたパンツを拾い上げると、素早い動きで手が伸びてきて、布団がもぞもぞと動き始めた。

——意外と元気だな。次する時はもう少し長く濃厚にしてもいいかもしれない。

素っ裸のまま寝ころんで、布団の中から千尋の顔が出てくるのを待った。

「今日このまま泊まってもいい？」

ここからだったら歩いても帰れるが、千尋を抱きしめて眠りたい。

すると、千尋の顔がひょこっと出てきた。布団の中で着替えたりしたせいで、髪がぼさぼさだ。

「うん」

裸の宗介を見て頬《ほお》を染めながら、千尋がうなずいた。

宗介が軽く腕を広げると、ためらいながらもおずおずと腕の中へ入ってきた。

……パジャマを渡したのは失敗だった。下着だけにしとくんだった。口惜しく思っていたら、知らぬ間に手が動いてしまっていたようだ。すかさず千尋の鋭い声が飛んでくる。

「宗介さん、なんで脱がそうとするのっ」

「あ、無意識に」

正直に答えたのに、ぺちんと叩かれた。

「裸で抱き合いたい」

「さっきたくさんしたでしょ、もうだめ」

今は言葉通り抱き合いたいだけなのに、千尋はどうしても信じてくれない。

服を脱がすのは諦《あきら》めて、宗介は千尋を優しく抱きしめて頭のてっぺんにキスを落とした。

「千尋、好きだよ」

お休みと言うつもりだったのに、愛しさが込み上げてきて、言葉が素直にこぼれ落ちた。

千尋は妙な声を上げてから、ぎゅうっと宗介にしがみつく。

「わ、私も、好き」

そう言った後で、さらに力の限りしがみついてきた。こうやってしがみつくと、恥ずかしさが薄れるのだろうか。

宗介は幸福感を千尋を抱きしめる力に変えて、今度はちゃんとお休みと言った。

第二章　もう一度ファーストキス

1

千尋が宗介さんと付き合い始めて一週間。

付き合い始めるまでは彼をあまり意識していなかったからというか、無意識のうちに考えないようにしていたからというか、一度意識し始めたら日に日に彼への思いが大きくなっている。千尋は最近、なんだか宗介さんが日を追うごとに格好よさを増しているように感じて困っていた。

付き合い始めた今も、会社では彼のことをいまだ『プリンの田中さん』と呼んでいる。さすがに会社で『宗介さん』と呼ぶわけにはいかないからだ。

彼は不満げだったが、交際を大々的に宣伝する必要なんてない。

帰宅時間も、千尋はほぼ定時で上がり、彼はそうはいかないことが多いので、別々に帰る。会社での二人は、付き合う前と変わりなかった。

そんなことを考えながら千尋が仕事をしていると、宗介さんの声が課内に響く。

「外回り行ってきます」

その声に千尋は顔を上げた。

……いや、変わったことは、あった。

仕事中でも目が合うと、彼はふわっと優しく微笑んでくれる。

外に出る時、軽くスマホを上げたり目配せをしたりして、『行ってきます』と合図をくれる。

そんなことをしていたら、周りの人に気づかれるのも時間の問題だと考えると、千尋はちょっと落ち着かなくなる。だけど、やめてほしいとは言えない。

――だって、目が合って嬉しそうな笑顔を見るのは、すごく幸せだから。

宗介さんの目配せに対してはにかんで笑った千尋に、もう一度笑顔を向けた彼は、スマホを掲《かか》げてから出ていった。

その直後、千尋のスマホが震《ふる》える。スマホに視線を落とすと、『今日は遅くなるから、夜電話する』というメッセージが宗介さんから届いていた。

千尋は、スマホの画面を見て、これって付き合ってるって感じだ、と一人で顔を熱くした。

そうして彼を見送った後は、また自分の仕事に取りかかり、定時にきちんと仕事を終えて帰宅した。

その日の夜。十時少し前に、宗介さんから電話がかかってきた。

開口一番に『電話するのが遅くなってごめん』と謝った後、『今日は折角《せっかく》の金曜日だから、本当は帰りに千尋の家に寄ったり、食事に連れていったりしたかった』と言ってくれた。

取引先との打ち合わせが長引き、電話できるのが今の時間になったのだと言う。

宗介さんの帰宅が遅いのは、今日に限ったことではないと千尋は知っていた。営業一課はみんな忙しそうで、その中でもとりわけ仕事ができる御三家の面々はとくに忙しく、毎日こんな時間だ。

千尋は残業手当を総務課にまとめて提出することもしているので、一課の人間の残業時間を大体は把握《はあく》していた。

『そういえば千尋は、夜景と夕日と観覧車、どれが好き？』

ひとしきり世間話を終えた後、彼がおもむろに質問してきた。

「なんの話？　どれかって言われたら、観覧車かな？」

夕日はあっという間に終わってしまうし、夜景を見られる場所に行くのはたいていお金がかかるし、天気の心配もある。

それに、ぼんやりと景色をずっと眺《なが》めていられるほどの情緒《じょうちょ》は、残念ながら持ち合わせていないのだ。

『だったら、明日ハウリーランドに行こう』

「明日!?」

ハウリーランドは、千尋の家から車で二時間ほどの場所にある結構有名なテーマパークだ。今はバラの花がとても綺麗《きれい》に咲いているらしい。

明日は土曜日だけど、まさかこんな急にお誘いがあるとは思わなかった。

「うん！　行きたい！」

驚きながらも千尋が弾んだ声を上げると、宗介さんの笑う声が聞こえた。

「笑うなんてひどい！　だって初デートなんだもん」

そう、千尋にとって、まさに彼氏との初デート。本当は場所なんかどこでもいいのだ。そのお誘いが嬉しかった。

『笑ってない。喜んでくれてるみたいだから、嬉しかっただけだよ』

彼の愛おしむような声が聞こえてきて、千尋は全身の血液が顔に集まっていくのを感じる。

スマホを持っていないほうの手を頬《ほお》に押し当てて、今の会話をしたのが電話でよかったと思った。

たったそれだけの言葉なのに、こんなに頬《ほお》が熱くなるほど赤面するなんて恥ずかしい。

『ファーストキスは綺麗《きれい》な思い出をあげられなかったから、初デートでのキスは、やっぱり女性に人気のある場所でしたいと思って』

ぽっぽと熱を持った顔を持て余していると、彼はさらに追い打ちをかけることを言う。

『じゃあ、観覧車のてっぺんでキスしような』

そんなキスの予告をされてから、『おやすみ』と言って電話は切れた。

キスをいつどこでするかなんて、予告されるとは思わなかった。

千尋は恥ずかしさと期待でドキドキして眠れるかなと考えながら、ベッドに潜《もぐ》り込んだ。

2

手に入れたくて仕方なかった千尋と付き合い出して一週間。宗介は少々戸惑っていた。

出社し、自分の席についた宗介は、こっそりとため息をつく。

――付き合い始めたばかりの恋人同士というものは、毎日のようにデートして、電話して、いつも一緒にいるものではないのか。

自分はそんなお付き合いをしたことはなかったが、周りの声を聞くところによると、毎日電話をほしがる彼女がほとんどらしい。友人からその話を聞いた時には、正直『面倒くさいな』とはっきり思った。こっちにはこっちの都合があるんだよ、毎日毎日電話なんてできるわけがないだろ、と。

もちろん、今だって仕事が忙しくて自分にはできそうにない。だが「したい」とは思っている。

付き合ってから、まだたったの一週間だ。

たったの一週間だけど、その間に千尋から電話がかかってきたことはない。

電話をする日もあるが、それはすべて宗介がかけている。仕事で遅くなり、宗介が電話をかけられなかった日も千尋からの着信はなく、彼女が寝るタイミングで『おやすみ』の一言がメールでくるだけ。『今日はどうして電話をくれなかったの?』と理由を聞かれることさえない。……千尋の態度は、一貫してかなり淡白だ。

ふと視線を上げると、宇都宮が通りかかった。宗介は思わず、彼に愚痴をこぼしてしまう。

「恋人から二人きりで会いたいとか、そういうメールがこないんだけど、……なんでだ?」

「本人に聞けよ。面倒くさいな」

宇都宮は冷たい視線を宗介に向けて、足も止めずに立ち去った。

――聞けないから困ってんだよ！

そう言った後、ふと視線を巡《めぐ》らせると、顔を上げた千尋と目が合った。

嬉しそうに笑ってから恥ずかしそうにしているので、好かれていることは間違いないと思う。というか、そういう笑顔は非常に可愛い。だが……

「プリンの田中さん、気持ち悪いぞ」

「……お前はその呼び方するな」

にやけていた顔を引き締めて振り返ると、安藤が近くに来て笑っていた。

「もう一人の田中さんと区別するためだよ。いいあだ名じゃないか」

しかしそのあだ名をつけた当の千尋は、今では二人きりの時は『宗介さん』と呼ぶ。

宗介は胸を張ってみた。

「目配せなんかして笑い合っちゃって……お前ら、付き合い始めたの？」

さすが、目ざとい。安藤は千尋と宗介が付き合い始めたことに気づいたらしい。

「ああ」

千尋は隠したがっていたが、宗介にはそんな気はサラサラなかった。あっさりとうなずくと、安藤が感心したように言う。

「手が早いなあ」

「そうか？」

そういえば、出会ってからまだ二ヶ月もたっていない。

しかも、千尋は初めてだというのに、性急に最後まで事を進めてしまった。よくよく考えてみれば……ものすごく早いのかもしれない。

「いろいろすっ飛ばすと嫌われるぞ」

安藤は面白そうにそう言うと、さっさと外へ出ていってしまった。

――いろいろとすっ飛ばす。……身に覚えがありすぎて辛い。

千尋は男と『付き合う』ということすら初めてだと言っていた。ファーストキスをその後の行為とひと繋《つな》がりでしてしまって……大丈夫だったのだろうか？

千尋のドライな対応と自分の性急さに、不安の影が大きくなった。

早く会って話して不安を払拭《ふっしょく》したいが、今日もまた仕事で遅くなる。仕事終わりに会うことは、できそうにない。

宗介は自分の予定表にある今日の訪問先の会社名を見て、思わず一人でため息をついた。そこの会社は現場を見てほしがるので、一緒に店舗を回ったりするのだ。全部を回れない時は、土日をつぶして続きを回ることもある。

しかし、絶対に今日中に仕事を終わらせて週末は千尋と過ごすんだと決意し、取引先へ向かった。

取引先の担当と別れたのが九時。話が長い担当との打ち合わせをようやく終えて、やっと今帰ってきた。時間はかかったが、休日出勤は免《まぬが》れた。

――なんとしてでも、今週末は千尋とデートする。まだ彼女の予定を聞いていないが、ほんの少しの時間でもいいから会いたい。

そう固く決意して、電話の前にまずは行き先を決めることにした。

でも、まったく思いつかない。デートって普通どこ行くんだ？

あまり悩んで時間をかけていると、千尋からまた『おやすみなさい』メールがきてしまう。

情けないが、デート先をネットで検索していると、『憧《あこが》れのファーストキスシチュエーション』について書かれたページが見つかった。……なるほど。こういうことをするべきなのか。

千尋の恥ずかしそうにはにかんだ笑顔が思い浮かんだ。

なんとなく、どこに連れていっても楽しそうな様子の千尋の姿が想像できたが、なにしろ『初デート』だ。とにかくたくさん喜ばせたいと思った。

千尋だって、ファーストキスや初体験のシチュエーションについて、いろいろと女の子らしい憧《あこが》れはあったはずなのだ。

それを、余裕なくがっついた自分がすべて壊してしまった。

やってしまった事実は消せないけれど、別の思い出を作ることはできる。

『本当は、初めての時は、こんな風にしたかったのにな』と千尋に思わせたくない。

千尋の嬉しそうな顔を想像しながら、宗介はあれやこれやと初デートの計画を立ててから電話し、見事翌土曜日のデートにこぎつけたのだった。

3

土曜日の朝、千尋はいつも通りに目覚まし時計で起きた。七時ぴったり。

今日は宗介さんと初デートする。

遠足の日の子供みたいにウキウキした気持ちで千尋は起き上がった。

──九時に迎えにくるって言ったよね？

パンをかじりながら時計を見て、クローゼットを見て、バッグを見て、そして突然気がついた。

──もっと早く起きるべきだった！　全然時間が足りない!!

千尋は部屋中を駆《か》け回りながら激しく後悔した。

服を選んで、髪を編んで、お化粧だって爪だって、時間をかけるところはたっぷりあるというのに、デートの日に仕事の日と同じような準備時間で間に合うはずがない。

昨夜は彼の言葉に舞い上がり、なにも考えられなくなってしまっていたのだ。

ストッキングが入っている引き出しを開けて、千尋は思わず悲鳴《ひめい》を上げた。

「空っぽだ。空っぽ！」

週末にまとめてしようと思っていた洗濯物の山を思い出す。

そういえば、彼がうちに来た時もこの状態だった。あの時はとにかく緊張しすぎて、ベッドとかその他いろいろのほうにしか頭がいっていなかった。

もしかして、先週来た時に、洗濯物の山を見られてしまっただろうか。恥ずかしい。

とりあえずミニのキュロットを選んでしまったが、やっぱり今から服を替えようと立ち上がったところでインターホンが鳴った。

「きゃああっ」

意味なくバタバタしてしまった。

「お願い、五分待って！」

玄関先にいるであろう宗介さんに返事をして、今からコーディネートを変えるのは無理だと判断した千尋は、ニーハイソックスを手に取った。もはやこの期《ご》に及んで、子供っぽく見えてしまうとか言っている場合じゃないのだ。

なんとか身支度《みじたく》を整えた千尋は、慌《あわ》てて外へ出た。

「ごめんっ」

目の前に、スマホ片手に壁に寄りかかっている宗介さんがいた。

「いいよ。もう少し、ゆっくりくればよかったな」

もう少しゆっくりって言ったって、インターホンが鳴ったのは九時十分だ。十分も余裕をもらっている。

宗介さんは、仕事では軽く分けている髪をラフな感じで遊ばせていて、いつもより若く見える。

「……ん？　どうかしたのか？」

千尋の視線に気づいた彼が、首をかしげる。

「宗介さんっていくつだっけ？　……って、痛い痛い！」

頬《ほお》を引っ張られて、千尋は腕を振り回して彼の手から逃れた。

「二十九だよ。なに、若作りとでも言うつもり？」

「そんなこと言わないよ！」

――思っただけ。

千尋の考えたことがわかったのか、宗介さんがまた伸ばしてきた手を避けながら、千尋はエレベーターに向かった。

宗介さんのいつもと違う細身のジャケットとジーンズの組み合わせに見惚《みと》れそうに

なったのは、内緒だ。

先に歩く千尋のうしろを、彼が笑いながらついてくる。

休日の彼に会うのは、なんだかとってもドキドキした。

外へ出ると、アパートの来客用駐車スペースに、黒のセダンが停まっていた。

休日くらいしか動かさないという車は、それだけではもったいないほど立派だった。

おまけに中も綺麗《きれい》だ。

「今朝、掃除したんだよ」

いたずらっぽく笑いながら、千尋を助手席に乗るよう促《うなが》す。それから自分も乗り込んだ。宗介さんはサンバイザーにつけてあったサングラスをかけた。

千尋にはメガネフェチとかいう属性はないはずだが、彼のサングラス姿にドキドキした。

サングラスをかけると、宗介さんの意地悪そうな感じがさらに増幅されて、じっと見ているだけで顔が赤くなってしまいそうだ。

普段見ない姿を目にするっていうのは、こんなに胸が高鳴るものなんだなと思った。

そんなことを考えていたら、運転中の彼が言った。

「千尋、いつもと髪型違うね。可愛い」

さらっと褒《ほ》め言葉を口にできるのは、イケメンの性質とかそういうものなのだろうか。

千尋にはとても真似《まね》のできない芸当だが、褒《ほ》められて嬉しくなって、小さな声になったけれどお礼を言った。

サイドを小さく編み込んだだけだが、時間がない中でもやってよかったと思えた。

「首筋が見えてると、吸い付きたくなるよ」

思わず首筋に手を当てて隠してしまう。

そんな千尋の反応に、宗介さんは笑いながらドキリとすることを言った。

「さすがに運転中はしないけどね」

——運転中じゃなかったらするというの!? さすがに外でしてはダメだと思うが。

でも、……そんな風に思われることが、イヤに感じるどころか嬉しいと思ってしまう自分がいることに千尋は驚いた。

「……変態っ」

真っ赤になって小さな声でそう言っても、それが千尋の本心じゃないことくらいすぐに見抜かれてしまうのだろうけど。

案の定、彼は肩を震《ふる》わせて笑っていた。

4

運転中、宗介が横に目をやると柔《やわ》らかそうな太腿《ふともも》が目に入る。

千尋は宗介がこういう感じの服装が好きなことを知っているのだろうか。短めのキュロットから伸びた太腿《ふともも》に食い込んだ、靴下とキュロットの裾《すそ》との間の……絶対領域。

――触りたい。触りたいが、触り始めたら運転なんか絶対できなくなる。

それどころか、そこらのホテルに一目散《いちもくさん》に駆《か》け込んでしまいそうになる。自分を抑える自信がない。

宗介の思いなど知る由《よし》もない千尋は無邪気に「ハウリーランド、楽しみ」と笑っている。

今日は千尋にしてみたら、これが人生で初めてのデートってことになるのだろう。

いきなりホテルになんか連れ込んだら、自分は本当に最低な男に成り下がってしまう。

「宗介さん、いつものスーツ姿と印象が違うからドキドキする」

へへへと照れ笑いしながら言う千尋に、思わず手が伸びてしまった。必死で自分を押しとどめて、髪に触れるだけで我慢したが。

――ドキドキする、はこっちのセリフだと力いっぱい伝えたい。

なんだその可愛さは。有り得ないだろう。

無理に余裕ぶって格好つけてみても、吸いつきたいとか、撫《な》で回したいとか、思わず本音が出そうになるダメっぷり。千尋に対して余裕というものを持てる日なんて、永遠に来ないような気がする。

運転中、千尋に目を向けるたびに視線が下にいってしまうのは、もうどうしようもなかった。

サングラスをしていてよかった。とりあえず千尋には自分の視線の行方《ゆくえ》はわからないだろう。

こっちが一生懸命我慢しているというのに、千尋は「もうすぐ着くね」とひどく嬉しそうに、にこにこと笑いかけてくる。

窓枠にしがみついて少し腰を浮かせている姿なんて、今の宗介にとっては目の毒にしかならないというのに。

「そうだな。千尋、楽しみ？」

「うんっ」

その笑顔を守るため、宗介は自制心を総動員して我慢しようと誓った。

5

快適なドライブは二時間ほどで終了し、ハウリーランドに到着した。

入場チケットはあらかじめ宗介さんが購入してくれており、千尋がお金を払おうと財布を出したら軽くあしらわれて、中へと進んだ。

「いつも奢《おご》ってもらうのは、ダメだってば」

「じゃあ今度出してもらうから」

彼は自然な動作で千尋と手を繋《つな》ぐと、さっさと歩き始めた。

「どこ行くの？」

入り口でもらった地図も見ずに一直線にどこかへ向かっている様子の彼に声をかけると、呆《あき》れたような視線を向けられた。

「観覧車って言ったろ」

「いきなり!?」

顔を上げてギョッとした。千尋の目の前には大きな観覧車が間近に迫っていた。

しかし、彼の呆《あき》れたような視線には納得がいかない。普通なら、いきなり観覧車に乗るとは思わないだろう。あちこち楽しんでから最後に乗るもの、それが観覧車ではないのか。

顔を熱くする千尋に、彼は繋《つな》いでいる手とは反対の手を伸ばして、千尋の首にかかった髪をはらった。

「まずはファーストキスのやり直しをしないと、この後いろいろできないだろ？」

真っ昼間のテーマパークでこの人はなにを言っているのだろう。

――いろいろって……！

「どっちにしても、できないよ!?」

あたふたする千尋を傲然《ごうぜん》と見下ろしつつ、宗介さんは一言「できる」と言い放った。

口をパクパクさせている千尋の手を引いて乗り場まで歩いてきた彼は、軽々と千尋を乗車口に引っ張り上げた。

「一周、約十五分となっておりまーす。いってらっしゃーい」

係員の声に押されるように小さな箱に乗り込んで、千尋は彼と向かい合って座った。

こうやって近い距離で改めて向かい合うと、なんだか妙に気恥ずかしい。

――車でも歩く時でも横にいるから、向き合うってなかなかないことなんだな。

千尋はなんとなく彼に視線を向けることができなくて、もじもじしながら外の景色を眺《なが》めていた。

「なに緊張してんの」

その声に、千尋の肩がびくっと跳ねた。

緊張してないなんて言っても無駄だろうと思いながら目を向けると、すぐ目の前に彼の顔があった。

「……っ！　たっ、立ち上がらないでくださいって注意書きがありますよ！」

座った千尋を腕で囲うようにして上から覗《のぞ》き込んでいる彼が、ニヤリと笑った。

「千尋がおびえていて可哀想《かわいそう》だから」

おびえてなんかないという意味を込めて千尋が首を横に振っても、彼は目を細めるだけ。

——観覧車の中での『壁ドン』……冷静に考えてみると、ものすごい状況じゃないだろうか。

視線を他に向けようとしても、千尋に見えるのは宗介さんだけだった。

慌《あわ》てふためく千尋をじっと眺《なが》めていたかと思うと、彼の首が傾いて、顔が近づいてきた。

——なんとなく、一番てっぺんに着いた時にキスするのものだと思って油断してた！

心の中で叫びながらも、ぎゅっと目を閉じた千尋の首にぬるりと濡《ぬ》れた感触がした。

「ひゃ、んっあっ」

不意打ちだったので、思わぬ大きな声が出てしまった。

「……我慢する気でいたんだけどな」

苦しそうな呟《つぶや》きが聞こえたと思ったら、彼の手が千尋の胸に伸びてくる。

「やっ……！　宗介さん、周りから見えちゃうっ」

大きな手が千尋の小ぶりな胸を少し強い力で揉《も》みしだく。

その刺激に初めての時のあの経験を思い出してしまい、千尋は恥ずかしさから首を横に振った。

「大丈夫。立って覗《のぞ》き込まなきゃ見えないから」

――ということは。千尋は一瞬考えた。立って覗《のぞ》き込んだら見えるじゃない！

そう叫びたかったけれど、次なる刺激を与えられて言葉を紡《つむ》げなかった。

キュロットの裾《すそ》から入ってきた手が、千尋の敏感な部分をくりっと押したのだ。

「ふぁっあぁんっ」

脚を閉じて彼の手を制しても、柔《やわ》らかな内腿《うちもも》を逆に堪能《たんのう》しながら強引に突き進んでくる。

「……柔《やわ》らかい」

宗介さんがうっとりと呟《つぶや》く。

――そんな感想はいらないっ！

嬉しそうな彼の声に負けてしまいそうになりながら、千尋は必死で抵抗した。

「んっ、んっ……！　ダメ、おねがい。やあん」

口ではダメだと言ってるのに、快感を覚えてしまった体から力が抜けそうになる。

「俺がしゃがめば外からはなにしてるか見えないから、恥ずかしくないだろ？」

突然、いいことを思いついたといわんばかりに、彼が千尋の足元に膝《ひざ》をついた。

思わずなにも考えずに彼をぼんやりと見た次の瞬間、千尋は悲鳴《ひめい》を上げた。

「やあぁぁんっ」

座った千尋の脚を左右に押し開いて、彼がその間に体を押し込んでくる。

千尋が驚いている間に、キュロットと、あろうことかショーツまで横によけて、秘所をさらけ出してしまう。

「やあっ、ばかっ！　なにすっ……んっ」

彼の指が直接蕾《つぼみ》へと触れて、千尋はピリッとした痛みに体を跳ねさせる。

「ああ、悪い。もっと濡《ぬ》らしてから触らないとな」

そう言ったかと思うと、彼の頭が千尋の下腹部に埋まった。

痛みを感じた蕾《つぼみ》を、『ごめんね』と撫《な》でるように何度も舌で転がされて、千尋の頭は快感で埋め尽くされていく。

そうして蕾《つぼみ》がぷっくりと腫《は》れたところで、彼はもっと奥へと舌を突き進める。

舌先が襞《ひだ》をかき分け、膣へと到達する。入り口をぐるりとなぞって、ちろちろと中へ入れたり出したりを繰り返す。

その間、千尋は体をびくびくと震《ふる》えさせるだけだ。

「ふぁあっ、あっ……っん、やぁ」

近くのゴンドラに乗っている人には、自分の表情を見ただけでなにをしているかバレてしまうのではないか。

千尋はそんなことを考えて顔を火照《ほて》らせながら目をとろんとさせ、喘《あえ》ぎ続けた。

「舐《な》めても追いつかないほど濡《ぬ》れてる。もう、びしょびしょだ」

宗介さんのからかうような声に恥ずかしさを感じると同時に、こんな場所でいじられていることに興奮している自分がいた。

「そんっ、な……。だってっ、そっ……すけさんが意地悪するから」

「意地悪? 可愛がってるの間違いだろ?」

そう言ったかと思うと、いきなり指を二本ぐりっと差し込まれて、千尋は一瞬息が止まる。

「ほら、こんなに喜んでるくせに」

ぐしゅっぐしゅっと大きな水音が聞こえた。

中で指を曲げられて、刺激されたことのない場所に指が触れると、突然爪先から電流が走ったみたいに刺激が走り抜けていった。

「はっ……ん……、んぅ。今の、なに……?」

千尋が目をパチパチさせると、彼は一瞬驚いた顔をしたが、すぐに「見ぃつけた」と呟《つぶや》いた。

――見つけたって、なにを？

千尋がそう問いかける前に、またあの場所に指が触れる。

「んあっ！　や、だめ、そこ、だめぇっ」

爪先がピンと伸びて、背中が反《そ》り返る。

だけど、どうしてもその場所が与えてくる刺激からは逃れられなくて、千尋は生理的な涙を流した。

「千尋、可愛い。すごく色っぽいよ」

うっとりするような彼の視線を感じて、千尋の中の快感がさらに高まっていく。

「恥ずかしいからやめてほしい」なんて言えなくなった。

今やめられてしまうほうが耐えられない。

「宗介、さんっ。気持ちいぃよう。もっと……もっと、して」

彼の髪をぎゅっと握《にぎ》って、千尋は思わずそう口走った。

――もっと、もっとしてほしい。

欲望のままに、千尋は自《みずか》ら脚を開いた。

火照《ほて》った顔で、目に涙を浮かべて卑猥《ひわい》なことを懇願《こんがん》する千尋を見て、彼はごくりと喉を鳴らしてニヤリと笑った。

「……いい子だ」

ちゅうっと蕾《つぼみ》に吸い付かれ、何本もの指が千尋の中でバラバラに動き回る。

首筋からザワザワするような感覚が駆《か》け上がってきた。

「あっ、あっ……！　や、イッちゃういっちゃうっ」

目の前にあった彼の頭にすがりつくように、千尋は力いっぱいしがみついた。

その時、彼が千尋の蕾《つぼみ》にカリッと歯を立てた。

「あああぁぁっ」

その痛みが呼び水になって、快感が怒涛《どとう》のように溢《あふ》れ出る。

千尋は天井を仰いで、その快感に身を委《ゆだ》ねた。


「お疲れ様でした～」

係員の朗《ほが》らかな声を聞きながら、千尋は足早に観覧車を降りてスタスタと歩き続けた。

恥ずかしくて、うしろを振り返ることができないのだ。

押し寄せる快感に呑み込まれた後、ふと我に返った時には、観覧車はとうに四分の三を過ぎて、間近に降り口が見えていた。

慌《あわ》てて服を整えて、椅子《いす》が濡《ぬ》れたりしていないかを確認した。

そんな風にあれこれやっている千尋を眺《なが》めて、『本番をやる時間はないな』などと冗談なのか本気なのかわからないことを宗介さんは口にしていた。

千尋は彼を、思いっきり睨《にら》みつけて、そこからずっと無視しているのだ。

ぷりぷりと怒りながら歩く千尋のうしろから、彼のゆったりした足音が続く。

千尋が早歩きしても、ゆっくりとした足音でついてくるのがまた気に入らない。

向こうからまったく話しかけてくる様子がないので、我慢できずに千尋は怒鳴《どな》った。

「宗介さんのばかっ」

ひたすら前を見据えて一直線に早歩きしているので、すれ違う人たちが驚いたように千尋を眺《なが》めている。

そんな状況も気にならないほど、千尋は怒っているのだ。

千尋が耳まで熱くして怒るのを見て、宗介さんが謝罪の言葉を口にした。

「悪かったよ。恥ずかしがる千尋があんまり可愛くて」

可愛いという言葉に反応して、少しうしろを振り返ると、にこにこと機嫌のいい彼がのんびりと歩いている。

「ハイソックスにミニスカートっていいよな。その間に指を入れたくてたまらなくなる」

「ばかばかばかっ」

スカートじゃなくて、あれはキュロットだ。

そういえば、初体験の時もハイソックスを随分《ずいぶん》と気に入っていたと思い出した。

――って、そんなことは今、どうでもいい！

今日は、千尋にとって人生初の恋人とのデート。それなのに、真昼間からとんでもないことをしてしまった。

よくよく考えてみれば、本来の目的だった『キス』だってしていない。

ファーストキスのやり直しのはずが、なんて卑猥《ひわい》なことへとスライドしているんだろう。

面白がるような表情をした宗介さんとは話なんかできないと、千尋はまた前に向き直ってトイレへと向かった。

………だって、ショーツが濡《ぬ》れてしまって、気持ちが悪いんだもの。

彼を振り切るように、千尋は早足で歩いた。

6

赤い顔をしてトイレへ入っていく千尋を見ながら、宗介はニヤニヤを抑えられなかった。

自分の手の中で乱れていた千尋が愛おしすぎて、このまま遊園地を出てどこかのホテルに入りたい。

――もっともっと、乱れてしまえばいいのに。涙目で喘《あえ》ぐ千尋を夢想《むそう》しながら、宗介は近くの塀《へい》に寄りかかって千尋を待った。

運転中に抑え込んだ欲望が、またも膨《ふく》らんでくる。

だけど、初デートを楽しみだと言ってあんなに喜んでいた千尋をがっかりさせるわけにはいかない。

――今日は自分が楽しむために来たんじゃない。千尋とファーストキスの思い出を作りに来たんだ……ったな、そういえば。

いの一番に観覧車に乗ったのに、結局、目標は達成できていなかった。そりゃ、怒って当然だよなと思う。

ただ今日の彼女の様子を見ている限り、先週末の告白の後、いろいろすっ飛ばしてしまったことを怒っている、というのはなさそうだ。

そんなことを考えているうちにちょっと暑くなって、上から羽織っていたジャケットを脱いで腕に引っかけた。

今日はこのまま暑くなりそうだった。もっと薄着でもよかったかもしれないと空を仰いだ時、視界に見慣れた姿が入った。

千尋がトイレから出てきて、キョロキョロと周りを見回している。

いた。

——俺を探している。

千尋が自分を見つけて笑顔になる瞬間を見たくて、宗介はその様子をしばらく眺《なが》めていた。

だけど、いつまでたっても千尋の視線は宗介を捕らえなかった。

何度もこっちを見ているはずなのに、その視線は宗介の上を滑《すべ》っていってしまう。

千尋は眉根を寄せて、首をかしげながらスマホを取り出した。

その姿を見た宗介は、諦《あきら》めて千尋のもとへ向かう。

どれだけ近づいても、千尋は宗介に目を留めない。

「千尋」

呼びかけて、ようやく千尋がこっちを見た。

そして、なんということだろう。しばらく、ぽかんとした顔をしたのだ。

——俺が、わからなかったのか？

「宗介さん、ごめん、さっきと服が違うからわからなかった」

えへへと照れ笑いする姿をいつもだったら可愛いと思っただろうが、見つけてもらえなかったことに、思いの外ショックを受けている自分がいる。

——千尋は自分のことを、それほど好きではないのかもしれない。

だから電話できない夜があっても平気そうだし、服が変わったくらいで他人と宗介の区別もつかなくなる。

　この一週間、漠然と抱いていた不安が的中したような気がしてたまらなかった。大人げないとわかっていても、千尋のこととなると感情が制御《せいぎょ》できない。それだけ宗介は千尋に夢中で、自分と同じだけ相手にも気持ちを向けてほしいと強く願ってしまっている。

「服？　変わったとしても、普通わかるだろっ⁉」

　自分で思った以上にイラついた声が出た。

　苛立《いらだ》ちと怒りと焦《あせ》りにも似た感情が渦巻《うずま》いて、セルフコントロールが効かない。

　――本当に俺と会いたいと思ってくれているのか？　実は千尋は、俺が思っているほど俺と一緒にいたいと思っていないのではないか？　最近は、かろうじて名前は覚えられているようだが、他の男と区別ができているのか？

　宗介の頭の中で負の感情が暴《あば》れ始める。

　その声にびっくりしたように目を丸くした千尋は、急に怒鳴《どな》られてムッとしたのだろう。眉根を寄せてさらに反論してきた。

「だって、さっきまでの服と違うからっ……！」

　その反論も、宗介の神経を逆撫《さかな》でした。それは、服がなければ他の男と同じで、全然見分けがつかないと言っていることにならないか。

「お前は俺を服でしか判別できないのかよっ！」

「そんなわけないじゃない！」

否定したって、実際に宗介が近づいてもわからなかったじゃないか。そう思った宗介は拳《こぶし》を硬く握《にぎ》りしめた。

会社では宗介のことだけは見分けていると感じていたけれど、もしかしたらそれも勘違いなのかもしれない。

座っている席や、スーツの色がいつもと違ったら、わからなくなる程度のものかもしれない。

『いつもと違う』と嬉しそうに微笑んでいた千尋の顔が、思い出せなくなる。

「どうだか。一課の人間だって一人も覚えていないんだろうな！」

イラついた感情をそのまま言葉にすると、千尋は宗介を睨《にら》みつけた。

「人の顔覚えるの、本当に苦手なんだもん。でも、宗介さんのことはちゃんとわかるよ」

「服が変わればわからなくなるけどな」

あてこすりを口にすると、千尋は俯《うつむ》いて押し黙った。

宗介は苛立《いらだ》ちが治まらなくて、大きく息を吐いた。

千尋が自分の告白を受け入れたのは、ただお付き合いというものをしてみたかっただけなんじゃないのか？　そうではないと、いったい誰が証明できる？

そんなこと、今、目の前にいる千尋本人に聞けばいいじゃないかと、宗介は頭の片隅に残った冷静な部分でそう考えた。

もちろん「違う」と、彼女はそう言うだろう。だけど、それを信じられるような事実が少なすぎた。

――でもこれ以上は、千尋を傷つける言葉をぶつけたくない。

宗介は踵《きびす》を返して歩き始めた。

そっとうしろを窺《うかが》うと、ついて来てくれていることにホッとする。

これじゃあ、まるで拗《す》ねた小学生みたいじゃないか。そう思った宗介は、手を頭に当てて、落ち着くためにもう一度大きく息を吐いた。空を見上げて頭を振る。

そして足を止めて、千尋を振り返った。

千尋は俯《うつむ》いたまま足を止める。

見下ろすと、千尋の噛《か》みしめた唇が白くなって、痛そうだった。

――俺はいったい、なにをしているんだろう。

宗介は怒鳴《どな》ったことを後悔した。

「悪い。言い過ぎた」

なんでこんな風になったんだろう。こんなはずじゃなかったのに。自分の子供っぽい言動が嫌になった。「楽しい」と言って、たくさん喜んでほしかったのに。でも、どうにも感情が抑えられなかった。

「ごめん」

嫌がられないかと、恐る恐る千尋の手を握《にぎ》った。すると、千尋も弱い力で握《にぎ》り返してくれた。

そして、涙をいっぱいにためた目で宗介を見上げた。

言葉なんて出さなくても、千尋が「ごめん」と謝っているのがわかった。そして彼女もすごく自己嫌悪《けんお》に陥《おちい》っていることも。

宗介はできる限りの笑顔を一生懸命作って、千尋の手を引いた。

「なにか食べよう」

千尋が小さくうなずいた。

一度喧嘩《けんか》をしてしまうと、なかなか元に戻るのが難しい。

お互いに悪かったと思っているのだから、仲直りはできているはずだ。だけど、どこかぎくしゃくしている。いつもみたいに軽口を叩けないし、気やすく体に触れることもできない。

――いや、そうじゃない。

わだかまりが残っているのは自分のほうだと、宗介はわかっていた。

見上げてくる笑顔は可愛くて抱きしめたいと思っているのに、千尋が本当に自分を見ているのか不安になる。

本当に好きだったら、大勢の中から自然と見つけ出すものなんじゃないのか？

見つけようとしなくても、見つけてしまうはずなんじゃないのか？

そう思っている自分がいる。

だけどその気持ちを千尋にぶつけたとしてもどうにもならないことも、宗介にはわかっていた。

きっと千尋は泣くのを我慢して「ごめん」と言って笑うだろう。

でも、そんなことをしてほしいわけじゃない。

だったら、どうしてほしいのか。宗介にはそれがよくわからないのだ。

ただひたすらもやもやして、そのわだかまりが晴れないまま、初デートは終わろうとしていた。

7

——大失敗をしてしまった。

レストランで宗介さんと向かい合って座った千尋は、俯《うつむ》き自分の失態を悔《く》いていた。トイレを出た後、千尋は彼が今日は黒っぽい色のジャケットを羽織っていたから、黒い洋服の人を探していた。上着を脱いで明るい色のボーダーに変わったら、目に留めることができなかった。

――でも、宗介さんを見分けられないなんて、そんなわけがない。

彼以外の人に見惚《みと》れるはずなんてない。

だけど、千尋にはそれを伝える手段を思いつくことができなかった。

押し黙ってしまった千尋の手を、宗介さんは優しく握《にぎ》って謝ってくれたけど、彼は悲しそうな顔をしていた。

――宗介さんは怒っていたんじゃない……傷ついていたんだ。私が傷つけるようなことをしてしまった。

千尋にとっては、あの時、彼を見つけられなかったことなんて大した問題じゃなかったけれど、宗介さんにとっては大切なことだったのだ。

でも、千尋には、そのことがどうして彼にとって大切なことなのか、よくわからなかった。

宗介さんが周りの人と同じように見えるはずがない。

そんなことは言葉に出すまでもなく当たり前のことだ。それなのに宗介さんは、千尋が彼を認識していないと感じた。

どこで、そんな行き違いが起きてしまったのか、考えても考えても千尋の中に答えは出てこなかった。

——初めてのデート。

すごくすごく楽しみにして、昨夜も電話を切ってから嬉しくて嬉しくてたまらなかった。

今の彼は優しく微笑んでくれるけれど、いつもみたいにこっちを見て、いたずらっぽく笑わない。千尋が俯《うつむ》いて歩いていてもなにも言わない。

触れてくるどころか、今は手を繋《つな》ぐことすらしていない。

千尋は楽しい思い出にしたくて一生懸命笑ったけれど、一生懸命笑わなければならない時点で、もう、楽しくなかった。

「これから、光のパレードがあるって。見ていく？」

日が暮れてあたりが薄闇に包まれた時、ポツリと宗介さんが言った。

パレードは、このテーマパークの売りの一つだ。チラシに光のパレードの写真が大きく載っていたのを見たことがある。

こんな風になっていなかったら、わくわくしながらよく見えそうな場所を一緒に探すことだってできたはずなのに。

今は、お互いがお互いを腫《は》れものを扱うみたいに、よそよそしく歩いているだけ。千尋は悲しくて涙が出そうだった。

ふと顔を上げて前を見ると、彼の背中が少し遠かった。

このまま離れ離れになってしまったらどうしようと、千尋は思わず手を伸ばす。

と同時に、彼が振り返って千尋を呼び、手を差し伸べる。

千尋の伸ばした手が、ひんやりと冷たくて角ばった手に握《にぎ》られた。

――――っ！

反射的に、勝手に口が叫んでいた。

「人違いですっ」

「え？」

男性二人の声が重なった。

宗介さんが目の前にいるのに人違いもなにもないと思ったけれど、今、千尋の手を握《にぎ》っているのは絶対に彼ではないのだ。

「千尋、人違いって……」

「うわ、本当だ！　すみませんっ」

宗介さんの呆然《ぼうぜん》とした声にかぶるように別の男性が声を上げた。人ごみの中で自分の彼女と間違えて千尋の手をうっかり握《にぎ》ってしまったその男性は、慌《あわ》てて千尋の手を離す。

そして宗介さんのすぐ隣に立っていたその男性は、ぺこぺこ頭を下げながら自分の彼女と手を繋《つな》いで歩き去っていった。

千尋がほっとして宗介さんを見上げると、彼は目を丸くして千尋を凝視《ぎょうし》していた。

さっきまでの変に優しい笑顔じゃないことに、妙な安心感があった。

千尋が首をかしげると、宗介さんも首をかしげながら聞いてきた。

「なんで今、手を握《にぎ》ったのが俺じゃないってわかったんだ?」

そんなことを聞いてくる彼に千尋は目を瞬《しばた》かせた。

「そんなの、感じでわかるよ。全然違うもん」

触れられた手が彼の手じゃないことがどうやってわかるのか、なんて聞かれてもうまく言葉では説明できない。ただ、感覚でわかるのだ。

その千尋の答えを、呆然《ぼうぜん》として突っ立ったままで宗介さんは聞いていた。

彼があまりにも不思議そうな顔をするので、千尋はなんだかおかしくなってつい笑ってしまった。

――次の瞬間、千尋は宗介さんに抱きしめられた。

「ちょっ……!?」

こんな人ごみの中でなにをするんだと抵抗してもがくと、宗介さんが苦しそうな声で言った。

「ごめん。勝手に不安になってた」

もしかしたら泣いているのかもしれないと思ってしまうほど、彼の声は震《ふる》えていた。

千尋は抵抗するのをやめて、そっと彼の背中に手を回した。

「……どうして？」

「千尋は、俺のことをそんなに好きじゃないかもしれないって思ったんだよ」

まるで予想外のことを言われた。どうしてそんな風に思われてしまったのか、千尋にとっては大いに謎だった。

いろいろと聞きたいことはあるが、千尋は自分のことを信じてほしいと、彼に向かって一生懸命に言葉を紡《つむ》いだ。

「そんなことないよ。私、宗介さんがなんで不安になってるのかも、私が宗介さんになにをしてしまったのかもよくわかってないけど、宗介さんのこと、ちゃんと好きだよ」

「……うん」

ホッとしたように息を吐いた彼は、さらに強く千尋を抱きしめてきた。

だが、そうなると気になるのはこの人ごみ。

幸いなことに宗介さんの腕の中にすっぽりと入ってしまっているので周りの様子はわからないが、こんな中で告白合戦をやってのけた自分たちは、ひょっとしたらものすごく目立っているのではないのか。

そわそわと周りを窺《うかが》う千尋に気がついて、彼が耳元で笑った。

「周りも似たり寄ったりだろ」

宗介さんの腕の隙間から周りを見ると、肩を寄せ合ったり、女の子がうしろから彼氏に抱きしめられていたりと、意外と似たような状況の人が多かった。

――ううぅ。でも恥ずかしいものは恥ずかしい。

千尋が縮こまると、くすくすと笑う声がして、腕の力がさらに強まった。

「ああ……俺、千尋のこと、すごく好きだ」

千尋に伝えるというより、自分自身が再認識したような言い方に、千尋の胸はきゅううっとした。

「わ、たし……も、好き」

なんだかとっても嬉しくなって、彼の背中に腕を回してぎゅうっと抱きついた。

「よし、観覧車に行こう」

突然、彼が千尋の手を引いて歩きだす。

「え!? パレードは？」

彼に引っ張られながらも千尋が慌《あわ》てて聞くと、「観覧車から見る」とあっさりと返事された。

それを聞いて、なるほどと思った。

間近で見るのもいいけれど、人ごみを避けて観覧車の上から全体を見渡すのもいいかもしれない。

手を繋《つな》いで、人の流れとは逆方向に歩き始めた。

「千尋はさ、電話とかは、あんまりかけたりしないほう？」

強く手を握《にぎ》られて歩くことに心がホカホカして、千尋はにこにこしながら答えた。

「そんなことないと思うよ？　しょっちゅうかけたりはしないけど……」

どれくらいの頻度《ひんど》が普通なのかはわからないけれど、友人から連絡が少ないと言われたことはこれまでにはなかった。

「俺には千尋から、かかってきたことがない」

「……ああ、そうだね」

そう言われて思い返してみると、確かに自分からかけたことはないなと思った。でも、宗介さんの番号を知ったのは先週のことだから、別にそんなにおかしなことでもないと思うのだけど。

「会いたいとか、千尋から言われたこともない」

「それは、毎日会ってるから……」

会わなかった日なんてなかったと思う。というか、何度も言うが、付き合ってまだ一週間だし。

「二人でどこかに出かけたいとか、思わない？　たとえば、一緒に食事に行きたいとか」

「え？　思うよ」

彼の言葉に当たり前だとうなずくと、目を丸くして見下ろされた。

――今日はなんなんだ？　宗介さんの思考回路がいまいちわからない。

「でも、私は残業手当を計算しているから、宗介さんがどれだけ忙しいか知っているもの。休日返上で仕事してる日があるのも、わかってたし」

それなのにいつも電話をくれる彼の気持ちを、千尋はすごく嬉しいと思っていた。

何ヶ月もデートもしてないとなったら、千尋だって寂しくて二人きりで会いたいと言ったかもしれない。でも、今でも十分に自分のことを気遣ってくれている彼を困らせたくはない。

千尋が説明をすると、宗介さんは千尋と繋《つな》いだ手とは逆の手で顔を覆《おお》ってうめいた。

「そりゃそうか。ああ～～……俺って、ばか……」

猛省《もうせい》している彼がなんだか気になったけれど、しっかりと繋《つな》いだ手が安心感をもたらしてくれて、千尋はそれ以上なにも聞かなかった。

8

トイレから出てきた直後、千尋が自分を見つけてくれなかった時の宗介は、それまで感じていた不安を、苛立《いらだ》ちに変えた。

そしてそのまま、その感情を千尋にぶつけてしまい……宗介はものすごく後悔した。すぐに謝ったが、それですべてが解消されるわけがない。あとの時間は、お互いに気を使いまくって、上辺だけの会話を繰り返していた。

そんなぎくしゃくした状態で歩きながら、パレードを見るか話していた時——事は起こった。千尋が突然『人違いですっ』と叫んだのだ。

その声に宗介は、すぐさま振り返ったが、最初はなにが起きているのかわからなかった。すると宗介のすぐ隣にいた男が、千尋に慌《あわ》てて謝っている。どうやら、自分の恋人と間違えて、千尋の手を握《にぎ》ってしまったようだ。

男はなんども千尋に謝りながら、本物の恋人の手を引いて去っていった。

「あ〜、びっくりした」

千尋はそう言いながら、握《にぎ》られた手からあの男の感触を振り払うように手を振っている。

しかし、びっくりしたのは宗介だって同じだった。

遊園地全体はあちこちに光が灯《とも》されているから明るいが、パレートの人ごみに遮《さえぎ》られて、手元は意外と暗い。

千尋がそこで手を握《にぎ》られたら、当然宗介に握《にぎ》られたって思うだろうし、さっきの男だって自分の彼女だと思って千尋の手を握《にぎ》った。

……申し訳ないが、そんな状況下で千尋が宗介の手を判別できたことが信じられなかった。

そこで宗介は、なんで自分の手じゃないってわかったのかと疑問をぶつけた。すると千尋は「そんなの、感じでわかるよ。全然違うもん」と、そのことに疑問を持つ宗介を不思議そうに見上げてくるのだ。

軽く言ってのける千尋に、ひどく……感動してしまった。

自分でも気がつかないうちに手を伸ばして、目の前の千尋を抱きしめた。千尋は慌《あわ》てた声を上げたが、そんなことはどうでもいい。

――泣きそうだ。

彼女の気持ちが掴《つか》みきれなくて、不安に思っていた自分が情けない。

なのに彼女の中では、宗介は他の男とは違う特別な存在になっていた。

千尋にしてみれば、先ほど服が変わっていて見つけられなかったことを怒られたのは、いきなり難癖をつけられたように感じただろう。

宗介は素直に謝って、パレードを観覧車で上から見ようと誘った。すると千尋は嬉しそうに笑みを浮かべて宗介を見つめた。喧嘩《けんか》した後の、初めての本当の笑顔だった。

――好きな相手が笑顔でいると、一緒にいるだけで楽しいんだ。

千尋の笑顔を見下ろしながら、心の中でそんなことを考えていた。ただ……、まあ、もういいのだが、いい機会だし、やはり気になっていたことは聞いておきたい。

千尋が俺に電話をかけてこない理由、会いたいと言わない理由を。

「宗介さんがどれだけ忙しいか知ってるもの」

営業事務という仕事の性質上、千尋は宗介の勤務時間を把握《はあく》していた。

「夜遅くなったら疲れてるだろうし、私に気を使わなくていいようにメールだけにしてたんだけど……」

――勝手に一人であれこれ考えて、一人で落ち込んで、そんな自分が恥ずかしすぎる。

思わず大きくため息をついてしまった。

そのため息を千尋は別の意味に受け取ったらしく、宗介と繋《つな》いだ手を離そうとした。

――またやってしまったかもしれない。千尋のことになると、いろいろとスマートにできなくてもどかしい。でも、これ以上、自分の早とちりで千尋を傷つけたくない。

宗介は千尋の手を強く握《にぎ》った。

「そりゃ、私だって電話で声を聞けたほうが嬉しいよ。……夜遅くなっても、電話していいなら、私だって電話したい」

気がつくと、目的地の観覧車のすぐ側《そば》まできていた。観覧車の明かりに照らされた千尋の頬《ほお》がうっすらと染まる。

――可愛すぎる。

こっちを見上げてくる千尋のあまりの可愛さに、つい見惚《みと》れてしまった。

そう言った後で、宗介が返事をしないことが気になったのか、千尋は折角《せっかく》の可愛い顔を伏せて、そのままさらに畳《たた》みかけるように言葉を続けた。

「でも、毎日……は、きついでしょ？　別に毎日電話したいとかじゃ……そうできたらホントに嬉しいけど……あっ、でも、無理してまで電話がほしいわけじゃないの。疲れてるのに無理して、そういうことが続いて、それで私と付き合うのが嫌になったら……そっちのほうが悲しいから」

「わかった」

宗介は俯《うつむ》いている千尋を眺《なが》めながら、しっかりとうなずいた。

――毎日でも電話をしよう。うざいくらいに。

少しでも時間があるなら千尋に会いたい。彼女が遠慮《えんりょ》する暇がないようにずっと抱きしめていたい。ずっと千尋の側《そば》にいたい。

「宗介さん？　どうかしたの？」

千尋が不安そうにこっちを見上げてきたが、それにもさらに深くうなずいた。

「どうもしない。全然大丈夫だ」

観覧車の順番が回ってきて、千尋の手を引いてゴンドラに乗り込みながら決意した。

——さしあたっては、この可愛すぎる千尋を思う存分可愛がることから始めよう。

9

人ごみを抜けると、宗介さんが千尋を振り返った。

「疑ってごめん。もう一回、やり直させて？」

両手を握《にぎ》られて、指先に優しいキスをもらった。

「ファーストキスのやり直しからしたい」

緊張したみたいに唇をきゅっと引き結んでからそう言った彼に、千尋は笑顔を返した。

「うん」

——やっと、仲直りができた。よかった。

千尋と宗介さんは手を繋《つな》いで観覧車へと向かった。会話はそんなに多くないけれど、さっきまでの気づまりな感じはもう消えてなくなっていた。

観覧車の乗り場に着くと、パレードを上から見ようと考える人はそれなりにいたようで、観覧車の前は結構人が並んでいた。

だけど、手を繋《つな》いでいれば並ぶ時間も苦ではない。ときどき合う視線が妙にくすぐったくて、千尋はくすくすと笑った。

結構混んでるなと待ちの行列を見た時は思ったけれど、そんな状態だったから、すぐに順番が回ってきたような気がした。

「いってらっしゃ〜い」

一回目と同じように係の人に見送られて、ゴンドラは上へと昇《のぼ》っていく。

千尋と宗介さんは顔を見合わせて微笑み合う……はずだったのだが。

「なんで、隣に座るのっ⁉」

最初から堂々と隣に座って肩を抱き寄せる彼に、千尋は真っ赤になって怒った。

「片方に寄らないでくださいって注意書きが、さっきからそこにあるでしょっ」

注意書きを指さす千尋を意地悪そうな顔で見下ろして、彼は首をかしげた。

「あんな遠くじゃキスできないから」

向かいの椅子《いす》を示して当たり前でしょと言わんばかりのその態度に、千尋の顔にさらに熱が集まっていく。

どうしてこんなに意地悪な態度にドキドキしてしまうんだろう。

なにも言葉が出てこなくなった千尋をゆっくりと眺《なが》めて、彼は考えるように顎《あご》に手を置いた。

「千尋はさ、もしかして、意地悪なこと言われるのが好き？」

「ん、にゃっ⁉」

そんなことはないと必死で首を横に振る千尋を見て、彼の目が嬉しそうに三日月形になる。

「――ふぅん、そう」

言いながら宗介さんが千尋の胸へと手を伸ばしてきた。

驚いて体を引いても、反対から伸ばされた腕で背中を掴《つか》まれていて、まったく逃げられなかった。

「んっぁ……！」

捏《こ》ねるように優しく撫《な》でられて、千尋の背筋が震《ふる》えた。

「宗介さんっ……！　キスするって……！」

宗介さんの手を掴《つか》んで止めようとする千尋に、彼は「もちろん」と笑う。

「でも、もっと気持ちいいこともする」

「うそっ……っん！　やぁぁん」

するりと服の中に入ってきた手が、あっという間にブラを押し退《の》けて直接胸を揉《も》み始める。

「キスをするって予告すると千尋は緊張するみたいだから、なにも考えられなくなってからしようと思って」

「ふ、ぁっ……！」

耳たぶを噛《か》まれて、千尋の体がびくんと跳ねた。

そのまま彼の唇は首筋に下りていって、ぞくぞくする快感を引き起こしていく。

千尋は最初のうちはどうにかしてその動きを押しとどめようとしていたのに、今はもう彼の手を押し退《の》けたいのかどうか、自分でもわからなくなってきた。

「もうこんなに尖《とが》らせて。気持ちいいんだろ？」

先端を強くつままれて、千尋は声にならない悲鳴《ひめい》を上げた。

彼の長い指が千尋の乳首をこりこりと捏《こ》ねて押しつぶす。

「やっ……ぁんっ」

体に力が入らなくなってきて、されるがままの状態で千尋は体をくねらせた。

そんな千尋を、目を細めながら満足げに眺《なが》めた彼は、千尋の耳元でささやく。

「千尋、もう頂上だよ」

彼の言葉に涙の浮かんだ目を外へと向ける。

きらきらと舞う光の粒子たち。眼下《がんか》のパレードが巨大な竜のようにうねりながら動き回っていた。

「こっちを向いて」

呼びかけられて顔を向けると、彼はとても優しそうに微笑んでいた。

そっと頬《ほお》に手の平を添えられて、そっと、触れるだけの優しいキスをもらった。

「宗介さん……って、ん、ぁっ。ちょ……！」

二回目は軽く舌を入れられ、三回目は……食べられた。

「ふぁっ……んっ………はぁっ」

舌を絡められ、思わず舌を伸ばしたところで、ちゅうっと吸い取られてしまった。

余韻《よいん》に浸る暇もなく貪《むさぼ》るようなキスをされて、千尋はバシバシと彼の頭を叩いた。

「おとなしくしろ」

悪人のようなセリフを吐いて、千尋の腕は捕らえられてしまう。

涙目で見上げる千尋を見て、彼はにっこりと笑った。

「今日のお詫《わ》びも兼《か》ねて、たくさんご奉仕《ほうし》してやるよ」

「いらない！」

反射的に答えた千尋を無視して、彼の手はまた動き出した。

今度は服の上から、尖《とが》ってしまった胸の先端を見つけ出して、くにくにと捏《こ》ね始める。

「んっ……ん、はぁっ」

「こんなになってるのに、奉仕《ほうし》がいらないはずないだろう？」

彼がブラをずらしたせいで、胸の尖《とが》りが服の上からでもわかるようになってしまっていた。

「や……そ、そうすけさんがっ、悪いんだもんっ」

――触るから。ブラをずらすから。千尋が悪いところはなに一つない。

顔を熱くする千尋の反論に、宗介さんは面白そうに笑っている。

想定内の反論だという彼の反応に、千尋の肩は揺れた。

「そうか」

にやりと笑う彼の顔に、背筋がぞくりと震《ふる》えた。

「それなら、責任を取ろう」

「ちがっ……！」

そういうことじゃない！　と千尋が叫ぶ前に、宗介さんの手がさっさとキュロットの中に入ってくる。

そして、ショーツの上から蕾《つぼみ》をグイッと押しつぶした。

「ひあぁあぁぁっ」

千尋が仰《の》け反《ぞ》ると、背中に回った腕が千尋を支えた。

「もう、ぐしょぐしょじゃないか」

笑いを含んだ声でささやかれて、千尋は耳まで赤くなる。

彼の指がショーツの上から上下に動いて、千尋をさらに追い込んでいく。

「あ、やっ……！　も、そうすけさぁん」

もう、こうなってしまえばいっそのこと責任を取ってもらおうと、千尋は彼の首に腕を回した。

「ふふっ。でも、残念。時間切れだ」

そう言って、宗介さんはあっさりと手を離してしまった。

千尋が目をぱちくりとさせているのを見た彼は、ちょいちょいと外を指差した。

「さすがにこれ以上続けたら、下で順番を待っている人に見えちゃうからね」

「え？　……ひゃあああっ」

——どうりで、外が妙に明るいなと思った。

なんと、降り口はすぐそこだったのだ。

「嘘嘘嘘っ！　宗介さんの馬鹿っ！　あっち行って！」

千尋が大慌《あわ》てで向かいの席に離れて座れと示すけれど、彼は肩をすくめて「今さら」と笑った。

その言葉通りに、ほどなくがちゃんという金属音とともに扉が開けられる。

「おかえりなさ〜い」

——係の人だ。

千尋は顔を上げることができずに、急いで観覧車を後にした。

その千尋のうしろを、上機嫌で宗介さんがついてくる。足音が軽やかなことから、機嫌がいいのがわかるのだ。

——うぅ、また下着が気持ち悪い。

今度は上もずらされたのをきちんと直せなかったし、下は濡《ぬ》れているし、まったく散々だ。

千尋は苛立《いらだ》ちもあらわに彼を睨《にら》みつけた。

そんな千尋を宥《なだ》めようとしたのか、宗介さんが千尋の肩を抱く。

だけど、今度こそはなんて言って謝ったって、そう簡単には許さないと決意を込めて、千尋は宗介さんを見上げた。

そんな千尋を目を細めて見下ろしながら、彼はぺろりと自分の唇を舐《な》めた。

肉食獣が舌なめずりをしたような動作に、千尋はびくりと体を揺らした。

——想像していた反応と違う。

そう思って固まった千尋のお尻に、彼の手が伸びてくる。

しかもキュロットの中に侵入してきた。その図々しい手をパシンとはらいのけても、体を近づけられて腕が動かなくなった。

「ちょ、宗介さんっ……！」

「暗くてわからないよ」

——そういう問題じゃない！

人が行き交う道で、なんて破廉恥《はれんち》なことをするのだ。端のほうに立ってはいるが、人目はたくさんある。しかし、慌てる千尋をよそに、彼の手は止まらない。

ショーツのお尻の部分をきゅっと引っ張られて、ショーツが食い込む。

「んっ……！」

敏感になってしまった体は、その感触を快感だと捉《とら》えてしまう。

くいくいっと動く彼の手に操られたショーツが、千尋の襞《ひだ》にどんどん食い込んでくる。

「もっ……だめぇ」

うしろに回った彼の腕を捕まえようと体をひねると、ショーツをさらにぐいっと強く引かれた。

「あっ……」

かくんと脚の力が抜けて、宗介さんの胸に倒れ込んだ。

そんな千尋を見て、くっくっくっと喉の奥で宗介さんが笑う。

まるで映画に出てくる悪役みたいだ。力が入らない体をぐいと持ち上げた千尋は、せめて少しでも抵抗しようと彼を睨《にら》みつけた。

千尋のその表情に、宗介さんは顎《あご》を上げて傲慢《ごうまん》に千尋を見下ろす。

千尋が文句を言おうと口を開きかけたその時、今度は直接指で秘所に触られた。

「はっ……ぁっんっ」

思わず両手を彼の胸に置いて、千尋はびくびくと体を揺らす。

「ほしいだろ？　お願いっ……てしてみろよ」

もう立っていることさえ辛くなってきたけれど、こんなところでそんなことなんか言えるはずがない、と千尋は必死で首を横に振った。今はパレードに人が集まっているけれど、パレードはあと少しで終わる。そうしたら門に近いこの場所は、あっという間に人が押し寄せてくる。

そんなの嫌だと喘《あえ》ぎながら抵抗する千尋に、宗介さんは笑みをこぼした。

「千尋がお願いすれば、すぐに車まで連れていってやるよ？　……そして、そこで目一杯、可愛がってやる」

耳元にそう吹き込まれて、千尋の理性は崩壊した。

「おねっ……がい。も、無理なのぅ」

千尋が宗介さんにすがりつくようにして抱きつくと同時に、彼は千尋を抱き上げた。

「いい子だ。すぐに思いっきり可愛がってやるよ」

千尋は、あっという間に車に戻った宗介さんに、後部座席へと押し込まれる。

彼がなにかのレバーを引くと、座っていた座席がうしろにばたんと倒れた。

「ひゃっ!?」

驚いているうちに靴をポイポイッと脱がされて、あっという間にキュロットを脚から引き抜かれてしまった。

そして、膝《ひざ》を持たれてぐいっと左右に大きく割られる。

「やああっ！　恥ずかしいっ！」

車の中は遊園地のネオンが届いて、うっすらと明るい。

千尋には宗介さんの表情が見える。ということは宗介さんにも、千尋の表情も、このあられもない姿も見えているはず。千尋は恥ずかしさのあまり両手で顔を覆《おお》った。

「すっげえ、びしょびしょ」

自分でもどういう状態になっているか知っているショーツを見られ、千尋は自分の体全体が熱を帯《お》びて赤くなっていることがわかった。

「ん、可愛い」

あまりの恥ずかしさに耐え切れず、千尋は必死で脚を閉じようとした。しかし彼から内腿《うちもも》にキスをされて、体から力が抜けてしまう。

――お願い。早く、もっと触って。もっとほしいの。

自分の頭の中にこだまする卑猥《ひわい》な言葉に、体がさらに熱くなった。

「ああ、早くしてほしかった？　あんまり可愛くて見惚《みと》れてたよ」

宗介さんは笑いながら千尋のショーツを剥《は》ぎ取った。

上の服は着たまま、靴下も履いたまま、そして秘所だけ丸出しで、千尋は脚を大きく左右に広げられている。

全部脱がせてほしいなんて、そんな恥ずかしい言葉はとても口にできない。千尋は自分の淫《みだ》らな格好に羞恥《しゅうち》を感じ、思わず体をよじった。

「なに、催促《さいそく》？　エッチだな、千尋は」

――違うっ……！

その言葉は、膣に入ってきた彼の太い指が立てる水音と千尋の口からこぼれ出る喘《あえ》ぎ声で、言葉にならずに消えた。

「っあ……！　ああっ」

ずっと中途半端に刺激され続けてきたその場所は、ようやく望んだものが手に入った喜びで激しくうねり、もっともっとと言うように貪欲《どんよく》に蠢《うごめ》き始めた。

「うわ……。ぐちょぐちょ。すぐにでも入りそうだな」

彼の言葉に恥ずかしさで強張《こわば》る体と裏腹に、千尋の心の中は熱く膨《ふく》れ上がった。

——ほしい。今すぐにでもほしい。

「宗介さんっ……」

彼の指を悦《よろこ》ばせていた場所は、もう次のものがほしくなっている。

これじゃ物足りないと、次から次へと愛液を垂れ流していく。

千尋は彼に向かって無意識のうちに手を伸ばした。くっと笑い声がする。快感と、もどかしさの間で揺れている千尋が目を開くと、彼の意地悪な表情がぼんやりと見えた。

「いやらしい子だな」

意地の悪い言葉を浴びせられたのに、それを聞いた千尋はさらにびくびくと体を揺らす。

「なるほどね」

くっくっと、こらえきれないように彼は笑みをこぼす。

快感にぼんやりとした頭で千尋が宗介さんを見上げても、彼は綺麗《きれい》な笑みを浮かべるだけ。

——なにが、なるほど……なんだろう。

そう考えたのもつかの間だった。その後すぐにやってきた圧倒的な圧迫感に、千尋は一瞬息が止まった。

まだ開かれて間もないその場所は、ぎちぎちと彼を締め付けて、千尋にも苦しさを与える。

「まだ、きつかったか」

はっ……と、宗介さんが悩ましげな息を吐いた。

眉根を寄せて髪をかき上げる仕草が、薄暗い中に浮かび上がった。そのしぐさは淫靡《いんび》さすら感じさせる。

千尋の胸がきゅんとした。

――私のことを好きだと言って、いつでも触れていたいと思うほど強く私を求めてくれている。なんて、なんて幸せなんだろう。

千尋は胸が熱くなり、思わず彼にしっかりと抱きついた。

「千尋？」

心配そうな声が聞こえたけれど、千尋はふふっと笑って、「大丈夫」と呟《つぶや》く。

「大丈夫だから……えと、その……して？」

入れて、とか、ほしい、とか、そういう言葉が頭の中に浮かんだけれど、さすがにそれは口にできない。大体、もう入っているし。

こういう場合は「動いて」って言ったほうがいいのかな、と千尋はぼんやりとそんなことを考えていた。

「俺を煽《あお》るとか……上級者になったじゃないか」

苦しげな声とともに、上半身がぐいと持ち上げられた。

「ふあっ!?」

あっという間に体勢が入れ替わって、千尋は彼の体の上に跨《また》がっているような状態になった。

「千尋……もっと焦《じ》らしたいところだけど、ちょっともう余裕がないんだ」

腰をグイッと強く引き寄せられて、お腹の中の圧迫感が一気に増した。頭のてっぺんに、ちりちりする快感が走り抜ける
「は、あっ……！　急に……ああっ」

千尋は彼に跨《また》がった状態のまま、下から強く突き上げられた。

恥ずかしいと感じるよりも、千尋は宗介さんに抱きつきたくて仕方がなかった。

なにか、未知の感覚がやってくるような気がした。

初めての時よりももっと奥を突かれている気がして、千尋は震《ふる》えた。

彼が千尋の中で蠢《うごめ》くのがわかる。

宗介さんが荒い息を吐きながら、微笑んだ。生理的な涙を流しながら、千尋も笑った。

「好きだよ」

その言葉と同時に、ドンッと音が鳴りそうなほど下から突き上げられて、千尋の体全

部が震《ふる》えた。

なにもかも、千尋の体のすべてが性感帯になったみたいだ。

「あっ、あっ……！　や、だめ」

なにかに掴《つか》まっていないとどこかに押し流されてしまうような不安と、それをかき消すほどの圧倒的な快感に包まれながら、千尋は体を大きく仰《の》け反《ぞ》らせる。

「もっと、だろ?」

意地悪な声とともに何度も強く突き上げられる。

「もっ……変に、なっちゃ……あぁっ！」

薄暗い車内に、ぱちゅぱちゅという水音と、二人の息遣いが響く。

——宗介さんも、呼吸が荒くなってる。気持ちいいのかな……?

そんなことを考えてしまったら、もうダメだった。

ゾワゾワとした快感が爪先から背筋を駆け上《のぼ》り、お腹の奥がきゅうっと締まる。

「ちょっ……、千尋、きつい」

少し焦《あせ》ったように言いながらも宗介さんは、千尋の腰を強く掴《つか》み、彼自身を奥深くへと押し込んだ。

さらに、千尋の敏感な粒をつぶすように、ぐりぐりと腰を押しつけて刺激してくる。

「やぁっ……そ、すけさんそこ、ダメっ」

「そこ、気持ちいい——だろ？」

そう言って意地悪く笑いながら、彼は繋《つな》がった場所に指を差し入れて蕾《つぼみ》に触れた。

——頭の中が真っ白になるくらい気持ちいい。でも、そんなことは言えるわけがない。

千尋は息を詰めて、必死で快感をやり過ごそうとした。

しかし、お腹の奥から湧《わ》き起こる、じわじわとした感覚は増すばかり。千尋は無意識のうちに、爪先にぎゅっと力を入れた。

「……っ！」

すると宗介さんが大きく息を呑み、苦しそうに眉根を寄せた。

千尋は、わけがわからないやら心配になるやらで、彼の顔を覗《のぞ》き込むと、彼の目が睨《にら》むように千尋を捉《とら》えた。

「——やったな」

低い声で呟《つぶや》いた彼が、激しい抽送《ちゅうそう》を開始する。

「やったって……え、なにを？」

「締めすぎ。搾《しぼ》り取られそう」

ずんずんと腰を突き上げられ、そのたびに千尋の体は大きく跳ねた。

「宗介、さん……もう、わたし——」

激しく揺さぶられて、必死で彼にしがみつく。過ぎた快感に涙を流す千尋にキスをしながら、宗介さんも小さく声を漏《も》らした。どんどん高みへと押し上げられていく。

「――――んっ!!」

千尋は目の前が真っ白な世界に埋め尽くされた気がした。

彼の膝《ひざ》の上で戯《たわむ》れるようなキスを受けながら、千尋はくすくすと笑っていた。

すでに周囲は暗くなっていて、あたりに停まっていた車も見えない。駐車場の出口の精算所だけが明るく光っている。

――ショーツをこんなに汚してしまった。着替えたい。

千尋は帰りたいと彼に伝えると、「泊まってもいい？」と尋ねられた。

助手席に移動しながら「いいよ」と答えそうになって……今朝の惨状《さんじょう》を思い出す。

「無理っ！」

思わずそう叫ぶと彼の顔が悲しそうに歪《ゆが》んだ。千尋は慌《あわ》てて理由を説明する。

「今朝、服を全部引っ張り出して、慌《あわ》ててたから、お風呂場も洗面所もひどい状態なの。あんな場所、絶対見られたくない！」

持っている下着も全部並べてどれが一番可愛いか、必死で選んだのだ。……きっと、こういう状況になるだろうと期待して。

千尋の部屋の状態を聞いて、運転席に座る彼は楽しそうに笑った。

「千尋は、デートを楽しみにしてた？」

「え？　うん」

楽しみにするもなにも、昨日決まったばかりのデートだったから慌ただしいほうが先に立ったが、宗介さんに誘ってもらって嬉しくないはずはない。

千尋がうなずくと、彼はほっとしたように息を吐いた。

そうして、車のエンジンをかける。宗介さんは慣れた様子で車を旋回《せんかい》させて、精算機へ向かう。

――ハンドルを回している時の仕草って、どうしてこう格好いいんだろう。

シートベルトに手をかけながら、千尋はうっとりと彼を眺《なが》めた。

「俺は、千尋とずっと一緒にいたい」

見惚《みと》れていた時にそんなことを言われて、千尋は頬《ほお》がまた熱くなった。

「千尋にもずっと俺のことを考えていてほしいし」

「うっ、うん」

千尋はうなずきながら、少しおかしくなった。

――宗介さん、なんか、乙女っぽいことを言っている。

ふとそう思ったけれど、口に出してはいけないと心の中に留めておいた。

「今だって、泊まりたいっていうのを簡単に断るし。理由があってのことなのはわかったけど」

「そんなの……私だって、泊まってほしいけど」

――ずっと一緒にいたい。それは千尋だって思っている。ただ、どうしても恥ずかしくて、宗介さんみたいにひょいひょいと口には出せないだけで。

さらに今は、あの部屋の状態では来てもらうのは無理だ。

「だったら、千尋の荷物だけ取ってきて、俺の家に泊まろう」

「いいの？」

だったら、是非《ぜひ》泊まってみたい。というか、彼の部屋に行ったことがないのだ。どんな場所か見てみたい。

千尋が思わず声を弾ませると、彼も嬉しそうに笑った。そして、ふと思い出したように、昼間の喧嘩《けんか》の一件を口にする。

「千尋はさ、俺がジャケットを脱いだだけでわからなくなったりするから。なんか、少し不安なんだけど」

車を順調に走らせながら、宗介さんは軽くため息をつく。

だけど、それについては千尋にだって言い分はあるのだ。

「人ごみで人を探す時は服の色で探すでしょ？」

着ていた服を覚えていて、服で相手を探すというのが定番だと思う。色でぱっと見て判断してから顔の認識にいくと千尋は考えている。

「……そうかなあ？」

「そうだよ」

千尋の言葉に彼はしばらく首をひねっていたが、千尋は絶対そうだと思う。

たいていの人は、遠目で見やすいもので物事を判断していく。

千尋が大きくうなずくと、悲しそうな視線が降ってきた。

「だけど、好きな人には視線が吸い寄せられるってあるだろ？」

「んな乙女チックな」

さっきは我慢したはずのセリフが間髪《かんはつ》容《い》れずに出てしまった。宗介さんは、見た目と違って、思考回路にときどき乙女が入っているようだ。

「……お仕置き決定」

彼の目が細くなり、不穏なセリフが聞こえた。

——聞かなかったことにしよう。

しかしその後、彼の自宅に初めてお泊まりした千尋が、甘く過激なお仕置きを受けたのは言うまでもない。

こうして、宗介さんの恋人として迎えた二度目の週末は楽しく（？）過ぎていったのだった。

第三章　ケダモノの田中さん

1

——毎日毎日、可愛い恋人が職場の同じフロアにいる。これ以上にやる気になることがあるだろうか。

千尋と遊園地デートをしてから数週間が経ったある日。

顧客《こきゃく》との会議が思った以上にスムーズに終わって、宗介は機嫌よく会社に戻ってきた。取引相手がこちらに依頼することを決定してから会議を設定したらしく、やることは条件のすり合わせだけだったのだ。

営業一課へと向かう廊下の途中で、帰り支度《じたく》を済ませて歩いてきた千尋と会った。腕時計を見ると、定時を過ぎている。千尋はもう仕事を終えて帰るのだろう。間に合ってよかった。

目が合った彼女に向かって、にっこりと笑って呼びかけた。

「千尋〜」

「も、もう！　会社で名前呼びはやめてください！」

千尋も笑いかけていたが、真っ赤になって首を振った。

付き合っていることが周りにバレるのは、まだ恥ずかしいと言う。だから、仕事中はいまだに『プリンの田中さん』と呼ばれている。

だが、残念なことに、営業一課周辺で宗介たちの関係を知らない人間はいない。宗介が言いふらした。

営業一課には女性社員の憧《あこが》れの的《まと》になるほどモテる人間が多い。

その筆頭が『御三家』と呼ばれる宗介、安藤、宇都宮だ。

その『御三家』である宗介に彼女ができたということは、思った以上に早々と社内に知れ渡った。同時に宗介がその彼女を溺愛《できあい》しているということも。

それを妬《ねた》んだ女性社員たちが千尋に対して嫌がらせをするのではないかと、宗介はしばらくの間警戒《けいかい》していた。しかし、宗介たちの仲を邪魔《じゃま》する者は今のところ現れていない。もしも千尋に嫌がらせをしていたとして、それが周りにバレて、他の一課の面々から軽蔑《けいべつ》されることを恐れて、そういう行動に出る者はいなかったのだと、宗介は予想している。わざわざ彼女持ちの宗介にアプローチしなくても、一課にはイケメンと評される者がたくさんいるから。そちらを狙ったほうが可能性があるだろう。非常に賢明な判断だ。

それに加えて、宗介の相手が千尋と知れた時、同時に千尋の有能ぶりも噂になっていた。宗介にとってこれは、とても喜ばしく、誇らしいことである。千尋の人となりも周囲に知れ渡った結果、彼女は妬《ねた》まれるどころか、たくさんの女性社員から慕《した》われる存在となった。皆が彼女に話しかけ、仲良くなろうとしているのだ。

『最近、女子社員から、なんかお菓子をよくもらう』

千尋がにこにことコンビニのお菓子を食べているのを、頻繁《ひんぱん》に見かけるようになった。

――千尋には餌《え》づけが効くということを、誰が言いふらしたんだ。

餌《え》づけをしてまでも、なんとか繋《つな》ぎをつけようとする女性社員が続出するくらい、この営業一課には格好いい独身男が多い。そんな連中の見分けがつかなかった千尋は不思議といえば不思議な存在だが、宗介にとっては都合がいい。

もし、そんな奴らが千尋を口説きだしたとしたら、宗介の仕事の効率は落ちる。がったがたに落ちる。いつも課内にいて、目を光らせて千尋を見張っていたくなるからだ。

というわけで、宗介はさっさと一人で交際宣言をしていた。俺の恋人に手を出すなと。

宗介が交際をほのめかすような行動をとった時に見せる、千尋の慌《あわ》てるような反応が可愛いので、全員が知っていることをまだ教えていないが。

今も恥ずかしがっている千尋に歩み寄りながら、片手で書類を持ち上げて見せながら言った。

「俺も、今日はもう終わった」

珍しく早く上がれそうな宗介に、千尋が嬉しそうな顔を向ける。

そして、立ち止まって宗介の次の言葉を待っていた。

だけど、わざとなにも言わなかった。にこにこと笑って千尋を見ているだけ。

首をかしげて宗介を見上げたままの千尋の眉が、ハの字になる。その困ったような表情に満足して、宗介は口を開いた。

――一緒に食事して帰ろう。

と、続けるはずだった。

しかしその時、宗介の傍《かたわ》らをすり抜けて千尋に駆《か》け寄った女性がいた。

「千尋っ」

「あれ、真紀」

千尋がぱちくりと目を瞬《しばた》いている。

千尋と仲がいい女性社員だ。苗字は覚えていないが、千尋が『真紀』と呼ぶので下の名前は知っている。確か総務だったはずなので、この階で見かけるのは珍しい。総務のフロアは一階にある。

「いいお店見つけたのよ。今から行かない？」

「え、あの、今日は……」

「夕食時になったら人が多くなるから。ほら、急いで」

宗介が驚いている間に、彼女は戸惑っている千尋をどんどん引っ張っていってしまった。

千尋が困ったように向けてくる視線で、はっと我に返る。

「ちょっと待って。ちひ――」

エレベーターが気の抜けたような音を立て、目の前で閉まった。

――我に返るのが遅すぎた。

宗介が、事務職の千尋と同じくらいの時間に帰れることはほとんどない。たいていが外回りから帰ってきた時点で千尋は帰ってしまっている。

だから、早く帰れる日は、必ず千尋を誘ってどこかに行った。

だけど、千尋の予定がまったくないというわけではないのだ。宗介が誘った時に別の予定が入っていると、あまりにわかりやすく宗介ががっかりするのを見て、千尋はそれとなく自分の予定を前もって教えてくれるようになった。

『今度、友達と呑みに行くよ』

『今度の週末は実家に帰らないと』

『また弟が来るって』

それから今さっき千尋を連れ去っていった彼女――『真紀と食事して帰る』などなど。

宗介のスマホのメールボックスに、千尋のスケジュールが溜まっていく。

それを見ながら、宗介の中では千尋の予定がある日は心置きなく残業してもいい日となっていた。宗介のプライベートな予定が皆無《かいむ》なのは、気がつかない方向でいってもらいたい。

だから千尋の予定も把握《はあく》していた。ということは、今日は真紀と約束はしていないはずだ。

――戸惑ったまま千尋が連れていかれてしまったのは、俺とはっきりとした約束をしたわけではなかったから、言い出せなかったのか？　それとも、はっきりとした約束をしてないのに、俺と約束していると自分のほうから言い出すのが恥ずかしかったのか？

どちらにしても、宗介は貴重な千尋との時間を彼女に譲《ゆず》る気はなかった。

折角《せっかく》、仕事が早く終わったのに千尋と過ごせないなんて、そんなことがあっていいのか！

ああ、千尋の悲しそうな表情が見たいとか、こちらを窺《うかが》うような視線を感じたいとか、変態的なことを考えている場合じゃなかった。

千尋を眺《なが》めていた時間でさっさと誘っていれば、あんな風に千尋が連れ去られることはなかったのに。

宗介は慌《あわ》てて五階から一階まで階段を駆《か》け下りた。

エレベーターに乗った千尋たちよりも先にロビーに着かないと捕まえられない。

スマホで連絡ということもチラリと頭を掠《かす》めたが、千尋はスマホを鞄《かばん》の中に入れている時はたいていマナーモードにしていて、着信に気がつかないことが多い。

真紀と食事に出かけてから連絡がついたって仕方がない！

息を切らしてロビーに下り立つと、ちょうどエレベーターが着いたところで、扉が開いた途端《とたん》に『真紀』と呼ばれていた女性が最初に降りてきた。

軽く息を切らして目の前に立つ宗介を驚いたように見た後、一瞬、泣きそうに顔を歪《ゆが》めた。その後なぜか、きっと睨《にら》まれる。

しかし、すぐに宗介から顔をそらして総務課のほうへ早足に歩き去っていった。

その後に千尋がスマホの操作をしながら降りてきて、ふっと顔を上げる。

千尋の顔に驚いた表情が浮かんだ瞬間に、宗介のスマホが震《ふる》えた。

背広の内ポケットに手を入れてスマホを取り出すと、千尋が急いで宗介に近づいてくる。

「見ないでくださいっ」

今まさに見ようとした画面を押さえつけられた。

この様子からして、たった今、着信したメールは、どうやら千尋からのものらしい。

エレベーターの中から送ってきたのだろう。

その慌《あわ》てた様子を不審《ふしん》に思いつつ、宗介はスマホに視線を落としてから千尋を見た。

「今の着信が千尋からだっていう確証はないだろ？　顧客《こきゃく》からの急ぎの連絡だったらどうするんだ？」

「でも、でもっ」

まあ、タイミング的には完全に千尋だろうけれど、このままなにも見ないで削除はない。

宗介の手ごとスマホを握《にぎ》りしめた千尋が首を横に振った。

なんだかすがりつかれている気分になって、興奮しそうになる。

いつまでもこのやりとりを続けていたいところだが、残念なことにここは会社のロビーだ。

さっさと千尋の手からスマホを取り返して、振り切るように足早に歩きながらメールを開いた。

『まだ仕事だった？　終わるまで待っててもいい？』

――待っててもいい？

そんなことを千尋から言われたのは初めてだ。宗介はスマホ画面を、じっくりと眺《なが》めた。

「さっきの友達は？」

「……やっぱりもう少し仕事してから帰るって、戻ってい……きました」

会社のロビーだからか、千尋の言葉が敬語になった。話している内容を考えたら、あまり意味がないと思うが。

――ふと、さっきの友達の顔が頭をよぎった。彼女はなぜ、あんなに悲しそうな顔をしたのだろう。しかもその後、睨《にら》まれたような気がする。あの目はまるで、宗介が心底憎《にく》いと語っていたように見えた。とはいえ宗介には、彼女に恨《うら》まれるようなことをした覚えがないので、まったくもって謎だ。

ちらりと千尋を見ると、千尋もなにか違和感を覚えているのか、眉根を寄せて友人のことを考えているようだった。

しかし、いくら考えたところで彼女の気持ちはわからないので、宗介は頭を一振りして言った。

「さて、書類を提出に行かなきゃな」

宗介がそう言うと、ぱっと千尋が宗介を見上げてきた。

「あのっ……！」

大きな声を出しすぎたと思ったのか、千尋はハッとしたような表情で黙り込んでしまう。

ここで、宗介が『待ってて』と言うのは簡単だ。千尋はにっこりとうなずいて笑うだろう。

だが、実は、宗介は千尋のほうから誘われたことがなかった。

千尋は「宗介さんが忙しいのは知ってるから」と言ってくれるが、宗介としてはそれでは寂しかった。

自分はもっと千尋と一緒にいたいし、千尋にもそう思ってほしい。ワガママだって、もっとどんどん言ってほしいし、常に啼《な》かせていたいのだ。まあ、最後のやつは心の中だけに留めておくとしても。

「なに？」

片眉を上げて千尋を見下ろすと、宗介から誘ってくれないと悟ったのか、千尋の顔がみるみるうちに赤くなって、悔《くや》しそうに睨《にら》んできた。

そんな風に顔を赤くして睨《にら》まれても、ダメージを受けるどころか、逆に元気になってしまう。

軽く唇を噛《か》んだ千尋は顔を赤くしたまま、いきなり宗介の腕を掴《つか》んでぐいぐい引っ張ったかと思うと、ロビーの端にある観葉植物の陰まで連れていった。

一生懸命宗介を引っ張りながら大股で歩く姿は、小さな子が頑張って怒りを表現しているようで、それはそれでまた愛らしい。

そんなことを言ったら、しばらく口もきいてもらえなくなりそうなので言わないが。

にまにましながらメールに保護をかけようとしていると、千尋が振り返った。

宗介のにやけた顔を見て、口をムッとひん曲げた。可愛い顔が台無しだ。

「私だって、一緒にいたいって思うんです！」

千尋の言葉には、さっきから驚きの連続だった。

宗介の仕事が忙しくてなかなか会えなくても、千尋は「大丈夫だよ」と笑っているから平気なのかと思っていたら……我慢していたということか？

怒ったような、恥ずかしさの頂点を極めたような、どちらとも言えない顔をした千尋の声は、段々と小さくなっていった。

「だから、いつも誘われるのを待ってないで、私から誘わないと、な……って、思って」

言い終えると口を引き結んで、両拳《りょうこぶし》をふるふると握《にぎ》りしめている。

もしかしたら、遊園地で自分が「不安に思う」って言ったことを気にしていてくれたのかもしれない。

千尋は一度大きく息を吸ってから、睨《にら》みつけるように宗介を見ている。

目には涙がうっすらと溜まっている上に赤い顔をしているので、ひどく扇情的《せんじょうてき》だ。

そして、決意したように、千尋は緊張に掠《かす》れた声で宗介を誘った。

「い、一緒に食事に行きませんか？　……そ、宗介、さん……」

――破壊力満点だった。

よく襲い掛からなかったと、自分で自分を褒《ほ》めてあげるべき出来事だった。

その震《ふる》えた声を聞いて、宗介は思い出した。

ああ、千尋は恥ずかしがり屋だった、と。

もちろん、宗介は満面の笑みを浮かべて返事をする。

「喜んで」

2

真紀の誘いを断って、千尋は宗介さんを誘い食事に来ていた。

友人からの誘いを断ってまで、宗介さんと一緒にいたかったことに少し罪悪感を覚えるけれど、彼は忙しいから、こんなチャンスは滅多《めった》にないし仕方がないと思う自分もいる。

今日みたいに宗介さんの仕事が早めに終わった時は、やっぱり一緒にいたいのだ。

千尋はほぼ毎日定時に会社を出ることができるけれど、宗介さんの仕事は相手があることなので、実際のところは何時に終わるのかわからないことのほうが多い。

待っていようとしたこともあったが、やはり千尋を待たせていると彼は気を使うらしい。

『何時になるかわからないから、先に帰ってほしい』

そう言われてしまっては、何時になってもいいから待ってるなんてことは口に出せない。だからきちんと約束をしていない限り、千尋は仕事が終われば静かに帰った。

でも今日は珍しいことに、宗介さんも定時で会社を出られるみたいだった。

はっきりと約束する前に真紀に誘われたわけだけど、あの状態はもう宗介さんと約束したも同然……と思うことにする。

――千尋はふと、エレベーターに乗った後の真紀の様子を思い出す。

『あの、真紀。ごめんね。今日はダメなの』

『あらそう？』

普段は来ない五階まで来て強く誘ってきた割に、あっさりと真紀はうなずいた。

『じゃ、もう少し仕事して帰ろうかしら』

そう言って、エレベーターの扉が開くと真っ先に出ていってしまった。

その様子を思い返した千尋は、やっぱり今日の真紀は変だった、と思った。一緒に食事に行くべきだっただろうか。

「千尋？」

思い悩んでいた時に、目の前から呼びかけられて、はっと現実に引き戻された。

「あ、ごめん。別のこと考えてた。なに？」

折角《せっかく》、真紀の誘いを断って宗介さんと食事に来たというのに、上《うわ》の空では意味がない。

反省しながら彼に目を向けると、困ったように笑われた。

「さっきの彼女のこと？……『真紀』って言ったっけ？」

「あ、うん。楠木真紀」

宗介さんが真紀のことを名前で呼んだのがなんとなく嫌で、わざと苗字を教えた。

「ああ、楠木っていうのか」

彼はなにかを考えるように視線を巡《めぐ》らせて、真紀の名前を覚えたようだった。

「彼女、千尋に急ぎの用事とかじゃなかったの？」

千尋は真紀の誘いは断ったというのに、さらにそのことについて言及してこられるとは思っていなかった。

千尋は戸惑いながらも答える。

「ううん。そういうわけじゃなかったみたい。あっさり、もういいって言ってたし」

「そう？」

千尋の返事に彼は笑って返事をしながらも、なんとなく引っかかっている様子だ。

「彼女と食事とか、よく行くの？」

「え？　……うん、まあ。月に一回くらいかな」

もやもやする気持ちを押し隠しながら、千尋は宗介さんを見つめた。どうしてそんなことを聞いてくるのかわからない。ただ、宗介さんから真紀のことを聞かれると、ひどく胸がざわつく。

「最近も？」

そう聞かれて、千尋はちょっと考えた。そういえば、宗介さんと付き合い始めてから、あまり食事に行っていない。なんとなくお互いの都合が合わなかったのだ。

「じゃあ、そろそろ一緒に食事したくなったのかな。今日、一緒に来てもよかったかもな」

心臓が変な音を立てた。

二人で食事に来ているのに、そんなことを言われるとは思わなかった。

──宗介さんが、他の女性を気にするのを初めて見た。

次の日の昼、昨日一緒に夕食に行けなかったからと、千尋は真紀を社食に誘った。

真紀は機嫌がいいようで、にこにこと笑いながら千尋の隣に座る。

さらりと髪をかき上げる仕草は女の千尋でもどきりとするほどで、爪もお化粧もすごく綺麗《きれい》にしているんだな。食後、千尋は真紀を改めて見つめた。

「千尋、どうしたの？」

その言葉にはっと我に返ると、真紀が訝《いぶか》しげにこちらを見ている。

「なっ、なんでもないの！　ごめんっ」

千尋は慌《あわ》てて首を横に振った。

真紀を綺麗《きれい》だと思うたびに、どんどん不安になっていく自分の気持ちから目をそらしたくて、千尋は真紀から視線を外した。

首をかしげながらも「そう？」と言った真紀は、それ以上千尋の様子を気にせずに弾んだ声を上げた。

「ねえ千尋、旅行に行かない？　もうすぐゴールデンウィークだしさ」

その言葉に、千尋は眉尻を下げる。

「ゴールデンウィークは、ちょっと……」

――宗介さんと約束はしていない。

だけど、休日は空《あ》けておきたかった。

申し訳なく思いながら言った千尋に、真紀は一瞬驚いた顔をして、そして俯《うつむ》いた。

「真紀？」

――気のせいだと思ったけど、やっぱりどうも様子がおかしい。

今度は千尋が真紀を覗《のぞ》き込むと、それに気がついた真紀がぱっと顔を上げて、ニヤリと笑った。

「どうせ、彼とずっと過ごしたいとでも思ってるんでしょ？　やあね」

「んっ、なっ……!?」

すぱっと言い当てられて、千尋は顔が熱くなった。

だけど、そのからかい方にも千尋は違和感を覚えてしまう。

——真紀は、こんな言い方をする人だったっけ？

興味なさげに「幸せそうだわあ」くらいで終わりそうなものなのに。

別に今の真紀の言い方が嫌なわけではないけれど、その様子に千尋は眉根を寄せた。

千尋のその表情を見て、真紀がまた俯《うつむ》いてしまう。

「あー……ごめん、気に障《さわ》った？」

千尋は少し驚いてしまった。

——本当にどうしたんだろう。いつもなら「気に入らないことがあれば言えば？」くらいの強気な言葉が多いのに、まるで真逆だ。

「真紀、なんかおかしいよ。なにかあった？」

千尋が真面目な顔をすると、真紀はさらに俯《うつむ》く。

苦しそうに眉根を寄せて——ぱっと顔を上げたかと思うと、なにかを言おうとして、また口を閉じた。

「ごめん、千尋……。こんなこと思うなんて、自分が有り得ない……」

ガタンと音をさせて、真紀が椅子《いす》から立ち上がった。

「ごめん」

もう一度独り言のように呟《つぶや》いた後、真紀はあっという間に社食から出ていってしまった。

千尋は唖然《あぜん》として真紀のうしろ姿を眺《なが》めながら、なにがなんだかわからなくて呆然《ぼうぜん》とした。

——こんなこと思うなんて……って？　どういう意味？

千尋はわけがわからず、ぼんやりとトレーを片付けて、食堂を出た。

食堂を出た後もなんとなく、たくさんの人とエレベーターに乗りたくなくて、階段を選んだ。

すると、先に出ていった真紀が、階段下のスペースで隠れるようにして立っていた。こんなところでなにをしているのかと声をかけようか迷っていたら、どうやら真紀は一人じゃなくて、誰かと話していることに気づいた。

——こんなところで隠れて話す相手って……？

千尋は胸がドキドキした。ついに、真紀にも恋人ができたのかもしれない。様子がおかしかったのは、そのことを伝えようとしたけど、恥ずかしくなって言えなかったとか。

なんだ、真紀にもそんな相手がいたんじゃないかと思うと、おかしいほどにホッとしている自分がいた。

今度真紀がなにかを言おうとしてきた時、「気づいてる」と言ってみたらどうだろうか。目を丸くする真紀の表情が脳裏《のうり》に浮かんで、千尋はほくそ笑んだ。

そして、足音を消してこっそり階段を上《のぼ》った。しかしその途中で聞こえた真紀の声に、千尋は心配になった。

「この気持ち、どうしようもないのよ」

聞いたことがない、泣きそうな声だった。

真紀の声は、とても深刻そうだった。興味本位で面白半分に聞いていい話ではないと判断した千尋が、そのまま足早に階段を上《のぼ》ってしまおうとした、その時だった。

「だとしても……ごめん。俺にはどうしようもないよ」

その声を聞いた瞬間、千尋の時が止まった。

冷たい汗が、背中を流れていく。

――この声……まさか？

辛そうに紡《つむ》がれる声は、宗介さんのものだった。

「あなたにならできるじゃない！　お願いよっ……もう、苦しくてどうにかなりそうなの。千尋に、あなたから伝えてほしいの」

真紀の泣き声を初めて聞いた。すごく苦しそうだ。

――真紀は私になにを伝えたいのだろう。

二人がわかっていて、自分がわかっていないこと……

「そんなことできるわけないだろう!? 大体、なんで俺からなんだ」

宗介さんの、怒りを含みつつも抑えた声が聞こえてくる。

「好きなのっ……この気持ち、もう自分じゃどうしようもないのよ!」

千尋の心が凍った。

――真紀が、宗介さんを、好き……?

社食での真紀の態度から微《かす》かに予想していたことだったのに、はっきり聞くと相当きつい。

「俺だって……っ! だからこそ、伝えられない」

その言葉を聞いた瞬間、千尋は階段を駆《か》け上がった。

――聞きたくない、聞きたくない、聞きたくない。

聞かなければよかったと、千尋は両手で顔を覆《おお》った。

――どういうこと?

真紀が宗介さんを好きで、宗介さんも、真紀を好きってこと?

考えたくない。

知らないふりがしたい。

頭の中がぐわんぐわんと回って思考がまとまらない。

心臓が痛いほどに騒《さわ》ぎ立てて、手足が震《ふる》えた。

千尋は混乱しながら、ショックすぎると涙って出てこないものなんだなと、妙に冷静なことを頭の隅で考えていた。

その日の午後、仕事を再開してからも千尋は、上《うわ》の空だった。

真紀と宗介さんの会話が頭の中をリフレインする。

なにをしていてもそのことばかり考えてしまって、千尋は泣きそうになっていた。

真紀は、とても大切な友達だ。

入社してからの、まだ三年の付き合いだけど、こんなに気が合う友人はできたことがない。

千尋の突然の語りも聞いてくれて、愚痴《ぐち》りたいだけの時はうなずきながら、アドバイスがほしい時は厳しいけれど核心《かくしん》を突いたことを言ってくれる。

――真紀との関係が壊れるなんて、絶対に嫌だ。

でも同時に、宗介さんのことも最初の頃とは比べ物にならないくらい好きになってしまっている。

最近の千尋の一喜一憂《いっきいちゆう》の感情は彼が作っている。

――もしも、真紀と宗介さんが付き合ったら……

千尋の目に涙が滲《にじ》む。

ごめんと、宗介さんは謝っていた。

でも真紀は、どうしようもない気持ちだと言って泣いていた。

二人が並んで立っている姿を想像して、胸が軋《きし》んだ。みっともないほどの嫉妬心《しっとしん》が湧《わ》き上がってきて、自分が黒く塗りつぶされていくように感じた。

――今のまま……宗介さんと自分が付き合って、真紀と友人関係を続けていくにはどうしたらいい？

そう考えて、自分に都合のよすぎる想像に吐き気がした。

真紀は苦しむだろう。同じように宗介さんも苦しむ。

自分だけがなにも気づかないふりはできない。

このままの関係を続けていくのは難しいだろう。

――どっちも失いたくない。でも、どっちも選べない。私、どうしたらいいんだろう？

千尋は出口のない迷路に入り込んでしまったような気分だった。

「名越ー、おい」

ぽんっと肩を叩かれて千尋は飛び上がった。

「はっ、はい!?」

あまりに驚きすぎて、椅子《いす》から半分ずり落ちながらも慌《あわ》てて振り向くと、課長が驚いた顔をして立っていた。

「ずっと呼んでいたんだが、そんなに驚くとは思わなかった」

ため息をついて、手に持っていたメモ用紙を渡された。

「月末だぞ。もう終業間近だから、出張とか経費の領収書を総務に届けてほしいって、さっき連絡があった」

どうしたんだと、課長の目が聞いていた。

月末……忘れていた。

慌《あわ》てて準備しておいた領収書をまとめて席を立つ。

連絡があったということは、電話も鳴っていたのだろう。でも、ぼーっとしていたせいで、課長に電話を取らせてしまった。

千尋は申し訳ない思いで何度も頭を下げて総務へ向かう。

メールで済むことだったらメールで済ませたかった。総務課には、真紀がいる。

だけど領収書をメールで送信なんてできるはずもなく、千尋は一階へと下りた。

領収書を抱えて総務のフロアを覗《のぞ》くと、真紀と最初に目が合ってしまった。

ずくん……と、体中が悲鳴《ひめい》を上げたような気がした。

大好きだった友人に会うのがこんなに辛いことになるだなんて、想像したこともなかった。

「千尋、領収書持ってきてくれたの？」

真紀は昼休みのことなどなかったかのように、嬉しそうに千尋に近づいてきた。

「あ、うん。遅くなってごめんね」

情けないほど声が震《ふる》えた。

今にも泣きだしそうな声だと、自分でも思った。

「千尋、どうかした？」

真紀に顔を覗《のぞ》き込まれそうになって、慌《あわ》てて顔をそらした。

――ダメだ、今泣いたらダメだ。二人のことに気づいたと真紀に気づかれてはならない。気がつかれたら……終わってしまう。

『聞いてたの？　……ごめんね』

辛そうに謝る真紀が想像できた。

謝ってなんかほしくない、ずっと友達でいたい。

「ごめんごめん。なんでもない。ちょっと風邪気味みたいで、喉の調子が急に悪くなっちゃって」

千尋は、無理矢理笑った。

こんなに頑張って顔の筋肉を動かそうとしたことは、これまでの千尋の人生の中でもないことだった。

「そうなの？　この時期の風邪って長引くらしいから気をつけなさいよ」

いつも通りの真紀の言葉。

「あ〜……うん。大丈夫だよ」

上《うわ》の空で答えた千尋に、真紀は目を吊《つ》り上げる。

「また根拠のない『大丈夫』ね。いい？　営業一課は千尋がいないと混沌《こんとん》と化すんだから。千尋が倒れたら大変なことになるのよ。営業事務がいない間の残業量、見てみる？　そうならないようにしてもらいたいわね」

体に気をつけろではなく、営業一課の心配と残業手当の心配まで引っ張り出してきて千尋を叱《しか》る真紀に、千尋は今度は本当に笑った。これでこそ、いつもの真紀だ。こういう時に真正面から優しく心配ばかりされると、いたたまれない気持ちになる。だからきっと真紀は、千尋の負担にならないような言い方をしてくれたのだろう。

「うん。心配してくれてありがとう」

たとえ真紀が宗介さんを好きでも、今の真紀の言葉は、純粋に千尋を心配してくれたものだったから。

3

総務から営業一課に戻る途中に、終業のチャイムが鳴った。

歩きながら、千尋はずっと考えていた。真紀と宗介さんのこと。宗介さんと自分のこと。自分と真紀のこと。

考えすぎて頭が痛くなってきた時、千尋のスマホが震《ふる》えた。

『今日はいつもより早く終わりそう！　二時間くらい、カフェとかで時間つぶせる？』

宗介さんからのメールだった。

今日は金曜日。彼の家にお泊まりすることになっていた。

昼休みの真紀との会話を感じさせない、いつも通りのメールの文面に、千尋は『わかった』と一言だけ返信した。

——宗介さんは、今なにを考えているんだろう。

自分と真紀の間で揺れているのだろうか。

それとも、もうとっくに真紀のほうに心は動いていて、千尋を傷つけないように話を切り出すタイミングでも見計らっているのだろうか。

彼に会って、なにを話せばいいだろう。このまま、なんでもなかったように振る舞う？　そんな器用なことが自分にできるとは思えない。

千尋は暗い気持ちを抱えながら自分の机に戻り、少し残っていた仕事を片付けてから、ゆっくりと帰り支度《じたく》を整えた。宗介さんを待つ予定なので、急ぐこともない。

会社を出てとぼとぼと歩いて、駅近くのコーヒーショップに入ろうとしたところで、着信があった。

宗介さんの仕事がもう終わったのかな？　と驚きながらスマホを見ると、真紀からだった。

千尋の胸がドクンと音を立てる。

別にやましいことをしてるわけじゃない。でも、彼と待ち合わせをしていると思うと、真紀に対して罪悪感を抱いてしまう。

千尋は、一度首を横に振ってから電話に出た。

「はい。どうしたの？」

『あ……あの、千尋……』

普通の声に聞こえますように、と願う。

電話の向こうの声は、真紀のものと思えないか細い声だった。

『相談があるの。……お願い。今日、これから時間もらえないかな？』

「わかった。どこにいるの？」

反射的に、そう返事をしていた。

つい先ほど総務課で普段通りの真紀を見たというのに、この変わりようはなんだろう。

なにがあった？　考えられるとすれば、千尋が彼の家にお泊まりに行く予定なことを、真紀が知ってしまったとか？

――本当は真紀と会いたくない。どんな相談なのか、不安でどうにかなりそうだ。

だけど、これまで聞いたことがない真紀の震《ふる》えた声を拒否する選択肢は、千尋の中にはなかった。

『来てくれるの？　大丈夫？』

真紀の少し元気になった声に、これでいいと確信した。

真紀が――たとえ千尋が傷つくような話をしようとしていても――自分を頼ってきているのだ。

どんな話を聞くことになっても、いつかは聞かなきゃいけない話だ。

もしも想像通りの内容ならば、泣かないで聞ける自信はないけれど。

「うん。待ってて」

千尋は胸の痛みを我慢してそう答えた。

──選べない。選べるわけがない。

真紀が好きだ。

同じように、宗介さんも好き。

二人とも大切で、二人とも失いたくなかった。

二人を失わずに済む方法……それは千尋が宗介さんから身を引くという選択肢以外にないように思えた。

さっき二人は、お互いへの強い思いをぶつけ合っていたから。

今、宗介さんは千尋と付き合っているけれど、真紀から同じように思いを向けられて、真紀を選びたいと思い直しているかもしれない。

真紀を側《そば》で見てきた千尋としては、自分が真紀に敵《かな》うところなんて、一つもないのはわかっていた。ハキハキと明快にものを言い、優しくて、おまけに美人。人の気持ちの機微《きび》に疎《うと》く、顔や名前を覚えるのが苦手な自分とは、比べものにならない。

だから……千尋から彼の手を離すことが、二人のための最善の策なようにしか思えなかった。

今後もし宗介さんと真紀が付き合ったら、そんな二人の側《そば》にいることが辛くて、二人と離れたいと考えるかもしれない。

だけど、もしそうなったとしても、それはその時に考えて行動すればいい。

なにもはっきりしていない今の状況で、どちらかを選ぶなんてできないから。

今は、二人とも大切な存在なのだ。

すぐに、宗介さんに『今日はごめん。急用が入った。また連絡する』とメールをした……途端《とたん》に着信があって、千尋の手はびくっと震《ふる》えた。

——宗介さんからだ。

急にどうしたのか、とかそういう内容だろうか。一瞬迷って、千尋はその着信に出ないことにした。

真紀に会う前に泣き顔になるわけにはいかないのだ。泣き腫《は》らした自分の顔を見たら、真紀はきっとなにも言えなくなってしまうだろう。

心の中で彼に謝って、千尋は真紀が指定したお店に走った。


真紀の待つカフェへ入っていくと、窓際で嬉しそうに手を振る真紀がいた。

表情もなにもかも、いつも通りの彼女に首をかしげながら、千尋は真紀に近づいた。

「早かったわね。なにか飲む？」

目の前にメニューを広げられて、さらに千尋は首をかしげる。

さっきの電話での泣きそうな様子はどうなったのか。目の前にいる真紀がさっきの声の主だとはどうも思えなかった。

「真紀、あの……」

千尋はコーヒーを飲みにきたのではないのだ。

今日一日の真紀の変化の激しさに、すでについていけなくなっている。

千尋が口を開こうとすると――

「座ってくれない？　ちょっと反省してるのよ」

と、苦笑いしながら真紀が謝ってきた。

千尋は首をかしげながらも、素直に座ってココアを注文した。

わけがわからないままに真紀を見つめる千尋に、真紀は謝った。

「ごめん、千尋がここに来てくれた時点で……ううん、電話ですぐに、どこにいるのって聞いてくれた時に、もう相談事は解決してたの」

千尋はその言葉の意味がさっぱりわからなかった。

――解決？　まだなにも聞いていないし、居場所を聞くだけで解決するようなことじゃないはずだ。

やっぱり話せないと感じた真紀は誤魔化《ごまか》そうとしているのだろうと、千尋は思った。

そうして、きゅっと唇を噛《か》んだ千尋を見て、千尋がなにを考えているのかわかったのか、それは違うというように真紀が首を横に振った。

「……私ね、友達っていたことがないの」

「は？」

突然の言葉に、千尋は口をポカンと開けた。

「友達がいないと言っても、一緒にご飯を食べたりとか、昼休みにお喋《しゃべ》りする相手がいないってことじゃないのよ。そういう表面上の関係じゃなくて、本当の意味での友達ってこと。友達と休日にまで会いたいと思ったことって、今まで一度もなかったの」

思ってもみない内容に思考が止まってしまったが、これが相談なのだろうか。

首をかしげながらも、千尋はとにかく真紀の話をじっと聞くことにした。

「でもね、千尋といるとすごく楽しくて、話したいこともどんどん出てくるし、いくら時間があっても足りなくて」

真紀はくすくすと笑った。千尋も真紀の話す内容に驚きながらも微笑んだ。

「そうだね。私たち、ずっと喋《しゃべ》ってるよね」

気がつけばお昼休みが終わりに近づいていて、慌《あわ》てて席を立つなんていうことも珍しくない。

——ずっと、この関係でいたい。

そんな泣き言が頭に浮かんだけれど、今は真紀の相談を受けているのだと、その考えを振り払った。

真紀は千尋の言葉に、にっこりと笑って言った。

「千尋と出会って……ああ、これが本当の友達なのかって思ったのよ」

その言葉のくすぐったさに、千尋は首をすくめた。

真紀からそんな言葉が聞けるとは思わなかった。

「私は、まあまあ派手な見た目だし、そういう私と一緒にいることをステータスとみなした子が寄ってくることはよくあるわ。ほどほどに付き合うのは、それなりに楽しいけど、それだけ」

真紀はこれまでの人生で、友達とプライベートな時間を共有したことがほとんどなかったのだと言う。学生時代から、会社の同僚と付き合うような距離感で、ずっと接してきたらしい。

それは、なんともクールな関係だったのだろうなと千尋は思った。

千尋から見れば真紀は、みんなに頼りにされていて、いつも輪の中心にいて、人気者という感じだ。そんな彼女の意外な一面を知り、千尋は正直驚いていた。

「千尋みたいになんでも話せる子に初めて出会った」

そこまで笑って話していた真紀の表情から、笑顔が消える。

「――だから、失いたくないって思ったの」

真紀の真剣な表情に、千尋の胸が軋《きし》んだ。

自分だって真紀みたいな友人を失いたくはない。お互いにそう思っているけど、もう、これ以上友達でいるのは無理かもしれないなんて悲しい。

テーブルの下で、ぎゅっと手を握《にぎ》りしめた。

「田中さんに奪われたくなくて、みっともなく嫉妬《しっと》した」

――千尋だって嫉妬《しっと》を……って、……は？

「宗介さんに奪われるって……なにを？」

「千尋」

千尋の問いに、真紀はきょとんとこちらを見返す。

「……？」

頭がついていかなかった。

しかし混乱する千尋を置いてきぼりにして、真紀は肩をすくめる。

「だから、田中さんと私、どっちを選ぶかなあって思って、試しちゃった」

「？？？？」

「相談があるって言ったら、千尋は田中さんよりも私を選んでくれるかも、って」

口をポカンと開けて言葉が出ない千尋を困ったように眺《なが》めて、真紀はもう一度頭を下げた。

「だから、千尋がこっちに来てくれた時点で、私の悩みは解決したの。千尋が田中さんと付き合ってても、私は大事に思われているって思えた……ごめん。千尋を騙《だま》したのよ」

真紀のホットコーヒーは、ほとんど減っていなかった。

でもその横にある お冷《ひや》の入ったグラスの下には、大きな水たまりができている。

――真紀は、どれくらいの時間ここにいたのだろう。

そう考えると、ひどく切なくなって目の奥が微《かす》かに熱くなった。

「そっか。……よかった」

ほっと息を吐いて、千尋は微笑んだ。

電話をしてきた真紀の声が、すべて演技だったとは思わない。千尋がここに来るまでは、実際に真紀は悩んでいたのだ。

だったら、これは騙《だま》されたというのとは全然違う。

よかったという千尋の言葉に、真紀はすぐに顔を上げ、また申し訳なさそうな顔でもう一度頭を下げた。

真紀のしゅんとした様子を見ているうちに、突然笑いが込み上げてきた。

我慢しきれずに噴き出す千尋を、顔を上げた真紀が不思議そうに見ている。

その表情さえおかしくて、千尋は突《つ》っ伏《ぷ》して笑った。

「友達に、こんなにも独占欲を示されたのって、初めてだよ」

それを聞いた真紀も、胸を押さえて千尋と一緒に笑い出した。

「ふ、くくっ……そうね。しょうもないわ。こんな子供みたいな感情を制御《せいぎょ》できないなんて」

真紀はひどく楽しそうに、そして嬉しそうに笑った。

「私、真紀が友達でいてくれて嬉しい」

千尋が真紀にそう伝えた途端《とたん》、店のドアが大きな音を立てた。

「千尋っ！」

そして、飛び込んできたのは宗介さんだった。

「あら早い」

ふんと鼻を鳴らして真紀が吐き捨てた。

宗介さんは、千尋と真紀を見つけて、明らかに怒った顔で近づいてくる。

なぜ彼がここに来るのかと目をぱちくりさせていると――

「前もってこの場所は教えてたのよ。私はここで待つからって」

と、真紀があっさり言い放つ。

「いつ⁉」

「今日の昼休み」

真紀は宗介さんを階段下に呼び出して、千尋がどちらを選ぶか勝負しろと宣言していたらしい。

――なんなんだ、それは！

二人がいるテーブルまで来て、宗介さんは真紀を睨《にら》みつける。

「千尋は俺のだ」

その言葉に、真紀が噴き出した。

「本当になんだか、すっきりしちゃったわ」

真紀は、睨《にら》みつけてくる彼を無視して、千尋に微笑みかけた。

「別に、悔《くや》しくないのよね。いざとなれば、千尋は私を選ぶってわかったし」

とても綺麗《きれい》な笑顔で、思わず見惚《みと》れそうになるけれど、真紀の言葉に目を吊《つ》り上げる宗介さんが怖い。

あたふたと宗介さんと真紀を交互に見るけれど、なんて言っていいのかわからない。

「だから、私は勝者の余裕で、今日は譲《ゆず》ってあげるわよ」

ふふんと顎《あご》を上げて傲慢《ごうまん》に笑いながら、真紀は勝ち誇ったように言い放つ。

宗介さんが千尋の隣にどさりと座ると同時に立ち上がり、彼を完全に無視して千尋にだけ話しかけた。

「騙《だま》したお詫《わ》びに、ここは奢《おご》るからね」

千尋が宗介さんを見て目を白黒させている間に、真紀は立ち上がりながら伝票を持って軽く手を振る。

「じゃ、千尋、今度は一緒に食事行こうね」

「あ、うん」

反射的に答えて、おとなしく真紀を見送ってしまった。しかも、すごく自然な仕草でご馳走《ちそう》にまでなってしまった。

真紀が去ってしまうと、宗介さんが千尋に詰め寄ってくる。

「千尋、なんでだ！」

――それは、こっちが聞きたい。これはどういう状況なのか。

「俺より楠木を取るのか!?」

――本当に、もう、なにがなんだか。

数分前まではどちらを選ぶか迷っていたが、このパターンじゃない。

どちらかというと、選択権は千尋ではなくて、宗介さんにあるような悩みだったはずなのに。

こんなにがっつり千尋に選択権があるやつじゃない。しかも、くだらない感が激しい。

「どういう状況なのか、わからないんだけど」

隣で怒っている彼をほったらかして、真紀から奢《おご》ってもらったココアをすすった。

「千尋が先約の俺を捨てて楠木に走ったんだろ」

真紀のもとに走ったは走ったが、そういう妙な言い方はやめてもらいたい。

ちょっとムカつきながらもおとなしく聞いていると、どうやら千尋は「なにを優先するのか」を真紀に試されたらしい。

宗介さんも、真紀に『千尋を返して』と言われたという。

——真紀が昼に言っていた『どうしようもない気持ち』っていうのは、私を取られたくないって気持ちのことか。

冷静に今までの経過を思い返してみた。

千尋は、真紀が宗介さんに恋をしていると早とちりして。

真紀は、千尋を取られたくないと宗介さんに対抗して。

宗介さんは、千尋が真紀に奪われると焦《あせ》ってここへ来た。

——なんだ、そりゃ？

ココアを飲み終わった千尋は、すべてを理解して深い深いため息をついたのだった。

4

ちょうど昼食休憩《きゅうけい》の時間に帰社した途端《とたん》、宗介は食堂近くの廊下で知らない女に声をかけられた。

「すみません。お時間をいただいてもいいでしょうか」

気の強そうな美人だったが、面倒くさいなと思って視線をやると、ふと見覚えがあることに気がついた。

「総務の楠木です。……ああ、告白とかじゃありません。千尋のことでちょっと」

こっちの表情を的確に読み取って、彼女は否定を交えてそう言った。

その表情を眺《なが》めていて、宗介は思い出した。

――そうだ。昨日、千尋をさらっていこうとした子だ。

「人に見られたくないんです。少し場所を移動させてください」

彼女は宗介を軽く睨《にら》みながら、はっきりと言い放った。

――人に、というか千尋にだろう。

逆に人気《ひとけ》のないところに二人で足を運ぶのを誰かに見られるほうが、いらぬ誤解を招きそうでウンザリする。しかし彼女の深刻そうな様子からすると、人の目のあるこんな場所で話せないことなのだろうと察した。

千尋の友人だし、仕方がないと思って食堂での昼食を諦《あきら》めた。

階段下の物置に案内されて、彼女は階段の下に入るか入らないかのところに立った。

彼女は宗介に必要以上に近づきたくないのだろう。まあ、こんな狭いところで千尋と二人になったら、宗介はあれやこれやと手を出してしまうに違いない。彼女だって女性だ。だからそのあたりの警戒心《けいかいしん》はあって当然だろう。

「千尋と会う回数を……減らしてもらえないでしょうか」

ため息をつきそうになった。

今だって、満足いくほど会っているなんて到底言えない。本当なら、毎日毎日二十四時間、ずっと一緒にいたいのに。

彼女は、千尋と宗介が会っているのを見るのが辛いからとでも言い出すつもりだろうか。

さっきは告白じゃないと言い切っていたが、それでは遠回しの告白だ。

千尋のいないところでこんな根回しをしてくる女に嫌悪感《けんおかん》さえ抱く。

女友達の関係にひびを入れることになる予感にうんざりしながら、宗介は尋ねた。

「なんで？」

宗介の問いに、彼女は辛そうに俯《うつむ》いて、それから小さな声で言った。

「千尋が……私と会ってくれる日が減ってるんです」

「…………………………はい？」

「だって！　今までだったら食事に誘って断られたことなんてなかったのに昨日は！　休日だって、一緒に出掛けたりしていたのに、最近は約束があるからって……！」

——それは……宗介が好きとかそういうことではなく、千尋が好きということか。

「子供っぽいことを言ってるのは理解しているわ。自分でも驚いているけど。平日は会えないと、田中さんから伝えてほしんです」

はああっと大きな息を吐いて、彼女は顔を両手で覆《おお》った。

「この気持ち、どうしようもないのよ」

泣きそうな声だった。

通常の状態なら、女性がこれほど辛そうにしていたら、慰《なぐさ》めの言葉の一つくらいかける。

だが、今、宗介はライバルに宣戦布告でもされたような気分だった。

「好きなの！」と叫ぶ彼女に対抗して、宗介も怒りながら答えた。

「俺だって……っ！　だからこそ、伝えられない」

どれだけ睨《にら》まれようとも、千尋と会う回数を減らすだなんてとんでもない。

腕を組んで絶対に譲《ゆず》らないという姿勢を見せた。

美人に憎々《にくにく》し気に睨《にら》みつけられて勝ったと思うなんて、人生初体験の出来事だった。

「千尋に直接言ったら、きっと悩むだろうと思って、田中さんにお願いしているんです」

本来の気の強さが垣間見《かいまみ》える『あなたのため』とでも言いそうな口調を、宗介は鼻で笑った。

「絶対に嫌だね」

――こっちは毎日でも会いたいっていうのに、なぜこの女のために平日に会うことを我慢しなくちゃいけないんだ。

「休日まで奪ってないんだから、平日くらい、いいじゃない」

――どんな理屈だ。

「そうじゃないと、千尋が私と会うか田中さんと会うかで、悩むでしょ」

「別に悩まないさ。俺を取るだけだ」

――もういいだろうか。いくら話しても、この女と意見のすり合わせができるとは到底思えない。

そう思ったことが態度に出ると同時に、言葉にもなってしまった。

「時間の無駄」

楠木は眉を吊《つ》り上げてこっちをさらに睨《にら》みつけてきた。

宗介の言葉が彼女の闘争心《とうそうしん》に火をつけたらしい。

「……だったら、勝負しましょう！」

――なにか言いだした。

千尋はなぜ、こんなおかしな奴と友達なんだ。

食事はテイクアウトにして宗介の家に一緒に帰り、千尋を抱っこして食べようと思っている。

——そう。今日は金曜日。早く帰れれば、その分千尋と一緒に過ごせる。

「今日、どうせ千尋と約束してるんでしょ」

「は？」

「だけど、阻止《そし》して見せるわ」

胸を張って彼女は髪をかき上げる。

自分をよりよく見せる方法を知っている仕草だ。

「私が誘って、私のほうに来たら私の勝ちよ。重視されていない男は一歩引いていて」

千尋がそっちに行くはずがない。

そもそも、こっちの約束のほうが先なのだ。

「有り得ないだろ」

「さあね、どうだか」

宗介の言葉を鼻先で笑った彼女は、おもむろにポーチの中から手帳とボールペンを出した。そして手帳をめくってボールペンでなにやら書き出している。唖然《あぜん》として見ていると、手帳のページを一枚破っていきなりこっちに突き出してきた。

「終業後、私はその店で千尋を待つから。これ、お店の場所」

そして、彼女はぷいっと顔をそらして歩き去ってしまった。

――なんて女だ。

ムカムカしながら営業一課に戻ると、千尋が真っ青な顔をしていた。

体調が悪いのかと思ったが、ときどき今にも泣きそうな顔をするので、絶対あの楠木がなにかしたせいだと思った。

宗介を階段下に呼び出す前、昼食を千尋と一緒に食べている時にでも、なにか言ったのではないか。またはさっき宗介と別れてから、千尋にメールでもしたか。

どちらにしたって、なにが『千尋が悩むから』だ。今だってこんなに真っ青な顔をして悩んでいるじゃないか。

こうなったら、絶対に千尋は自分が連れて帰ると、宗介は仕事を大急ぎで片づけた。

「お前ら……仕事に私情を持ち込むなよ。どっちか……いや、田中。お前を異動させるぞ」

千尋は営業一課に宗介よりも役に立つ人材だと評価されているようだ。

そりゃ、これだけの人間の要望に応《こた》えてくれるのだから、優秀な人材なのは確かだ。

しかも、性格も問題なしときている。

それなりに稼ぐ営業は宗介以外にもたくさんいる。

「いや、絶対月曜日から通常モードでいきますので！」

だけど、こっちも営業一課を去りたいわけじゃない。

他の課にも興味はあるが、付き合い始めの千尋をこんなイケメンの巣に置いて行けるほど、宗介は心が広くない。……広くないどころか、どっちかというと狭い。

「ああ。頼むぞ」

課長も、青い顔をしていた千尋のことを心配しているのだろう。

課長は比較的あっさりと、宗介が抱えていた書類の締め切りをいくつか延ばしてくれた。

すかさず、仕事が早く終わりそうだから、カフェで待っていろと千尋にメールを送った。

今日中に終わらせておかなければならない仕事だけ片付けて、席を立ったところでスマホを持ち上げると、メールを着信した。

どうしたのだろうと、急いでメールを開くと――

『今日はごめん。急用が入った。また連絡する』

と、たったそれだけのメッセージが宗介に届いていた。

ごーんと、頭の中で鐘が鳴り響く。

――楠木か？　楠木と会うのか？　先に約束した俺を放って？

慌《あわ》てて電話をかけても、留守電に切り替わってしまう。

こっちの電話を避けているのだと思って、血の気が引いた。

ショックやらなんやらで感情が渦を巻いて沸騰《ふっとう》していたが、とりあえず、千尋を取り返さなければ話は始まらない。

宗介は昼に楠木から渡されたメモを片手にカフェへと走る。

そしてそこで、千尋を交えて楠木と、直接対決することになった。――その結果、当初の約束通り千尋との夜の時間は宗介がいただいたのだが……なぜか負けた気分を味わわされたのだった。

5

カフェを出た千尋は、ムスッとした宗介さんと一緒に買い物を済ませて、彼の部屋へとやってきた。

部屋に着いた途端《とたん》、寝室に連れ込まれて、押し倒されてしまった。

そして、今、嫉妬《しっと》にかられた人に服を剝《は》ぎ取られている最中だ。

宗介さんもすでに上半身は裸になっている状態である。

「だからっ……！　真紀が悩んでいそうだったから、仕方ないでしょ！」

何度も言っているのに、聞き届けてくれない。
というか、聞いていない。
背中から羽交《はが》い締めにされて、器用にシャツのボタンをすべて外されてしまった。
そのままベッドにうつぶせに押さえつけられて、宗介さんの唇が千尋の背中を這《は》って
いく。
「やっ……あ、ぁっ……！」
ぞわぞわっとむずがゆいような感覚なのに、口から漏《も》れるのはいやらしい声だった。
あらわになった千尋の胸を彼の手が包み込む。
その手の温かさに落ち着くよりも、もっと強くしてほしい、と千尋は思った。
ちょっと乱暴にされている最中に少しでも動こうとすると、「暴《あば》れるな」と強く言わ
れて逆らえなくなってしまう。
スカートの中に手を入れられて、千尋の体は震《ふる》えた。
「濡《ぬ》れてる」
――わざわざ言わないでほしい。
耳まで熱を持って、きっと、自分の顔は真っ赤になってしまっている。
千尋は首を回して、ちょっとだけ宗介さんの表情を見た。
「ん？」

千尋の視線に気がついた彼が優しく微笑む。

——乱暴にしているのは、本当はただの「フリ」だ。本当はすごく優しい。その笑みに安心して、千尋は快感を追いかけられる。

宗介さんは涙の滲《にじ》んだ千尋の目元にキスをして、その涙を吸い取っていく。

柔《やわ》らかく包み込まれていた胸が、ぐにぐにと揉《も》みしだかれ、彼の手の中で大きく形を変え始める。

「ふっ……んぅ。あっ、あっ」

うしろから手を回されているせいで、視線を落とすと、彼の手に掴《つか》まれて好きに弄《もてあそ》ばれている自分の胸が見える。

その光景はひどく卑猥《ひわい》で、千尋は思わずきゅうぅっと目をつぶった。

突然、耳元で宗介さんの不安そうな声がした。

「千尋、俺のこと好き？」

急にそんなことを問いかけられて、千尋は驚いて振り返った。

「千尋は、どれだけ俺のことが好き？」

宗介さんは、見た目と違って、ときどき本当に乙女チックな質問をしてくる。

ここで「そんなのわかってるだろ」的な発言をしたら、「ひどい」とか言って泣いたりするのだろうか。

半裸でなにを聞いてくるんだろうと恥《は》ずかしがりながらも、千尋は真面目に答えた。

「もちろん、すっ……好きだよ？」

どもりながらも一生懸命に答えたというのに、宗介さんの表情は苦しそうなままだ。

これ以上なんて言ったらいいのだろうと千尋が困った顔をすると、彼は動かしていた手を止めて、千尋を抱きしめた。

抱きしめるというより、すがりつかれたと言ったほうがいいかもしれない。

彼は千尋の胸に頭をうずめて、くぐもった声で言った。

「嫉妬《しっと》でおかしくなりそうだ」

千尋に聞こえなくても構わなかったのだろう。彼の声はそれほど小さかった。

千尋は虚《きょ》を衝《つ》かれて反射的に聞いてしまう。

「えっ、なんで？」

すると眉間《みけん》にシワを寄せた宗介さんが睨《にら》んでくるけれど、それほど嫉妬《しっと》するようなことはなかったと思う。

「好き？」と聞くのは、ただの睦言《むつごと》だと思っていた千尋はぽかんとした。

「俺じゃなくて、楠木を選んだだろ」

「悩みがあるって聞いたら、普通そうするでしょ？」

毎週末の約束と、悩んでいそうな友人からの急な相談。明らかに優先されるべきは後者だ。

たとえ先に約束していたとしても、それは後にしてもいいと千尋は判断したのだ。

その理由を伝えている途中で、彼は片手を自分のおでこに当てて天井を仰いだ。

「……そんな千尋の余裕が、俺は苦しい」

大きなため息をついて、宗介さんは千尋を見る。

「千尋にとっては、俺の悩みなんか、くだらなく感じるんだろうな……こんなに不安なのに」

彼の口から出た余裕という言葉を聞いて、千尋はムッとした。

「余裕なんてないよ」

お付き合い自体が初めてなのだ。余裕なんてあるわけない。

自分を恋愛対象として見る男性は、千尋の知る限りでは、宗介さんしかいない。

余裕がないからこそ苦しくて、初めての気持ちに戸惑っているというのに。

「千尋から愛されているっていう自信がほしい」

宗介さんは、初デートでもそうだった。千尋の態度が不安だと言っていた。

──私はそんなにクールな感じに見えるのだろうか。

千尋には彼の不安な気持ちがうまく理解できなかった。

「私は、どうしてそんなに宗介さんが不安がるのかわからない……どうしたらいいのか、わからないよ」

宗介さんは、普段は自信に満ち溢《あふ》れている。

その彼を不安がらせるのは、自分のどんな態度なのだろう。

千尋がそう伝えると、宗介さんはしばらく考えて……落ち込んだように言った。

「違う……千尋のせいじゃない。俺が、急ぎすぎたせいで、そう感じてるんだ」

「急ぎすぎた？ ……なにを？」

「体の関係」

体……って、初めての夜のことを言っているのだろうか。

「そんなの、宗介さんのせいだけじゃない……っ」

思わずそう返した千尋は、自分だって急いだようなものだったと、改めて気づいて顔が熱くなった。

どちらかが無理強いしたわけでもない。二人が合意した上での夜だったはず。

むしろ千尋の中では、初体験は自分から誘ったようなものだと思っている。

「急いだなんて、思ってないから」

そのことで宗介さんが悩んでいるとしたら、千尋のほうが申し訳なく思えてしまう。

そんなことは絶対ないのに。

「千尋は、無理してない？」

小さな子に見上げられているような気分になって、千尋は笑った。

「してないよ。一緒にいたいから、一緒にいるの」

それを聞いた彼は少し笑って、小さくごめんと謝った。

「千尋がいつ他の奴に目を向けてしまうかと、いつも不安になるんだ」

宗介さんの言葉に、千尋は今日の真紀の一件で、仕事が手につかなくなるほど悩んだ気持ちを思い出した。

「宗介さんだって、お昼休み、真紀と二人でこそこそしてたじゃない」

「は？」

彼のポカンとした顔に、千尋は自分が口を滑《すべ》らしたことに気づいた。

余裕だなんだと思わぬことを言われたから、ずっと抱えていたイライラとモヤモヤをぶつけてしまった。

「ごめん……。なんでもない」

今の話とは関係ないことだ。

しかも、二人がなにを話していたかはもう大体わかっているというのに、わざわざ改めてぶつけなきゃいけないことじゃない。

でも、真紀のほうが美人で背が高くて、自分なんかよりもずっと宗介さんの隣に立つのにふさわしい。

客観的に見たら、自分が宗介さんの隣に立つことは滑稽《こっけい》ですらあるのではないだろうか。

本当は千尋だって不安で仕方ないのに。

キュッと唇を噛《か》みしめると、そこに優しく彼の唇が重なった。

「なんでもなくないだろ。今日、階段下で楠木と話してた時のことだな。知ってたのか？」

千尋が微《かす》かにうなずくと、その場所以外で話したことはないからなと言いながら、宗介さんは千尋の胸にうずめていた顔を上げ、千尋を抱きしめた。

さっきまですがりつくように千尋を抱いていた腕は、あっという間に千尋を包み込んで、千尋の頭を撫《な》でている。

「人に見られたくないと思ってる時って、大体誰かに見られるんだよな。……あれは軽《けい》率《そつ》だったよ」

――そんなことはわかっている。

きっと、真紀が宗介さんと話をしたくて呼び出したのだろう。

だけど、二人きりで話しているとわかった時の衝撃は、千尋の中から消えていない。

あの時に感じた、身を焦《こ》がすような嫉妬心《しっとしん》が心の中に焼きついてしまっている。

真紀が宗介さんの隣にいたほうが、ずっとお似合いだと思ってしまったから。

だけど、そんなことは宗介さんのせいではない。千尋の劣等感が生んだ妄想だ。彼を責めるのはおかしい。

「千尋。我慢しなくていい。ただ嫌だったって、ぶつけてくれたらいい」

――そんなこと、できるはずがない。

宗介さんも真紀も悪くない。これは千尋の気持ちの問題。

千尋はおでこを彼の胸に押し当てて、ぎゅうっと抱きついた。

「自分以外の女と二人きりになることが許せないと怒って、泣いてもいい。ただ、そういうことを勝手に溜め込んで、そのまま我慢し続けて、とうとう限界になられるのは困る」

女性と二人きりになるな、なんて、普通に生活している限りほぼ不可能なことだ。

取引相手の担当者が女性の場合だってあるだろうし、エレベーターで女性と二人きりになることだって、日常的にある。

「千尋が、俺を独り占めしたいと言っている姿が見たい」

「そんなことをしたら、面倒くさいって思わない？」

そっと彼を見上げると、優しい目をして微笑んだまま、千尋を見つめてくれていた。

「思うわけないだろ。どちらかと言えば、俺、束縛《そくばく》されたい」

宗介さんが不安がっていたのは、自分がこんな風に我慢していたからだろうか。

「……そうなの？　でも、宗介さん、格好いいから気後《きおく》れしちゃって」

千尋は手を伸ばして、彼に抱きついた。

――どうして私を好きになったんだろう。

本当は、千尋はずっと不安だった。

選《よ》り取《ど》り見取《みど》りなはずの彼が、ちんちくりんな自分を選んだ理由がわからなくて、彼が変な趣味をしているのだと無理矢理自分を納得させていた。

宗介さんと真紀が並ぶと、雑誌の特集ページのように見事にハマってしまう。千尋はそんな二人を見たくなかった。

嫉妬《しっと》で自分が嫌いになりそうだと情けない顔をする千尋に、宗介さんは最高の笑顔を見せる。

「容姿を褒《ほ》められて嬉しいと感じたのは、初めてだ」

世の男性に聞かれたら殴られそうなことを本気で言い、彼は千尋にキスをした。

「他の女性を気にするのはやめてほしい。他の女性の話をされるのだって、本当はイヤだ」

千尋は言いながらも、そんなことでいちいち嫉妬《しっと》するなんてみっともないと内心思うのに、宗介さんはそうじゃないらしい。

とろけるような笑顔で、「わかった」と答えた。

彼の唇が柔《やわ》らかく千尋の唇を咥《くわ》え、ゆっくりと舌が差し込まれる。

「ん、んぅ……っあ」

もっとたくさんしてくれるかと思っていたのに、急にキスをやめられて、思わず声が漏《も》れる。

どうしたのかと見上げる千尋を、宗介さんはニヤリと笑って見下ろした。

「可愛い。俺をほしがってるその表情が一番好き」

からかうように言われて、千尋は顔が熱くなる。

「俺の腕の中にすっぽりと収まるサイズもいい」

言葉通りに、千尋は腕に閉じこめられる。

「文房具を愛してると語る姿も、一生懸命に課の奴らの顔を覚えようとする姿も」

千尋は目頭が熱くなるのを感じた。

「お菓子をもらってウキウキしている様子は、他の奴らに見せたくないほど」

宗介さんは、千尋がなにを不安に思っているのかを、すぐにわかって言葉にしてくれている。

千尋が愛おしいと、視線と一緒に語ってくれている。

「真っ赤になって、じたばたするのも可愛いな」

くすくすと笑われながらも、千尋は彼の首に手を回して力いっぱい抱きついた。

恥ずかしくてなかなか言えなかった言葉も、今なら言える。

「好き」

千尋の言葉に、噴き出すような笑い声がしてから、甘い声が降ってきた。

「嬉しいよ……好きだよ」

宗介さんに首筋を吸われて、千尋は背を反《そ》り返した。

「はっ……ぁんっ」

背を反《そ》らしたことで突き出すようになった胸の先端を彼が咥《くわ》える。

ビリッと電気が走ったように千尋は震《ふる》えた。

先端を咥《くわ》えたまま、彼の手が下へと下りていく。

期待感に、千尋の中心がさらに濡《ぬ》れてしまったのがわかった。

同時に、宗介さんの高ぶりを太腿《ふともも》あたりに感じて、千尋はそっと手を伸ばした。

だけどちょっと届かなかったので、宗介さんを押し退《の》けると、彼は不思議そうにしていた。

「どうした？」

「宗介さん、私も、なにか……したい」

直接言えなかったので、曖昧《あいまい》な表現をすると、彼は苦笑いをした。

「千尋はまだいいよ」

感じていてくれればいいと彼は言うけれど、自分だってやってみたいのだ。はっきり言わないとダメだろうと思って、千尋はもじもじと体をひねった。

「わた……しも、触ってみたい」

「はっ？」

ハトが豆鉄砲《まめでっぽう》をくらうとこんな表情になるという顔で、宗介さんが固まる。

「ダメ？」

「ダメっていうか……」

千尋が見上げていると、少しなにかを考えるように視線を巡《めぐ》らせた彼は、ニヤリと笑った。

「やってくれるなら、やってもらおうかな」

それから彼は穿《は》いていたズボンとボクサーパンツを素早く脱いでしまった。直後、ひょいと抱きかかえられて、胡坐《あぐら》をかいた宗介さんの上に脚を開いて座らされた。

「ちょ……！　この格好は恥ずかしい！」

なんと言っても、スカートが完全にめくれ上がってしまっている。この状態なら、穿《は》いてないほうがまだ恥ずかしくないかもしれない。

しかも、すでに裸になっている彼の脚の間から、彼自身がそそり立っているのが見えてしまっていた。

「ほら、触ってくれるんだろ?」

千尋が恥ずかしがっているのを無視して、宗介さんが千尋の手を取る。

千尋としては、抱き合っている時に手を伸ばして握《にぎ》ってみるというくらいの気持ちだったのだ。こんなに丸見えな状態で触るなんて思ってもみなかった。

でも、今さらイヤだなんて言えない。

千尋は恐る恐る宗介さんの手に促《うなが》されるままに、彼自身を握《にぎ》った。

そこはしっとりとしていて、思った以上に硬かった。人間の体でこんなに硬くなる場所があるだなんて。なんだかとても不思議で、恥ずかしがっていたことも忘れて、その弾力のある感触を思わず楽しんでしまった。

「……っ、千尋、積極的だな」

彼が息を詰めた気配に、千尋は驚いて手の力を抜いた。

「あっ! ごめん、痛かった?」

本当に骨がないのかと気になって、ぐにぐにと押しつぶしていた。もっと慎重《しんちょう》に扱わなければならなかったと千尋は反省をする。

「いや……、大丈夫だ」

彼はふっと微笑んで、千尋の手に自分の手を添えて動かし始めた。

「こうやって、そう……上下に動かして……」

宗介さんに言われるがまま手を動かすと、手の中のものが少し大きくなって、びくびくと動いているような気がする。

「気持ちいい？」

宗介さんの声が途切れた時に聞くと、彼は目を細めて熱い息を吐いた。

「ああ。……気持ちいいよ」

その色っぽさに、千尋はドキドキした。彼のその表情がもっと見たいと思った。

彼が千尋に触れている時も、こんな気持ちなのだろうか。

「舐《な》めてもいい？」

「……っは!?」

さっきよりも、もっと大きな驚きの声が降ってきた。

千尋は耳年増《みみどしま》なせいで、男性はそこを舐《な》められると気持ちがいいらしいという知識くらいはある。

それをやってみようと思って言ったのだが、彼はしばらく呆然《ぼうぜん》とした表情をして、言いよどんだかと思うと、みるみるうちに、首まで真っ赤になった。

宗介さんの様子を見て今度は千尋が驚いていると、突然、押し倒されて、千尋はベッドの上に転がった。

彼は赤い顔を隠すように口を手で覆《おお》って呟《つぶや》いた。

「まずい。萌え過ぎて死ぬかもしれない」

もごもごとくぐもった声がしたけれど、千尋には今ひとつ聞き取れない。

もう一度聞こうとしたところで、脚を思い切り広げられた。

「ひゃああっ!?」

千尋が悲鳴《ひめい》を上げると、顔を赤くしたまま宗介さんが千尋を睨《にら》みつけた。

「優しくとか、してらんない」

そう呟《つぶや》いた後、彼の指が千尋の中へぐちゅっと入ってきた。

「んぁっ……！　あっ、宗介さん！」

千尋が抗議の声を上げると、さらに指を増やして、ぐちゅぐちゅと千尋の中をかき乱す。

宗介さんのものを触っている途中だったのに！　そんな抗議を含めて彼を見つめ返すと、怒ったような表情でこちらを見てきた。

「今日はもう触らせてやらない」

彼はそう言って次は自分の番だとでも言うように、千尋を翻弄《ほんろう》しようと指を動かし始めた。

千尋は、快感に耐えながら宗介さんに言った。

「もう……ちょっと、しようと思ってたのに」

千尋の言葉に、彼は首を横に振る。

「俺も、千尋を抱く快感に慣れないと」

宗介さんは早口でそう言った。

「この小さな口で俺のを咥《くわ》えて苦しそうにしている千尋を見たら、多分その瞬間にイクから」

彼の言葉に、千尋はたまらない気持ちになる。

――随分《ずいぶん》リアルな想像だ。

もう顔が熱くなりすぎて沸騰《ふっとう》してしまいそうだ。

千尋のそんな表情に、宗介さんはニヤリと笑って指を三本に増やす。

「ふあっ……！　あぁっ」

急に増した圧迫感に、千尋は吐息のような喘《あえ》ぎ声を漏《も》らした。

「そうだな……千尋が俺を翻弄《ほんろう》できるくらいになったら、やらせてやるよ」

くすくすと意地悪な笑い方をしながら、宗介さんは千尋にキスをする。

――翻弄《ほんろう》って……どれだけ経験を積めばできるようになるのだろうか。

今の千尋には想像もつかない。

「それまでは、俺の手の中で悶《もだ》えていろ」

突然、ぐりっと花芽をつぶされて、千尋は声にならない悲鳴《ひめい》を上げる。

絶え間なく与えられる快感に翻弄《ほんろう》されながら、じくじくした物足りなさも感じ始めていた。

「……っ、はぁっ」

「可愛い」

ぺろりと自《みずか》らの唇を舐《な》める仕草が色っぽい。

千尋は快感にかすみ始めた頭の中で、『俺をほしがっている千尋が一番好き』と宗介さんが言っていたことを思いだした。

――ほしがっているのが、いいの？

だったら……

「宗介さん、気持ちい……の。もっと、して？」

彼にすべて委《ゆだ》ねてこの快感を味わっていいのだと、千尋は微笑んだ。

ひゅっと、息を呑む音が聞こえたかと思うと、まるで怒ったような顔をして、宗介さんは言った。

「思い切り煽《あお》って……後悔するなよ？」

噛《か》みつくように彼が千尋の胸に吸いついて、同時に指を激しく抽送《ちゅうそう》し始める。

痛みと同時に感じる快感に、千尋は体を跳ねさせた。

「やあぁっ……！　そんな、はげしくしちゃ……、こわれちゃうっ」

千尋の中に入っている指がばらばらに動いて、千尋の感じる場所を的確に突いてくる。

「……そう？　それは大変だ」

千尋の言葉にそう返事をしたかと思うと、彼は少し体を起こして、千尋の中に入っていた指を引き抜いた。

じんじんする体のまま、どうしたのかと見上げると、すぐ目の前に意地悪そうな顔があった。

「こわれちゃうなら、入れてあげられないよ」

「えっ？」

宗介さんの言葉に、千尋は驚きの声を上げた。

——激しくしなければ……いや、でも激しくしてほしいような気も……いや、そのなんて言っていいのかわからなくなっていると、彼はわざとらしい優し気な笑みを浮かべた。

その笑顔を訝《いぶか》しんでいると、彼は千尋の肩にキスをした。

ピリッとした痛みを感じて、跡を残されたのだと知る。

そこから、彼の唇は胸のほうへ移動してくるのだが、優しく千尋の肌をたどるばかりだ。

彼の手は、腰から太腿《ふともも》を撫《な》で続け、時折割れ目の側《そば》を通る。

「んっ……！」

感じやすくなった体をびくんと揺らして反応すると、「ああ、ごめん」と言って、また千尋が望む場所から遠ざかっていってしまう。

もっと触ってほしいのに。さっきは言えたセリフが、彼が意地悪く千尋を見つめるせいで、恥ずかしさが勝って口に出せない。

千尋がなにを求めているかわかっているはずの彼は、わざとらしく千尋が反応するたびに「これも痛い？　じゃあ、やめとこう」と言ってくるのだ。

「そうすけさっ……！」

千尋は手を伸ばして彼の腕を掴《つか》みながら叫んだ。

「ん？　優しくしてるだろ？」

優しく触れられるのが嫌なわけじゃない。だけど、今はそれじゃない。

強い刺激が欲しくて、千尋は体をよじった。

痛いくらいに張り詰めてピンと尖《とが》った胸の頂《いただき》を、宗介さんが壊れ物を扱うようにそっとつまんだ。

「や……ぁあんっ」

少し触られただけなのに、恥ずかしいほどに反応した。

その千尋の反応を見ながら、綿をつまむ程度の力で刺激を与え続けられる。

もどかしい刺激が辛くて、千尋は自分に触れた宗介さんの手に押しつけるように体を動かしてしまう。だけど、その動きに気がついた意地悪な手はするりと離れていってしまう。

どんどん体は熱くなっていくのに、求める快感を得られずに千尋は眉根を寄せて潤《うる》んだ瞳で彼を見上げた。

千尋の表情を見て、宗介さんは嬉しそうに笑う。

「口で言ってくれないとわからないよ。なにをしてほしいか言ってみて？」

わかっているくせに、そんなことを言う。

千尋が睨《にら》みつけても、彼は笑みを深めるだけ。

「さ、触って……ほしい」

視線をそらしてようやく言った言葉は不合格だったようで、宗介さんは笑う。

「触っているじゃないか。——ね？」

次は内腿《うちもも》に移動してきた手が、ぎりぎりの場所まできて、また離れていく。千尋はもう彼の手に捕まえられていなくても大きく脚を広げてしまっていた。

とにかく、この熱をどうにかしてほしかった。

自分の手で脚を持って見せつけるように広げて、体をよじって千尋は彼を求める。内にこもった熱が辛くて、宗介さんを見上げると、彼の喉がゴクリと鳴った。

「ここ……ドロドロに溶けてるじゃないか」

さっきまで指が入っていた場所に、彼自身があてがわれると、千尋の背が震《ふる》えた。

待ち望む刺激への期待に、じゅくっと愛液が溢《あふ》れるのを感じる。

宗介さんが少し進めば、熱く潤《うる》んでとろけたその場所は、あっという間に彼を中へと引き込むだろう。

「どうしてほしい？」

だけど、彼は千尋の中に入れないまま。熱い屹立《きつりつ》が、千尋の割れ目を往復している。

宗介さんが少し動くだけで、くちゅくちゅと水音がした。

「あっ……んっ！　はっ……んぅ」

――そうじゃない。奥まできてほしいと手を伸ばすけれど、彼は笑いながら千尋の手を掴《つか》んで、千尋を覗《のぞ》き込んでくる。

「どうしてほしいか言ってくれないと、わからないだろう？」

わからないわけないのに、彼は千尋に言わせようとするのだ。

千尋はもどかしさと羞恥《しゅうち》で顔を熱くして、快感に耐えながら涙目で彼を睨《にら》んだ。

「そうすけさん、のっ、ばかぁ」

しかし、残念ながら出てきた言葉は情けないものだった。

宗介さんは千尋のその様子に一瞬動きを止めて、「天然ってやばいよな」と呟《つぶや》いた。

千尋はついに我慢の限界に達した。

「もっ……無理ぃ。お願い。ほしいの」

震《ふる》えるほどに触ってほしくて、千尋は瞳に涙を浮かべる。

「宗介さんが、ほし……っ」

千尋の訴えを遮《さえぎ》るように、彼は千尋の中へと突き進んだ。

「──やべえ。焦《じ》らしてる最中にこっちが限界突破しそうだった」

焦《あせ》ったように彼が呟《つぶや》いたけれど、千尋はすでにそんな場合じゃなかった。

突然襲った圧倒的な圧迫感と焦《じ》らされ続けた快感に、頭が一瞬ショートした。

「あっ……！　は、んっ」

小さく震《ふる》える千尋に、宗介さんは口角を上げた。

「イッちゃった？　ふっ、千尋はエッチだな」

視線が定まらない千尋の頰《ほお》を愛おしそうに撫《な》でた後、彼は軽いキスを落とした。

「そうすけ……さん」

千尋が宗介さんに向かって手を伸ばすと、彼は千尋の手を捕まえて、手の平にキスを落とした。

「腰が揺れてるよ。自分でこすりつけようとしてるの？」

意地悪な声にはっとして、千尋は無意識に動かしてしまっていた体を止める。

「ち、ちがっ……！」

だけど、彼はぐいと腰を進めてくる。

「違わないだろ。俺がほしくてほしくてたまらないんだろ？」

事実、そうだ。

だけど、恥ずかしさから反射的に首を横に振ろうとして、千尋は思い出した。

宗介さんが『千尋から愛されている自信がほしい』と言っていたことを。

彼は、千尋のどこが好きか、たくさん言ってくれた。千尋は恥ずかしがってあまり口にできないようなことも。

千尋は宗介さんをちらりと見上げた。でも、目を合わせて言えるほど、恥ずかしさを克服《こくふく》できていないから、目をそらしたまま、小さくうなずいた。

「――千尋、もう少し頑張ろうか」

とても低い声で呟《つぶや》いた宗介さんに「なにを頑張るの？」……と聞こうとした言葉は紡《つむ》げなかった。

「ああっ……！　あっ……ゃんっ」

激しく腰を打ちつけてくる彼に千尋は意味のある言葉を失った。

膝《ひざ》を持ち上げられ、上から突き刺さるように降ってくる彼に、千尋は必死で捕まるだけだった。

「ああ……千尋、可愛いよ。最高に綺麗《きれい》だ」

そう呟《つぶや》く宗介さんは、涙で霞《かす》んだ千尋の視界の中にとても色っぽく映って、その笑顔に胸がきゅううぅっと締めつけられた。

「くっ……！　千尋、まだひどくされたいのか？」

千尋がときめいた途端《とたん》に宗介さんがうめき声を上げて、さらに腰のスピードが増す。

――ひどくなんて、されたくない。

優しくされたい。

だけど、ときどき、意地悪な顔も見たくなるの。

それから、千尋にだけ見せる色っぽい顔も――

「好きっ……大好きっ」

千尋が叫ぶ。

宗介さんがひときわ強く打ちつけた動きに、千尋はびくんと体を震《ふる》わせた。

言葉にできないほどの快感が、あっという間に千尋に押し寄せてくる。

だけど、宗介さんが抱きしめていてくれるから、千尋はその感覚に簡単に身を任せることができたのだった。

6

朝日の光を感じて、宗介は目を覚ました。

頭がくらくらするほど体が疲れている。しかし心の中がものすごく満たされているから、とても心地いい。

横を見ると、千尋が泥のように眠っていた。

眠る前になにか服が着たいと言い張ったので、宗介のTシャツを一枚身につけている。

小柄な彼女にはぶかぶかで、半袖なのに袖がひじのあたりまできている。

下着類は洗濯しないと着られない状態にしてしまったから、多分そこら辺に転がっているだろう。

洗濯しておいてやったほうがいいかな。でも、洗濯している間、ノーパンでもじもじしている千尋も見たいから、あえて彼女が起きてから洗濯するのもいいな。悩ましいところだ。

そんな風に悩みながら宗介が横で身じろぎしても、千尋はまったく反応しない。

昨夜は——まあ、無理をさせた。

まったく反応しない千尋を見ながらくすくす笑っていると、千尋の顔がふにゃりと緩《ゆる》んだ。

宗介の笑い声を聞いて、夢の中で笑っているのだろうか。

夢の中にも自分がいればいい。

宗介はそっと千尋を抱きしめ直した。

すっぽりと自分の腕の中に収まる彼女を、とても愛おしく思う。

千尋は『小さい』ということを非常に気にしているが、その小ささが、まるであつらえたように宗介の腕の中にぴったりと収まるではないか。

「千尋、好きだよ」

そっと耳元でささやくと、返事のように「ふにゃあ」と気のない声が聞こえた。

それはそれで可愛い。

千尋がもぞもぞと動いて、宗介にすり寄るように抱きついてきた。

少し肌寒かったのだろう。

なんとなく理由を察することはできるのだが――宗介自身が硬く反応してしまう。

とはいえそれも仕方がない。千尋は宗介のシャツ一枚。宗介はパンツ一枚。

感触がダイレクトに伝わってくるのだ。

今の自分の気分は思春期のガキだ。

ゆっくりと千尋の体に手を這《は》わせていくと、千尋の息が荒くなって色を含む。

宗介の手が下半身まで到達すると、「んっ」と可愛らしい声がこぼれた。

千尋の秘所に指を差し入れていくと、昨日の名残《なごり》がぬめぬめと宗介の指を迎え入れる。

「はっ……んっぁ、や、なに？　宗介さん？」

いつもより少し掠《かす》れた声が宗介を呼ぶ。

そして、ぴくんと体を揺らしながら嫌々と首を横に振った。

「ダメ。もうきついの。っん、まだ眠たいよぅ」

ダメだと言いつつも漏《も》れる喘《あえ》ぎ声に、宗介はもう自分を止めることができない。

「うん。眠っていていいよ。全部俺がやってあげる」

まったく引かない様子の宗介に、千尋の顔に呆然《ぼうぜん》とした表情が浮かぶ。

「うそ……うそでしょ？　もう無理だってば」

「…………愛してるよ」

千尋が好む眉を上げた偉そうな笑顔を向けてみると、いつもは頬《ほお》を染めるくせに、今は青ざめている。

――まあ、仕方がない。こんなに性欲が強いと、宗介自身も千尋と出会ってから知ったのだ。

人間って四六時中発情できる生き物なんだって。

キスで誤魔化《ごまか》そうとすると、必死で逃れようと千尋が脚をばたつかせた。

「あっ、やんっ……！」

色っぽい拒絶の声に煽《あお》られて思わず舌なめずりをする。

宗介のその表情を見て、千尋はさらに顔を引きつらせる。

そして、宗介を煽《あお》る涙目で叫ぶのだ。

「……このっ、ケダモノーーー！」


～後日談～


真紀の一件から数週間。ゴールデンウィークを目前に控《ひか》え、世間も千尋も浮き立っていた。

お互いの嫉妬心《しっとしん》を言い合って不安も全部わかり合ってから、千尋は宗介さんとの心の距離がぐっと近づいたと感じていた。

千尋にとってこれが初めての異性とのお付き合いで、いまだに戸惑うことや、気持ちの行き違いから衝突《しょうとつ》しそうになることもあるけれど、宗介さんとだったら乗り越えていけそうだという自信が、少しずつ湧《わ》いてきていた。

なにより、宗介さんが千尋への思いを伝えてくれるので、安心していられるのだ。

それどころか、彼の溺愛《できあい》具合がどんどん加速していて、最近は少し困っているくらいである。

たとえば宗介さんは『いつも千尋を抱きしめていたい』と言い、休みの日は本気で千尋を一日中抱きしめようとする。

千尋も、ずっと一緒にいたいとは思っている。だから、そう伝えた。

――でも、ずっと抱っこされている状態では生活しづらい。夕飯を食べる時くらいは、一人で落ち着いて座っていたいと思う。そんな時はちょっと邪魔《じゃま》だ。

……しかも絶倫だから、四六時中くっついていると身が持たない。

とはいえ、千尋を求めすぎることは、彼自身も気にしているようだった。『十代のガキみたい』と自分を称して、悩んでいる様子を目にしたことがある。

だから千尋は、『だったら、ちょっと我慢したらいいのに』と言ったのだが、返ってきたのは――

『千尋が可愛すぎて我慢できないから、悩んでるんだろ』

という答え。

どうしてこの人は、真顔でそういうことを言えるのだろう。

しかも、悪びれる様子なく、こうも続けた。

『それに千尋も、いつも抱きしめていてほしいって言ってたし』

――確かに言った。でも、二十四時間引っ付きっぱなしでいたいという意味じゃない！

ゴールデンウィークの間も、二人で過ごす予定を立てていた。

どこかに出かけたいかと聞かれたけれど、二人でゆっくりしたくて、自宅デートを選んだ。

自分たちは、いろんなイベントをするよりも、今はもっとたくさん話をしなきゃいけないのだと思う。

なにが好きで、なにが嫌いで、今なにを考えているのかを言葉にする。

相手の気持ちが本当に自分に向いているのかと不安にならないように、たくさんの言葉を重ねて、より深く理解し合いたいと思ったのだ。

その思いが千尋の中で溢れすぎた結果――千尋は『連休を全部一緒に過ごしたい』と思い切ってお願いしてみた。

すると、宗介さんは『そのつもりだよ』と笑って、快く了承《りょうしょう》してくれた。

千尋は普段、無意識のうちに宗介さんに対して我慢しすぎてしまっているふしがあった。

ゴールデンウィークの申し出も、千尋としては勇気を振り絞って、断られる覚悟で切り出したものだった。

でも案外、千尋が考えている以上に、宗介さんも自分と同じ気持ちでいてくれているのではないかと最近では思う。

千尋はそんな風に悶絶《もんぜつ》しながらも、幸せで穏やかな日々を送っていた。


そして迎えた、ゴールデンウィーク一日目の朝。

前日から宗介さんの家にお泊まりしていた千尋は、重たいまぶたを上げながら時計を探した。

当然のごとく、昨晩も甘く激しく抱きつぶされた。ようやく眠りについたのは、空が明るくなり始めた頃だったと思う。

――一日目からこれで、この連休の間、果たして体力が持つだろうか？　少しは自重してもらおうと千尋が考えていると、枕元で宗介さんのスマホが震《ふる》えた。

『い、一緒に食事に行きませんか？　……そ、宗介、さん……』

突然流れてきた自分の声に、千尋は固まった。

それと同時に、もぞもぞと彼の腕が伸びて、スマホを掴《つか》む。

「ああ……目覚まし解除するの忘れてた」

曜日指定でセットしているのだと説明を受けたが、千尋はそれどころじゃなかった。

「……なに、今の」

「目覚まし」

「そんなわけあるか！　なんなの、今のっ⁉」

怒る千尋を見て、彼はのんびりあくびをした。そして、また流れ始める千尋の言葉を止めてから、こっちを見てにっこりと笑った。

「だから、千尋の告白を録音したものを目覚ましの音にしてるの。しっかり録《と》れてるだろ？」

「なに、そのどや顔？　なんで、そんなことするの！」

録音されているのは、以前会社で千尋が宗介さんに言ったセリフだ。

「あんだけ言葉を発するまでに溜められたら、録《と》る準備もできるさ」

千尋のほうから宗介さんを誘うのは、あの時が初めてだったので、緊張してなかなか言い出せなかったのである。自分がドギマギしている間に、宗介さんは冷静にも、こんなものを手配していたというのか。憎《にく》たらしい。

「普通は録《と》らないわよっ？　消してっ」

「イヤだよ。これで毎朝起きてるんだから」

そう言って宗介さんは、眩《まぶ》しいほどの笑顔を向けてきた。

「〜〜〜変態っ！」

爽《さわ》やかな朝に、千尋の悲鳴《ひめい》が響き渡る。

宗介さんと千尋は、それから数時間にわたって延々と論議を重ねた。そして最終的には、『おはよう』というセリフを新たに録音し直し、そちらを目覚まし用の音源に使ってもらうことで決着がついたのだった。

――出会った当初は、名前さえも覚えられず『プリンの田中さん』というあだ名で呼んでいた宗介さん。

しかし今、彼はすっかり千尋の心の中心にいて、彼なしの生活は考えられないほどになっている。

初めての恋を知り、初体験し、初めて嫉妬《しっと》という感情も知った。

これからも千尋は、彼と一緒にいろいろな感情を知り、ともに成長していきたいと願う。

しかし――溺愛《できあい》が過ぎるのは、少々考えものである。

上機嫌で先ほど録音した目覚まし用の音源を確認している宗介さんの隣で、千尋は深いため息をついたのだった。

書き下ろし番外編

憧《あこが》れの人

秋の展示会などが終わり、年度末に向けて忙しくなっていく前の、少し落ち着いていることの時期。

営業一課に新しい風が吹いた。

「筒井《つつい》聡志《さとし》です。よろしくお願いします」

丁寧に頭を下げる姿は、営業一課の中では小柄だ。少しぼさぼさの髪と、似合わない大きな眼鏡。愛想のない顔。

「開発部から、一時的な異動だ。顧客のニーズなどを学びに来た。いろいろと教えてやってほしい」

課長がその男性の横に立って言う。

筒井と名乗った彼は、もう一度頭を下げた。

「指導員は……田中。プリンの方な。一ヶ月だけだが、頼む」

「その区別の方法、やめませんか？」

宗介さんが嫌そうに顔をしかめるのが見えた。

千尋がつけたあだ名は、二人の田中を区別するのに活躍しているようで、なによりだ。

宗介さんが筒井さんに話しかけるのを横目で見ながら、千尋はキャビネットに向かう。

新しいカタログ数冊と、サンプル。そして、枚数は少ないが、作ったばかりの名刺。

それをかかえて、千尋も筒井さんの席へ向かう。

「はじめまして。営業事務の名越です。今日、顧客先を回る際に持っていってください」

ちらりと宗介さんを見ると、軽くうなずく。顧客の数が多い宗介さんが指導員ということは、この一ヶ月、顧客巡りをすることになるのだろう。

千尋はにこにこしながら、目の前の男性を観察した。

全体的にぼさっとした印象を受けるが、大きな眼鏡では隠し切れない綺麗《きれい》な顔をしている。茶色くフワフワの髪も、男性にしては小柄な体も、彼がイケメンであることを引き立てている。

――実にイイ。とても好みだ。

千尋は周りを見回した後、もう一度筒井さんを見て笑みを深める。

「開発の方なんですね。私、開発って憧《あこが》れていて、もし時間があれば、お話聞かせてください」

千尋が開発部に異動する可能性はほぼない。

どんなに文房具を愛していようと、資格と頭脳が足りないせいだ。開発事務などあれば、なんとしてもそこに潜り込むのだが、残念ながら、そんなポジションはうちの会社にはない。

「はあ」

愛想のない返事が返ってくる。

宗介さんはそんな返事が気に入らないのかなんなのか、なぜか千尋を睨《にら》みつけているように見える。

だが、開発部の人がここにいることが嬉しくて、もう一度満面の笑みを浮かべて、千尋はぺこりと頭を下げて自席へと戻った。

筒井さんが営業一課に来て一週間。彼に話しかける暇はまったくない。

請求書など、千尋が扱うような業務はすべて宗介さんが行うので、彼との接点が全くないのだ。

だが、宗介さんが今日は商談のため、筒井さんは社内待機のようだ。宗介さんが出かけるとき、筒井さんを連れていきたいと課長と揉《も》めていた。随分《ずいぶん》教育熱心だなと感心する。

今の彼は、ぼうっと暇そうにしているし、雑談する時間はあるだろうか。

千尋はにこにこと愛想よく近づいていった。相手には嫌そうに見られてしまったが、気にしないことにする。

「新商品のアイデアを聞いてください！」

アイデアを聞いてくれなくても、とにかく文房具の話がしたい。文房具への大いなる愛を語り明かしたいと言えば面倒くさがられそうなので、別方面から攻めてみた。

「必要ありません」

開発の人だから、ちょっとのアイデアでもほしがるかと思ったが、冷たい返答だった。

でも、自分の意見が新商品に繋がってほしいわけでもない。

ただ話をしたいだけなので、気にせず彼の横に座る。ここは宗介さんの席だ。

座っただけで宗介さんの香りがして、ちょっとドキドキしてしまった。

「……迷惑なんですが」

眼鏡の奥の目が剣呑《けんのん》に細められる。

「そうおっしゃらずに。私、開発の方とお話をしてみたいと思ってたんです」

営業でも良かったのだが、ここの人たち、顧客へのアピールポイントを少し聞いて、後は流してしまうのだ。曰《いわ》く、覚えられて、短時間で簡潔に伝えられなければ意味がないから。

文房具への愛を簡潔に語れるわけがないというのに！

千尋の顔を見て、筒井さんは呆《あき》れたと言わんばかりに深いため息を吐く。

「ただの営業事務のアイデアなんて無駄なものを聞きたくないんです。話すだけ話して、いざ新商品が出たら、自分の意見が取り入れられたなんて吹聴《ふいちょう》されては困ります」

なるほど、一理ある。千尋は大きくうなずく。

筒井さんは千尋を訝《いぶか》しげに見ながら続ける。

「そもそも僕は、営業部に来ることにも必要性を感じられないんです。僕たちは顧客がうちの商品をどのように使うのかを日々想定しながら作っています。なにも考えずに使っている奴らとは違うんです」

開発の心意気を聞いてしまった。

千尋は大きくうなずいて感心してしまう。彼らは、やはり日常的に改良アイデアを求めているのだろう。素晴らしい。

「そうですね。新商品が出るたび、なんて便利なんだろうといつも感動しています！」

「……僕の話を聞いていますか？」

なぜか疑われてしまった。ものすごく一生懸命聞いているというのに。

「ええ。そりゃあもう！　開発者の心がけですね」

「聞いてませんね」

そして否定された。なぜだ。一面が磁石になってて、そこにクリップが貼り付くとか！　あれ、

「今度のペン立て！　感激しました」

千尋が新商品について話し始めると、彼は呆《あき》れたようにため息を吐いて、ふっと笑う。

「おかしな人ですね」

話を聞きたいというよりも、千尋が話したかった。どんなに新商品の素晴らしさを感じているかを話すと、筒井さんは時折笑いながら返事をしてくれるようになっていた。

こうやって、宗介さんが商談に出ている間など、筒井さんが一人で待機している時に、二人で文房具談義をするようになっていた。

宗介さんが社内にいる時は、千尋が筒井さんと話をしようとすると邪魔をするので、その機会は多くはないが、それでも楽しかった。

早三週間。もうすぐ彼の営業一課への派遣期間も終わる。

仕事の合間にこうやって語り合えるというのはとてもいい。

今までにはなかった充実感だ。

「名越さん、この後夕食をご一緒しませんか？」

筒井さんが千尋を誘ってくる。仕事が終わってからも文房具について語り合いたいと

いうことだろう。一晩中でも語り明かしたい。それは千尋だって願うことだが、さすがに二人きりでは社外に行けないし、今日は金曜日。宗介さんの家にお泊まりに行く約束をしている。

「あ、ごめんなさい。私、今日は用事が……」

「そうなんですか？　社内ではできない開発秘話を話したいと思ったんですが」

「秘話……！」

すごく聞きたい！

ぐらりと、千尋の心が揺れた。その瞬間を見計らったように宗介さんが帰ってくる。

「筒井。今日は終わりだ。――千尋、行くぞ」

筒井さんに帰るように指示をして、千尋を見下ろす。

その表情が怒っているように見えて首をかしげる。……なにかしたっけ？

「――千尋？」

筒井さんが不思議そうに宗介さんと千尋を見比べる。仕事中は『名越』と呼ぶようにしていたので、突然下の名前を呼んだことに驚いているのだろう。

「彼女だ」

宗介さんが怒った表情のまま、筒井さんを睨《にら》みつける。……なぜそこで喧嘩《けんか》腰？　今日の宗介さんは機嫌が悪いようだ。最近、取引で失敗したような話は聞いていないけど、なにかあったのだろうか。

「やけに牽制《けんせい》してくるなとは思っていましたが……ふうん」

筒井さんはなにかを考えるように顎《あご》に手を当てて、千尋をちらりと見る。

千尋が反射的に微笑むと、筒井さんも微笑む。

「時間の問題だと思いますけどね」

前髪を掻《か》き上げながら、軽く笑う。

その仕草は、モデルのような綺麗《きれい》な顔に似合っていて、美しい。ただ、彼がなにを言っているのかわからないのが残念なところだ。

宗介さんはそれに対してなにも言わずに踵《きびす》を返す。

千尋は慌《あわ》ててついていきながら、筒井さんに「お疲れ様でした！」と挨拶《あいさつ》をした。

早足でどんどん進む宗介さんを追いかけるが、パンプスでついていくにはちょっときつい。

でも、イライラしている様子の彼に気を使って、千尋は一生懸命ついていった。階段などで本当に遅れそうになると、少しスピードを緩《ゆる》めてくれるので、千尋のことが見えていないわけではないらしい。

そんな状態で彼のアパートまで帰ってきた。

宗介さんは無言で寝室に着替えに入っていってしまう。

千尋は荷物を置いて、キッチンに入る。機嫌が直るように、美味《おい》しいものでも作ってあげよう。彼は意外と味覚が幼いところがあって、オムライスが好きなようだ。

千尋が準備をしていると、寝室から出てきた宗介さんが疲れたようにソファーに座る。

千尋のほうをまったく見ようとしない。

本当にどうしたのだろう。ここまで黙ったままイライラしている彼は見たことがない。

「なにかあった？　愚痴なら聞くよ……？」

千尋が彼に近づいていく。彼は黙って千尋をじっと見つめるだけだ。

「どうしたの？　宗介さん、怒ってる……？」

ソファーに座っている彼の足元に座り込んだ。彼の膝《ひざ》に手を置いて顔を覗《のぞ》き込むと、苦笑のような笑いが彼から漏《も》れる。

「――怒ってないよ。まあ、落ち込んでるっていうほうが近いかな」

落ち込む。商談がうまくいかなかったのだろうか。

首をかしげる千尋の頭を撫《な》でながら、宗介さんがため息をつく。

「千尋の様子を見てたら、心配ないってわかるけど、まあ、近づかれると不安になるもんなんだよ。向こうは開発で、千尋と随分《ずいぶん》話も合うみたいだし」

「私の心配!?」

驚いて、彼が言ったことを反芻《はんすう》する。

開発で、千尋と話が合うって……考えて、思い当たる。というか、なぜ考えなかったのだと反省する。

自分の彼女が他の男と積極的に話したがって嬉しいはずがない。呑気《のんき》に、最近宗介さん機嫌悪いなと思っていた自分が情けない。

「私、慰《なぐさ》める！」

「は？」

ポカンとする宗介さんを放って、邪魔される前にと、急いで彼の部屋着のチノパンのボタンを外してチャックを下ろした。

「ちょ……!?　千尋っ、慰《なぐさ》めるって、そっち!?」

宗介さんの慌《あわ》てる声を聞きながら、パンツも下ろして彼のものを握る――が。

「あれ？　硬くない」

以前触った時は、もっと硬かったはずだが……と、思ったよりも柔らかくて気持ちがいいそれを握っていると、ぐんぐんとその質量が増してきた。

「～～～っこの、ばかっ！　その気になってない時に硬いわけないだろ！」

はあっ……と熱いため息を吐いて、彼は片手で顔を覆《おお》ってしまう。

文句を言いながらも、千尋の手を退《ど》ける様子はない。

手の中の彼自身は、この間触った時と同じくらいの大きさに膨《ふく》れ上がっていた。

大きくなる瞬間、初めて見た。

ちょっとした感動である。人間の体で、こんなにみるみるうちに形を変える場所があるなんて。

上下に動かすんだったっけ……思い出しながら手を動かすと、宗介さんの息遣いが荒くなる。

先端が、濡《ぬ》れてきた。

ドキドキする。

彼が、自分の行為で感じて、彼自身を濡らしている。

ぴくぴく動く、手の中の彼が愛しい。

感じるままに、千尋は先端に唇を近づけて、ちゅっとキスを落とす。

ビクッと宗介さんの体全体が震えた。

見上げると、宗介さんが片手で顔を覆《おお》い、その指の隙間から千尋を見下ろしてくる。

目尻が薄く赤らんで、眉を寄せた苦しげな表情は、壮絶に色っぽい。

彼と目を合わせたまま、ちろりと舌を伸ばしてペロッと舐《な》めてみる。

「……っは、あ……！」

思わずといったように漏《も》れる、彼の喘《あえ》ぎ声。

触られたわけでもないのに、ぞわっと快感が背筋を駆《か》け上《のぼ》った。

もっと。もっと、その表情が見たい。声が聞きたい。

千尋は誘われるように舌を伸ばして、ぺろぺろと舐《な》める。

「………っ、はっ」

宗介さんの手が、千尋の頭を撫《な》でて、髪を弄《もてあそ》ぶ。

もっとしてほしいと言われているようで、千尋は口を開けて、彼自身を咥《くわ》えた。彼のものは大きくて、千尋の口をいっぱいにしてしまう。

彼は驚いたように目を見開いて、次の瞬間、怒ったような表情に変わった。

「ひゃっ⁉」

突然、千尋は持ち上げられて、ソファーにひっくり返された。

「終わりだ。俺は、こっちに入りたい」

宗介さんが千尋に覆《おお》いかぶさって、性急にショーツに手を伸ばす。

「あ、だめっ……！」

千尋が思わず漏《も》らした拒絶の言葉は、彼の口の中に呑み込まれて、音になったかどうかもわからない。

「うわ。びしょびしょ。俺のを舐《な》めて感じてたの？」

意地悪な言葉に、千尋は真っ赤になって彼から目をそらす。

千尋だってわかっていた。

彼の荒い息を聞きながら、いつになく高ぶって、触れられてもいないうちから、快感を拾っていた。

ショーツは、もうぐしょぐしょだ。

「そ……すけさんが、やらしいから、悪いんだもんっ！」

目をそらして、顔を真っ赤にして文句を言っても説得力はない。

するりと脚から濡《ぬ》れたショーツが抜かれて、冷たいと感じる間もなく、彼の熱い指が中へ入ってくる。

ぬるぬると、なんの抵抗もなく彼の指を呑み込んでいく千尋に、彼は笑みを深める。

「へえ？　俺を慰《なぐさ》めてくれてたんじゃなかったっけ？」

きっかけは、彼の不安を取り除こうとしたことだった。

……いや、興味というか、してみたいと思う気持ちもあったことはあったのだが。

だけど、宗介さんの熱い吐息を聞くほど高ぶって、どうしようもなくなった。

宗介さんの指の動きが速くなってきた。

ぐじゅっぐじゅっと卑猥《ひわい》な水音が大きくなる。

「溢《あふ》れてくるよ。こんなになるまで一人でやらしい気持ちになってたの？」

耳元で低音でささやかれている間じゅう、体がぴくぴく跳ねて、自分ではもうどうしようもない。

「あっ、ああっ……やぁっ、意地悪っ」

手を伸ばして、彼の首に腕を回す。

自分からキスをして、舌を絡めた。

宗介さんは意地悪なことを言うけど、千尋が動いた時には、しっかりと応えてくれる。

千尋が伸ばした舌を吸われ、軽く歯を立てられた。

少しの痛みの中に快感を拾って、またビクッと体が跳ねる。

「そうすけさっ……！」

まだ、二人とも服を着たまま。秘部だけさらして抱き合って、舌を絡ませ合っている。

もっと、彼に触れたい。

彼の素肌に抱きしめられるのが好き。

Tシャツの裾《すそ》を引っ張り上げて脱がしたいのに、彼の体の重さでどうにもうまくいかない。

「ん？　どうしたいの？」

千尋がもぞもぞと動いているのに気がついて、宗介さんが少しだけ体を起こす。

「裸に、なって？　もっと、くっつきたい」

間にある服が邪魔なのだ。

もっと、もっと近くに、一ミリも距離がない場所で混ざり合いたい。

「……千尋は、俺をどうしてしまおうと思ってるんだろうな」

小さく宗介さんが呟《つぶや》いて、片手で一気にTシャツを脱ぎ捨てる。そのまま、千尋の服にも手をかけて、あっという間に全裸にしてしまう。

彼は、早着替えとかさせてみたら、ギネス記録とか取れちゃうんじゃないだろうか。

念願の素肌に、千尋がぎゅっと抱きつく。

千尋の中で暴れている手とは反対の手が、胸をムニムニと強く揉《も》み始める。

「気持ち、いい。……きもちいいよぉ」

彼の頭をぎゅっと抱き寄せて、頬や顎《あご》、唇にもたくさんキスをする。

「千尋」

吐息のような声で呼ばれて、その色っぽさに、体の奥がうずく。

「そうすけさん、すき。だいすき」

気持ち良すぎて、だんだん力が入らなくなってきている。

舌っ足らずな千尋に、宗介さんは笑いながらキスをする。

「俺も好き。可愛い」

蜜口に、彼自身が押し当てられるのを感じる。

まだ入ってもないのに、期待感だけで体が震える。

　そんな千尋に気がついて、宗介さんが、笑ってまたキスをくれる。

　熱い吐息は彼の口の中に吸い込まれて、舌を絡ませ合いながら、彼自身が入ってくる。

「んふ……っ、んんゃあぁっ」

　ビクンビクンッと大きく体が跳ねる。

「入れただけでイッたのか。いやらしいな」

　達したせいで力が入らない体を、宗介さんがぐっと引き寄せて揺さぶり始める。

　千尋の体ごとかかえて、宗介さんが動き始める。

「あっ、だめ、だめっ……！　も、どうにかなっちゃうっ……!!」

　身を反《そ》らして喘《あえ》ぐ千尋を、宗介さんは容赦なく追いたてる。千尋が宗介さんにすがるように手を伸ばす。

　その苦しそうな表情を見て、宗介さんは舌なめずりして目を細める。

　ケダモノの瞳だと、息も絶え絶えに思った。


　ソファーにぐったりと横たわりながら、千尋はぼんやりする。

　ごそごそと足元でなにかしていた宗介さんが、千尋の上に戻ってくる。

　どうやら、避妊具の後片付けをしていたようだ。彼はいつも、千尋が喘《あえ》いでいる時に、いつの間にか装着している。

素肌のままの宗介の感触を楽しみながら、千尋はまどろむ。

すぐご飯を作らないといけないけど、あと少しこのままでいたい。

髪を撫《な》でられる感触が嬉しくて、彼の胸にすり寄……ったのが間違いだった。

「千尋」

熱を含んだ彼の声。

終わったはずだ。この後はご飯タイムでしょ。

何ラウンドもしたがる人とはいっても、今は仕事から帰ってきたばかり。そう立て続けには……

そうっとソファーから片脚だけ下ろした。

それに気がついたのか、宗介さんがにっこりと笑う。

優しそうな微笑みに、千尋もうっかり微笑みを返す。

「慰《なぐさ》められ足りない」

「…………」

どうやら、千尋の言語解析能力が落ちてきているようだ。きっと疲れているからだ。

離れようとしているのに、腰ががっちりとホールドされてできない。

千尋は頬が引きつりそうになるのを我慢して、頑張って笑顔を作る。

「ご飯、食べよ？」

お腹に当たる彼自身が、なにかを主張するように大きくなる。ぐいぐいと押しつけられてなんともいえない。

「美味《おい》しいの、作ってあげる」

だから、次はそれで慰《なぐさ》められてくれ。

それには返事をせずに、彼は笑みを深めて千尋の太腿《ふともも》に硬くなったものをグイッと押しつけた。

無理だと思う心とは裏腹に、体が反応してしまうのを止められない。

「俺、不安なんだ」

低い声で、呟《つぶや》くように言う。

しかし、彼の目を見れば、嬉しそうに細まっている。どう見ても不安げには見えない。

性欲が満たされたら、今度は食欲のはずだ。休息だっていい。そうだ、休息は必要だ！

「だから、ご飯……」

宗介さんは、千尋の反論は聞かないふりをして、彼女を彼の体の上に持ち上げる。

「今度は、千尋が自分から俺のを入れて腰を振る姿が見たい」

「なに言ってんの!?」

悲鳴を上げる千尋を自分の膝《ひざ》の上に載せて、悲しそうな顔で見上げてくる。

「俺の、ほしいだろ？」

艶《つや》やかな声が、千尋の耳朶《じだ》を震わせる。

表情と、言ってることが合わない！

「むっ……」

無理無理無理無理無理！

心の中で悲鳴を上げているのに、下から押しつけられて、勝手に腰が揺れる。

腰を掴《つか》まれて、浮かされたと思ったら、ぐっと、大きなものが、強い圧迫感と共に押し進んでくる。

それが、快感を伴うものだということを、千尋の体はすでに知っている。

入ってきた途端《とたん》に、ぐずぐずと体内がとろけて彼を嬉しそうに呑み込んでいく。

宗介さんもそれがわかっているのだろう。

嬉しそうに下から千尋を眺めている。

彼の逞《たくま》しい腹筋に手を当てて体を支えるが、動かなくてもぞくぞくと駆け上がってくる快感に逆らえない。

「もう……だめなのにぃ」

過ぎる快感と恥ずかしさに涙が浮かぶ。

「千尋……可愛い。愛してるよ」

どんなに恥ずかしくたって、彼のこの表情に勝てるはずがない。

全身が彼を求めている。

「うぅ……そう、すけ、さっ……すきっ……！」

彼の手が、全身を這《は》い回る。

千尋が大きく息を吐いたとき、下から大きく突き上げられる。

「千尋っ……！」

体が動くのを止められない。もっと、もっとと貪欲に彼を求めた。

——この日の夕食は、結局、宗介さんがコンビニまで行って買ってくることになってしまった。

◇

開発部から研修のために送り込まれてきた筒井。

指導員を任された当初は、会社もいろいろやってみようとしているんだなと感心したくらいで、とくになんとも思ってなかった。

ぼさっとした髪型と、大きな眼鏡はあまり営業向きではない。

企業を相手にする営業は、やっぱり見た目の清潔感が大切で、それが直接信用に関わる。これが本当に営業一課の新人だったら、服装や髪型から指導するところだが、たった一ヶ月のニーズ調査だ。構わないだろうと放置することにした。

ただ、筒井に、千尋がえらく好意的なのが気になるところだ。

文房具に愛を叫ぶほどだから、開発部というだけでテンションが上がるのだろう。

しかし、彼女の態度は、それだけか？　と首をかしげさせるほど彼に好意的だった。

一人でいるときはかいがいしくなにかを説明してやったり、世話を焼いてやったりする。

なにか困ってないかと声をかける姿、初めて見たぞ。他の奴にやったことないだろう。

まあ、筒井が来る前は千尋が一番新人だったから、初めての後輩だからと考えればいいのだろうが……腑《ふ》に落ちない。

宗介がいない時に、文房具談義をしたようで、妙に仲良くなっていた。

気に入らない。

千尋の宗介に対する態度は変わらないので、浮気などではない。

だが、気に入らない。

商談を終わらせて会社に戻ってきた時、ちょうど受付に千尋の友人の楠木が座っていた。

千尋のことで揉《も》めた時から、こいつは苦手だ。理不尽に負けたような気にさせられる。

「お帰りなさい」

彼女が、宗介に気がついて声をかける。

彼女は逆に勝った気になるのか、愛想がいい。それも気に障《さわ》る。

「ああ。どうも」

不愛想に返事をして通り過ぎようとした時、にやりと表すのがピッタリの笑顔を向けられる。

「新しく開発の方が来たんですってね。千尋、喜んでたわ」

聞きたくないのに、足が止まってしまった。

千尋が喜んでいた。そんなことくらい知っていたのに、友人経由で改めて聞かされる言葉は、さらに心をえぐる。

「開発の人って憧《あこが》れるって騒いでたわ。しかも、私も筒井さん見たけど、なるほどね。千尋の好みど真ん中じゃない。びっくりしちゃったわ」

「好み……？」

筒井が、千尋の好みど真ん中？　そんな話は聞いてない。

宗介から良い反応が引き出せたのが嬉しいのか、楠木は満面の笑みを浮かべる。

他の男が見たらよろめきそうな綺麗《きれい》な笑顔だ。……宗介にはどす黒く見えるのだが。

「そう。千尋ってば、独特の好みしてるから」

うふふ。可愛らしく笑って、すぐに正面に視線を戻す。

これ以上話す気はないということだろう。

気になる情報だけ与えられて、ぎりっと奥歯を噛《か》みしめる。

そうやって、イライラしながら一課に戻った途端《とたん》、筒井が千尋を夕食に誘っている声を聞いてしまった。

千尋はしっかりと断っていたが、宗介がいる前で彼女を誘う筒井に怒りが込み上げる。

「彼女だ」

筒井にははっきりと伝えたというのに、こいつは自信あり気に笑う。

宗介に見せつけるように髪を掻《か》き上げる。筒井が整った顔をしていることに今さら気づいてしまった。

千尋が取られてしまう。

彼女の反応を見て、そんなことはないと確信できるのに、不安が募る。

情けなくも、それをそのまま口にすると――驚きの方法で慰《なぐさ》められてしまった。

あの小さな口いっぱいに宗介のものを咥《くわ》え込んだ姿を見て、イキそうになった。

咥《くわ》えられた瞬間にイクって、どんだけ興奮してんだよ。

これ以上は待てないと、強引に彼女と繋がった。

千尋は宗介の不安を受け止めてくれた。ついでに性欲も。すごく文句は言われたが。

だが、もう大丈夫だ。

充実した週末を過ごし、月曜日。

今週で筒井はいなくなる。もう不安はなくなる――と思っていた。

「あ、おはようございます」

一瞬、誰かと思った。

綺麗《きれい》にセットした髪と、女みたいな綺麗《きれい》な顔。

だけど、宗介に挑むような表情を見て、すぐに筒井だと気づく。

「随分《ずいぶん》、雰囲気変わるんだな」

眉間《みけん》にシワが寄るのを抑えられない。イケメンなことを隠しておいて最後に披露って、こいつは恋愛ドラマのヒーローのつもりか？

「ええ。だって、最後の一週間ですからね。狙った女性は、落としていかないと」

千尋に手を出すつもりか――！

カッとなって言い返そうとした瞬間、

「おはようございまぁす」

千尋の声が聞こえた。

振り返ると、彼女が出勤して、席に座ったところだった。

筒井は宗介を無視して、すぐに千尋のほうへ歩いていく。

宗介は止めようとして――千尋の表情を見て、思いとどまる。

「おはようございます」

筒井が、千尋に声をかける。

千尋は振り返り、にっこり笑って返事をしていた。

だけど、あの表情を宗介は知っている。

「先週の話ですが」

筒井に話しかけられ、千尋はデスクの上の付箋《ふせん》をチラチラと見ながら、にこにこ笑っている。

「はい。えと、どの書類でしょうか？」

愛想の良い千尋を前に、筒井がきょとんとした顔をして首をかしげる。

「書類？　そうではなく、話の続きを――」

「続きですか」

千尋の視線が彷徨《さまよ》って、宗介と目が合う。『助けて』と言われている。

宗介の不安な気持ちなんて霧散《むさん》して、むしろ不安を抱いていた自分を馬鹿にする気持ちさえ浮かんできた。

「あ、えと、えと。どういった内容の――」

必死でどうにかヒントを得ようともがく千尋は、相手が誰だかまったくわかっていない。

宗介はため息をつきながら二人に近づいて、声をかける。

「筒井」

呼びかけると、筒井は邪魔だという表情をして、千尋は目を丸くした。

「筒井さん!?」

「なんですか。僕は今――」

筒井が言いかけた言葉は、千尋の驚いた声で掻《か》き消される。

驚かれたことを、筒井は好意的に捉えたようだ。

「ああ。僕の格好が変わっていて驚きましたか？　実は――」

にこやかに言うその声も、悲しそうな千尋に遮《さえぎ》られる。

「どうして眼鏡外したんですか？　髪の毛をセットしたら、他の人と同じになるじゃないですか！　あの個性たっぷりの、覚えやすい筒井さんはどこに行ってしまったんですか？」

そういえば昔、『千尋の好みは、覚えやすいっていう主観が入るからダメ』と楠木が言っていたのを思い出した。

好みって、こういうことか。

固まってしまった筒井の肩に手を置いて、ひとまず撤収させる。

あの眼鏡、ぼさぼさの髪型は、営業一課内では、そりゃあ見分けやすいし、覚えやすいだろう。

そして、今日のこの筒井は、他と見分けがつかなくなったということだ。

呆然とした筒井を見て、身につまされる思いだ。

プリンを千尋に渡さなかったら、宗介もこの状態になっていたかもしれないのだ。

「あ～……、まあ、元気出せよ」

宗介は、なぜ自分がライバル（だったはず）の男を慰《なぐさ》めているのだろうと思いながら、筒井の背中を優しく叩いてやるのだった。

人の名前を覚えるのが大の苦手なOLの千尋《ちひろ》。そんな彼女が部署異動させられて、さあ大変！　異動先の同僚たちはみんな、スーツ姿の爽やか系で見分けがつかない…。そんな中、大好物のプリンと一緒に救いの手を差し伸べてくれる男性社員が現れた！　その彼を千尋は『プリンの田中《たなか》さん』と呼び、親睦を深めていった。でもある時、いつもは紳士な彼が豹変して——!?

B6判　定価：本体640円＋税　ISBN 978-4-434-26768-0

憧れていた上司の牧戸《まきと》に、寿退社すると勘違いされた天音《あまね》。本当の退職理由は違うのに、訂正できないまま最終日を迎えてしまう…。ヤケになった天音は送別会で記憶をなくすまで飲み、翌朝目覚めると、そこはなぜか牧戸の家のベッド!? さらに彼は「俺が守ってやる」と突然、愛の告白をしてきて…!?

B6判　定価：本体640円+税　ISBN 978-4-434-25686-8

EB エタニティ文庫

一夜の夢のはずが……結婚に⁉

エタニティ文庫・赤

勘違いからマリアージュ

雪兎《ゆきと》ざっく　装丁イラスト／三浦ひらく

文庫本／定価：本体640円＋税

憧れていた上司に寿退社すると誤解され、訂正できずに退社日を迎えてしまった天音《あまね》。送別会でヤケ酒を呑み、翌朝目覚めると、なんとそこは彼のベッドの中だった⁉ 慌てる天音に、彼は「俺が守ってやる。好きでもない相手と結婚する必要なんかない」と、熱く囁いて――⁉

※エタニティブックスは大人の女性のための恋愛小説レーベルです。ロゴマークの色で性描写の有無を判断することができます(赤・一定以上の性描写あり、ロゼ・性描写あり、白・性描写なし)。

詳しくは公式サイトにてご確認ください。
http://www.eternity-books.com/

携帯サイトはこちらから！

原作 雪兎ざっく
Zakku Yukito
漫画 鳴海マイカ
Maika Narumi
RC Regina COMICS
Eランクの薬師①
待望のコミカライズ!
薬師のキャルは、冒険者の中でも最弱のEランク。役立たずと言われながらも、仲間のために薬を作り続けていたのだけれど……ある日、ついにパーティを追放されてしまった! 故郷に帰るお金もなく、見知らぬ町で途方に暮れていると、ひょんなことから死にかけの魔法剣士・カイドに出会う。さっそく彼に治療を施し、自作の回復薬を渡したら、なぜかその薬を大絶賛されて——!?
アルファポリス
Webサイトにて
好評連載中!
落ちこぼれ薬師
万能薬で
大活躍!?
大好評発売中!
B6判/定価:本体680円+税/ISBN:978-4-434-26473-3
アルファポリス 漫画
検索

新感覚ファンタジー

RB レジーナ文庫

最弱薬師のほのぼのファンタジー

レジーナブックス Regina

Eランクの薬師 1～2

雪兎ざっく　イラスト：麻先みち

価格：本体 640 円＋税

薬師のキャルは冒険者の中でも最弱なEランク。仲間のために日々、独自の薬を調合していたのだけれど……ある日、役立たずだと言われてパーティを追放されてしまった！　帰郷するにもお金が足りず、ジリ貧生活を余儀なくされる。そんな中、街で死にかけている冒険者のカイドと出会って——!?

詳しくは公式サイトにてご確認ください

https://www.regina-books.com/

携帯サイトはこちらから！

恋愛小説「エタニティブックス」の人気作を漫画化!

Eternity COMICS

無口な上司が本気になったら

漫画＝渋谷百音子
原作＝加地アヤメ

イベント企画会社で働く二十八歳の佐羽《さわ》。恋よりちょっぴり仕事を優先する生活を送っていたら――同棲中の彼氏が出て行ってしまった！ 突然の出来事に佐羽は落ち込み、仕事もうまくいかなくなってしまう。しかしある日、憧れの元上司である暮林《くればやし》優弥《しゅうや》から飲みに誘われる。彼は、佐羽が彼氏にフラれたことを知ると、普段の無口な態度を一変させ肉食モード全開で溺愛宣言してきて――？

B6判　定価：本体640円＋税　ISBN 978-4-434-26737-6

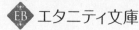

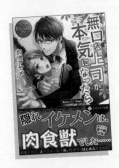

本書は、2017 年 4 月当社より単行本として刊行されたものに、書き下ろしを加えて文庫化したものです。


この作品に対する皆様のご意見・ご感想をお待ちしております。

おハガキ・お手紙は以下の宛先にお送りください。

【宛先】

〒 150-6005 東京都渋谷区恵比寿 4-20-3 恵比寿ｶﾞｰﾃﾞﾝﾌﾟﾚｲｽﾀﾜｰ 5F
（株）アルファポリス　書籍感想係

メールフォームでのご意見・ご感想は右のＱＲコードから、
あるいは以下のワードで検索をかけてください。

アルファポリス 書籍の感想　検索

ご感想はこちらから

エタニティ文庫

プリンの田中《たなか》さんはケダモノ。

雪兎《ゆきと》ざっく

2020年1月15日初版発行

文庫編集－熊澤菜々子・塙綾子
発行者－梶本雄介
発行所－株式会社アルファポリス
〒150-6005 東京都渋谷区恵比寿4-20-3 恵比寿ｶﾞｰﾃﾞﾝﾌﾟﾚｲｽﾀﾜｰ5F
TEL 03-6277-1601（営業） 03-6277-1602（編集）
URL https://www.alphapolis.co.jp/
発売元－株式会社星雲社
〒112-0005 東京都文京区水道1-3-30
TEL 03-3868-3275
装丁イラスト－三浦ひらく
装丁デザイン－MiKEtto
（レーベルフォーマットデザイン－ansyyqdesign）
印刷－中央精版印刷株式会社

価格はカバーに表示されてあります。

落丁乱丁の場合はアルファポリスまでご連絡ください。

送料は小社負担でお取り替えします。


ISBN978-4-434-26874-8 C0193